新潮文庫

白銀の壚《おか》 玄《くろ》の月

第一巻

十二国記

小野不由美著

新潮社版

目次

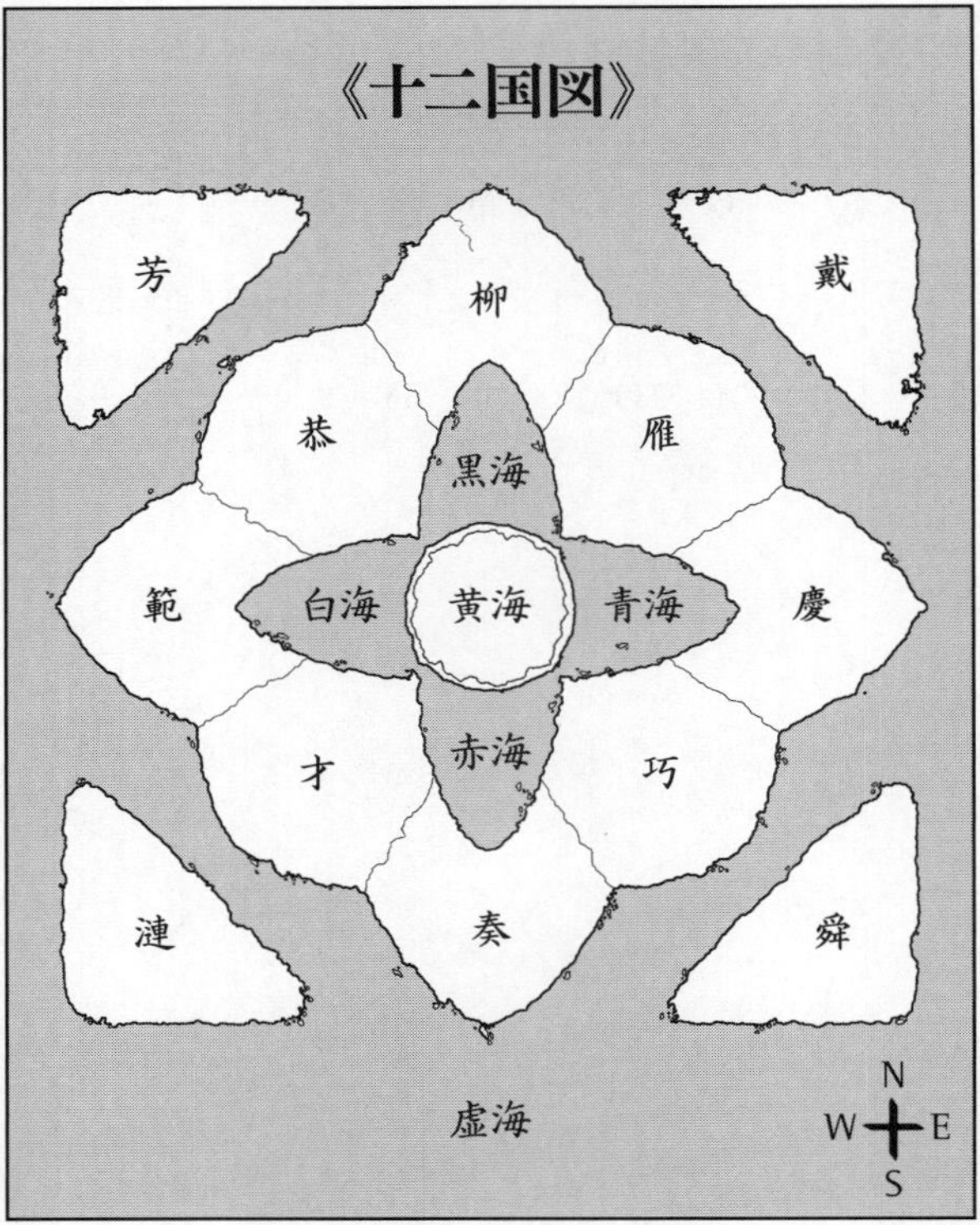
《十二国図》
芳
柳
戴
恭
雁
黒海
範
白海
黄海
青海
慶
赤海
才
巧
漣
奏
舜
虚海
N
W
E
S

《戴国北方図》

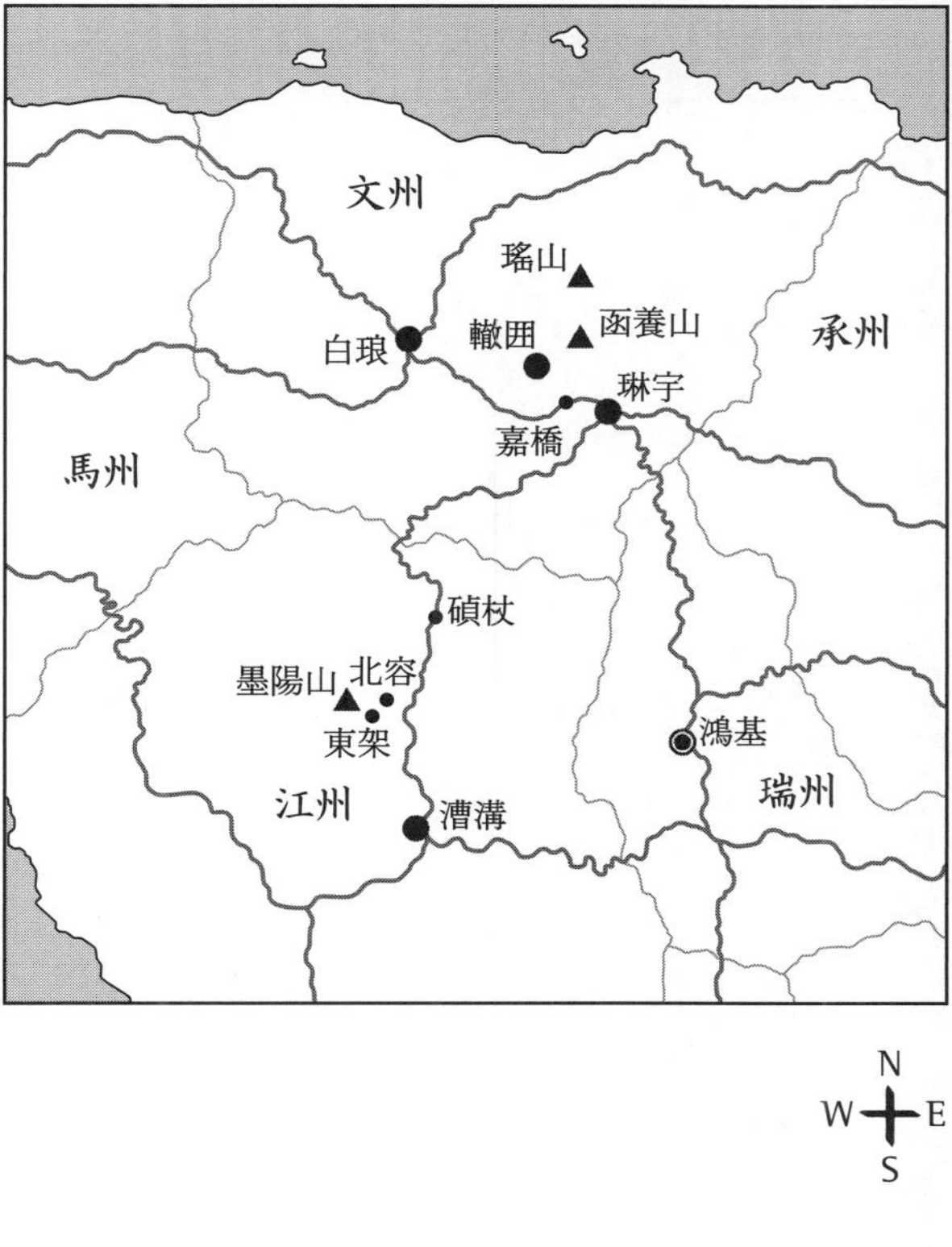

白銀の墟《おか》　玄《くろ》の月

（第一巻）

十二国記

イラスト　山田章博

一章

1

戴《たい》国江《こう》州恬《てん》県は、古来より道観《どうかん》で高名だった。

そもそも世界北東に位置する戴国は、冬の寒さが格別に厳しい。その北部一帯は特に極寒《ごっかん》の地として知られていた。江州北部も同様だった。寒威《かんい》烈《はげ》しく、雪も多い。険しい山が続き、耕作地にも乏《とぼ》しく、土地はなべて痩《や》せている。これといった産物もなかった。ために里廬《まち》もまばらな恬県の一郭《いっかく》、禁苑《きんえん》である墨陽山《ぼくようざん》の南麓《なんろく》をなす一峰《いっぽう》に、瑞雲観《ずいうんかん》が開かれたことにその歴史は始まる。

戴国道教《どうきょう》の総本山とも言うべきこの巨大な道観を中心に、あちこちの山、そこここの峰《みね》に大小の道観、果ては寺院が集まっていった。里祠《りし》を末端《まったん》とする国の祭祀《さいし》は、宗教ではなく政《まつりごと》の一部である。信仰《しんこう》は道観に、あるいは寺院に集まる。しかも道観寺院は、さまざまな技術や知識の発祥地《はっしょうち》だった。健康を願い、豊穣《ほうじょう》を願う民《たみ》の思いに応《こた》えようとする意志が、そこを技術や知識の一大集積地にした。道観が作る民間薬、丹薬《たんやく》はその筆頭である。

それらの知識を継承《けいしょう》するため、恬県には全国から道士僧侶《そうりょ》が集まった。恬県に置かれた道観寺院は、ほとんどが修行《しゅぎょう》の場だが、参詣《さんけい》する民も数多い。それぞれの道観寺院の周辺には、ごく自然に門前町が形成され、やがてそこに里廬が置かれ、恬県は道観とともに成長してきた。そして、その道観が焼き払《はら》われたとき、恬県もまた荒廃《こうはい》の一途《いっと》を辿《たど》り始めたのだった。

六年前、瑞雲観が先鋒《せんぽう》となって「王」を糾弾《きゅうだん》した。

これよりさらに遡《さかのぼ》ること半年前、戴には新王が立っていた。だが、この登極《とうきょく》間もない新王は、在位わずかにして斃《たお》れたと伝えられた。すぐさま後継する王が玉座に就《つ》いたが、この経過が可怪《おか》しい、これは簒奪《さんだつ》を企図《きと》した「王」の謀反《むほん》ではなかったかと、疑問の声を上げたのが瑞雲観だった。直後、瑞雲観は王師《おうし》の急襲《きゅうしゅう》を受けた。近隣《きんりん》の道観寺院はもとより、門前にある里廬までが罪に連座の疑いありとして誅伐《ちゅうばつ》されたのだった。

そして、現在の寒々しい状態がある。

方々の峰に残されたのは、風雪によって荒《あ》れるに任せた焼け跡《あと》であり廃墟《はいきょ》だった。里廬の多くも破壊《はかい》を免《まぬが》れず、三里《り》に一里は無人のまま、残った里《まち》も悲嘆《ひたん》と困窮《こんきゅう》の中に沈《しず》んでいる。

いま、その恬県の街道を、夕陽《ゆうひ》を浴び、のろのろと進む人影《ひとかげ》があった。

かつては道観寺院へ往《ゆ》き来する人々で賑《にぎ》わった街道だが、往時の面影《おもかげ》はどこにもない。

踏《ふ》み通う人もないままに、生《お》い茂《しげ》った秋草に埋《う》もれそうな坂道が迂曲《うきょく》を繰《く》り返しながら続いている。その坂を大小三つの影が進んでいた。書笈《はこ》を背負った中年の男、まだ二十代半ばの若い女、そして女に手を引かれた三歳《さい》ばかりの幼い子供だった。足許《あしもと》の覚束《おぼつか》ない子供の歩みに合わせ、一行は道に長い影を引きずり、這《は》うような速度で坂を登っていく。

彼《かれ》らの先には、黒い壁《かべ》のように雲を貫《つらぬ》いて凌雲山《りょううんざん》が聳《そび》えていた。それが墨陽山――かつては飛仙《ひせん》に下賜《かし》されていた時代もあったと言われるが、少なくともここ何百年もの間、住む者も通う者もなく捨て置かれている。その墨陽山から街道へ向かって下りつつ幾重《いくえ》にも続く山々に、かつて瑞雲観はあった。ほんの六年前までは金の甍宇《いらか》が続いていたその一帯は、いまや無残な山の骸《むくろ》と成り果てていた。業火《ごうか》に焼かれて斑《まだら》にできた空隙《くうげき》、炙《あぶ》られて立ち枯れた木々の残骸《ざんがい》、合間に芽吹いた若木がわずかに緑や紅葉を添《そ》えてはいたが《が》、荒《すさ》んだ景観を救うには至らない。下草ばかりが旺盛《おうせい》に茂り、それが秋色に乾《かわ》いて白茶けた草の海を作っている。三人はその斜面《しゃめん》に沿い、坂の上に見える里を目指して、ひたすらに歩を進めている。三者のほかに街道を往く人影はなかった。空の高所を過ぎる鳥の影だけが道を横切る。

夕風が通った。しんとした風に誘《さそ》われたように、女が俯《うつむ》けていた顔を上げた。山と山の合間に空洞《くうどう》のように通った街道、そこに秋の風が抜《ぬ》ける。

この女は国の北東に位置する承州《じょう》の出身だった。承州北部は豪雪《ごうせつ》で名高い。その山間《やまあい》、懸崖《けんがい》にしがみついた貧しい里で彼女《かのじょ》は生まれ、十八の歳《とし》に隣《となり》の同じように貧しく小さな里に嫁《とつ》いだ。そこが燃え尽《つ》きたのは三年前、彼女の夫もまた里と一緒《いっしょ》に燃え尽きた――のだと思われる。二人の子供を彼女に託《たく》し、消火のために里祠のほうへと駆《か》けて行って、そのまま帰って来なかった。彼女は生まれたばかりの息子《むすこ》を抱《だ》き、幼い娘《むすめ》の手を引いて着の身着のままで逃げ出した。三日三晩続いた火災が収まったとき、里には何一つ残っていなかった。大量の灰燼《かいじん》と、無残にも真っ黒に焦《こ》げた里木《りぼく》が残されていた――ただそれだけ。

彼女はわずかに身を震《ふる》わせた。染《し》み入るように抜ける涼気《りょうき》が肌寒《はださむ》かった。見上げれば、晴れ渡《わた》った夕空は色濃《こ》く、山際《やまぎわ》には藍《あい》が滲《にじ》んでいる。空は昨日よりも遠ざかったように思えた。高くなったぶんだけ、季節は去っていこうとしている。紫紺《しこん》の色が濃くなったぶん、今日が去っていこうとしているように。

――秋が逝《ゆ》く。

鮮《あざ》やかな夏――力強く晴れ上がった空と眩《まぶ》しいほど白い雲。緑は明るく澄《す》んで山野を覆《おお》い、そこに温かい雨が降る。陽光の季節に続く短い秋、その輝《かがや》かしい季節が過ぎてしまえば、極寒の冬に向けて転がり落ちていくばかりだ、この国は。――彼女は思いながら、高所を漂《ただよ》うようにして遠ざかる鳥を見送った。

客人として里に逗留《とうりゅう》していた暗い顔の男、それが実は承州の州宰《しゅうさい》だったと、彼女はのちに聞いた。州宰は、「王」に恭順《きょうじゅん》する承州州侯《しゅうこう》を討《う》とうとして失敗し、州城を脱出《だっしゅつ》したものの逃《に》げ込《こ》んだ里ごと焼き払われたのだ——彼女の夫や家や隣人を巻き添《ぞ》えにして。黒々と焦げた里木は里の未来を象徴《しょうちょう》しているように思われた。かつて彼女に二人の子を与《あた》えてくれた木——ひょっとしたらこれからも里人に子を授《さず》けてくれるだろう木。それが立ち枯れたように黒く死んでいた。

所属する里を失った母子《おやこ》を救ってくれる手は、どこからも差し伸《の》べられなかった。焼け落ちた里はそのまま放置され、里祠ですら再建される様子がなかった。焼け出された者たちは冬を前にして近隣の里に逃げ込むしかなかった。その里も、彼女らに新しい生活を施《ほどこ》すほどの蓄《たくわ》えはなく、雪が融《と》けると早々に追い出しにかかった。以来、彼女は定住する場所も持たず、ただただ気の向くほうへと放浪《ほうろう》している。

身一つで焼け出された彼女には、もとより何の蓄えもなかった。歩きながら仕事を探し、落ち着くことのできる場所を探した。見つけられないまま三年を経《へ》て、彼女はここ、恬県にまで流れ着いていた。未《いま》だに行くあてはなく、蓄えもない。これからやってくる冬を越《こ》す算段など何もない。一昨年は辛《かろ》うじて生き延びることができた。昨年もなんとか凌《しの》ぐことができたが、上の子供は越えられなかった。四つにしかならない娘は、彼女に寄り添ったまま冷えて凍《こお》り付いていった。

——今年の冬はどうなるのだろう。

逝く季節の寂《さび》しさ。彼女は空を見上げたまま身を竦《すく》めた。深々と息を吐《は》いたとき、前方から明るい声がした。

「どうした、園糸《えんし》」

彼女は声のほうに目をやり、ほっと顔を綻《ほころ》ばせた。荒れた街道の先で、大きな書笈《はこ》を担《にな》った男が足を止め、園糸を見ている。彼女はいま、少なくとも独りではない。

「どうかしたか？」

男は言って、足を速めて戻《もど》ってきた。ううん、と彼女は首を横に振《ふ》った。

「寒くなってきたな、と思って」

「ああ——本当にな」

男は言って、園糸が手を引いた子供を見た。

「栗《りつ》にも新しい上着がいるな」

声をかけられ、子供は顔いっぱいに笑《え》みを浮《う》かべる。焼け出されたとき乳飲《ちの》み子だった息子は、流浪《るろう》の間に三歳になった。

「いいよ。去年のがあるから」

園糸が言うと、男は細い眼をさらに細めて笑う。

「去年のはもう、着られないだろう」言いながら栗の頭を撫《な》でた。「こんなに大きくなったもんなあ」

園糸は微笑《ほほえ》む。彼女は昨年の冬、この男と馬州西部の街で出会った。上の子供を葬《ほうむ》ろうと、園糸は泣きながら凍った雪を掘《ほ》っていた。自分の無力が悲しかった。幼い娘を守ってやることができなかった。飢《う》えと寒さの中で為《な》す術《すべ》もなく死なせた。根雪は硬《かた》く締《し》まって、彼女の力ではいくらも掘り進めることができなかった。諦《あきら》めて雪に埋めてしまえば、春になって融けたときに子供の遺体が野晒《のざら》しになる。守ってやれなかった代わりに、せめて土の中に葬ってやりたかった。なのにそれすらままならない自分の非力が疎《うと》ましく、堪《たま》らず雪に突《つ》っ伏して泣いた。そのとき、この男が現れて彼女に手を貸してくれたのだった。

男の名は項梁《こうりよう》、園糸と同じく住処《すみか》を失い、行くあてもなく放浪しているようだった。もともとは木工でもしていたのか、背負った書笈《はこ》に木で作った雑貨や、木っ端《こぱ》を細工した玩具《おもちゃ》などを詰《つ》めていた。旅をしながら街道沿いの山に入り、竹を切り枝を切りして用材を手に入れ、それを加工して柄杓《ひしやく》や匙《さじ》や、そんな小物を作った。どれも微々《びび》たる価《あたい》の代物《しろもの》だが、元手が只《ただ》同然だから、なんとか生業《なりわい》として成り立っている。

園糸は冬を越そうと馬州西部のその街に入って以来、何度か街頭で男を見掛《みか》けたことがあった。項梁は街角で陽気な調子の笛を吹《ふ》いていた。それで子供を集め、他愛《たわい》もない玩具を差し出す。喜んだ子供たちが母親の手を引いて集まってくると、軽口を飛ばしながら雑貨を商《あきな》った。特に珍《めずら》しくもない露商《ろしょう》の一人だが、痩せた長軀《ちょうく》が夫を思わせて目を引いた。人当たりの柔《やわ》らかそうな雰囲気《ふんいき》、細い眼をさらに細めて笑うところ。子供を前にすると、いっそう笑み崩《くず》れる。そんな様子が失った夫を——夫よりも十ばかり年上に見えたが——思い出させて印象に深かった。

その男が、雪の上に蹲《うずくま》った園糸を助けてくれたのだった。雪を掻《か》く園糸の手を遮《さえぎ》って、男は温めた石を握《にぎ》らせてくれた。彼女に代わって雪を掘り抜き、鉄のように凍った土を掘って子供を埋葬《まいそう》してくれた。それを終えると、舎館《やど》で温かな食事を与えてくれ、栗には玩具を与えてくれた。園糸らが里祠の軒先《のきさき》に寝泊《ねと》まりしていることを知ると、自分の舎館に呼び寄せ、以来、なにくれとなく世話をしてくれた。春になり雪が融けて、街に集まった荒民《こうみん》や浮民《ふみん》が動き出すと、園糸を送っていこう、と言う。行くあてはないのだと説明すると、ならば探すのを手伝おう、と言った。どうせ自分も行くあてがない。どこかで見つける落ち着き先まで送っていく、と。

「里に着いたら、古着を漁《あさ》るか」

項梁は言って、坂の上を見やった。荒れた道の先には、小さな里があった。郭壁《へい》が夕陽に赤らんで輝いている。

「もうちょっとだ。頑張《がんば》れよ、栗」

男は言って、子供の手を取り、引いた。

2

三つの影《かげ》が街道を登っていく。彼《かれ》らが足を向けた先、街道沿いにある小さな里《まち》は、静かに佇《たたず》んでいた。

戦乱の痕跡《こんせき》こそないが、この里もまた荒廃《こうはい》を免《まぬが》れてはいなかった。里を取り巻く郭壁《へい》の中に満たされたのは活気も喧噪《けんそう》もない静寂《せいじゃく》、街路には人影もなく開いた窓もわずか、ましてやその窓に住人の影が見えることはない。ただ、里の周囲に広がる閑地《かんち》にだけ、住人の姿が見えていた。一人の若者が、数頭の山羊《やぎ》を追って閑地から里閭《もん》へと戻《もど》るところだった。里閭に辿《たど》り着いた彼は、里に入る前に何気なく街道を振り返り、そして登ってくる三つの影を認めた。男と手を引かれた子供、その後ろには若い女が従っている。

彼——去思《きょし》はわずかに眉根《まゆね》を寄せた。

かつては道観《どうかん》に向かう人々で賑《にぎ》わった街道も、いまではめっきり人通りがない。往来するのは近隣《きんりん》の住人だけ、しかもその数も頻度《ひんど》も少なかった。——とはいえ、旅人が迷い込むことが皆無《かいむ》というわけではないのだが。

去思はその場に足を止めて、三人の行く先を見極《みきわ》めようとした。里には里閭が一つだけ、南に向いたその里閭からは道が延びて閑地を横切り、街道に交わる。軽く手を翳《かざ》して夕陽《ゆうひ》を遮《さえぎ》り、細めた眼の前、彼らは迷うふうもなく閑地を貫《つらぬ》いた道へと踏《ふ》み込んできた。先に立って歩く男が去思を認めて人の好《よ》さげな笑《え》みを浮《う》かべた。去思は内心で重い溜息《ためいき》を一つつく。手にした棒で山羊たちを里の中に追いやっておいて、自身は里閭の前で旅人を待ち受けた。

「やあ。——この里の人かい？」

男は明るい声を上げた。去思は、とりあえず頷《うなず》いた。

「やっとのことで人の住んでいる里に出たよ」

男は破顔して言って、三つばかりの子供の手を励《はげ》ますように引く。それに従う女も同様に、ほっとしたように表情を綻《ほころ》ばせていた。

「この里に舎館《やど》はあるかな」

近付いてくる男に問われ、去思は気まずく口を開いた。

「この里には、泊《と》まれません」

男は怪訝《けげん》そうな表情を浮かべて足を止めた。

「余所者《よそもの》は入れないことになっているんです……申し訳ありませんが」

言った瞬間《しゅんかん》、男がどんな表情をしたのか、目を逸《そ》らした去思には分からなかった。落《らく》胆《たん》の表情かもしれない、怒《いか》りの表情かもしれない。それも当然だろう。——街道に沿ってはの人の住む里がない。里廬《まち》はあっても無人の廃墟《はいきょ》ばかりだった。彼らがやってきた方向に残る直近の街は、徒歩で一日の距離《きょり》にあった。幼い子供の歩みに合わせた旅では、とてもここまで一日では歩き切れまい。おそらく彼らは、昨夜を露天《ろてん》で過ごしたのだ。

——そして実際、三人は昨夜を街道脇《わき》の窪地《くぼち》で過ごしていた。その前夜は崩《くず》れかけたまま放置された廬家《ろか》で過ごした。園糸《えんし》らはもう二日、きちんとした寝床《ねどこ》で眠《ねむ》ってもいなければ、きちんとした食事も摂《と》っていなかった。

「……この先に人のいる里があるかい」

項梁《こうりょう》が、居心地《いごこち》悪そうに目を逸らしている若者に訊《き》いた。

「街がありますけど、峠《とうげ》を越《こ》えた先になるので、二日はかかります」

そんな、と園糸は声を上げた。項梁は園糸を目線で宥《なだ》め、若者に歩み寄る。

「なんとかならないかね。御覧の通り子供連れだ。大人の足で二日なら、最低でも三日はかかるだろう。朝晩は冷え込む。この季節に三日の野宿じゃ、子供にも母親にも難儀《なんぎ》だ。しかも、ここまでにも二晩、野宿してきてるんだ」

項梁が言うと、若者は悲しそうに首を横に振った。

そうか、と項梁は諦《あきら》めたように呟《つぶや》いた。園糸も理解せざるを得なかった。旅をすれば否応《いやおう》なく分かる——恬県《てん》は貧しいのだ。瑞雲観《ずいうんかん》の受難からずるずると沈《しず》み込み、破滅《はめつ》の手前で辛《かろ》うじて踏み留《とど》まっている。おそらくはこの里も自分たちが生きていくだけで精一杯、余所者に手間や物資を割《さ》くゆとりなどないのだろう。

それはこの里に限ったことでもなかった。里は本来、出入り自由なものだが、このごろでは里閭《もん》を余所者に対して閉ざす里が珍しくなかった。特にこの里のように、本当にその里に所属する住人だけが暮らすような小里《しょうり》では、ことにその傾向《けいこう》が激しかった。戴《たい》の冬は厳しい。民《たみ》はその間、蓄《たくわ》えを切り崩して食べていくしかない。それぞれの家や里府《り》《ふ》の義倉《ぎそう》に蓄えたものが尽《つ》きれば、もろともに死んでいくしかないだけに、人が増えることを何よりも恐《おそ》れている。余所者は、うかつに入れれば、そのまま居坐《いすわ》ることがある。だから里閭を閉ざす。里の中には子が増えることを恐れて、里祠《りし》を閉じているところさえあった。

項梁は重ねて若者に訴《うった》えた。

「俺《おれ》たちには、ここに居着く気はない。本当にどこか風の当たらない場所で夜露《よつゆ》の心配をせずに休みたいだけなんだ。里祠の軒《のき》でもいいから貸してもらえんかね？　なんだったら食い物を分けてもらうだけでもいい。もちろん代金は払《はら》うし、軒先を貸してもらえるなら宿代も払う」

「申し訳ありませんが」

「食い物を売ってもらうわけには？　手持ちの食料で三日は心許《こころもと》ない」

項梁の問いに、済みません、と言って若者は頭を下げた。

お願いです、と項梁の背後で園糸も声を上げた。

「助けてください。あたしたちが駄目《だめ》なら、せめて子供だけでも」

「……お気の毒です」

園糸は若者の顔を見つめた。自分にもどうにもできないのだ、とその表情が告げている。

「仕方ない」と、項梁は息を一つ吐《は》いた。「……行こう、園糸」

「項梁、でも」

「どこも苦しいんだ。――さあ」

嫌《いや》がる園糸を項梁は促《うなが》した。もっと嫌がったのは、項梁に手を引かれた栗《りつ》だった。里の中に入りたいらしい。里閭《もん》を指差して顔を歪《ゆが》める。

「栗、ここは違《ちが》うんだ」

項梁が宥めても、栗は頭《かぶり》を振る。こんなに幼い子供でも里のほうがいいことを知っている。項梁が無理にも抱《かか》えていこうとすると、声を上げて泣き始めた。辛抱《しんぼう》強い子供だが、ここまでの道のりで疲《つか》れている。栗の泣き声を聞いて、里閭の前に立った若者のほうが胸を痛めた顔をした。その表情を見て、園糸は否応なく悟《さと》る。――この里は、本当に駄目なのだ。

項梁は身を捩《よじ》って泣く栗を抱き上げ、街道のほうへと踵《きびす》を返した。園糸もそのあとに続いた。名残《なごりお》惜しく振り返った背後で、若者は目を背《そむ》けるようにして項垂《うなだ》れていた。その姿を見降ろすように里閭の高所に掲げられた扁額《へんがく》には「東架《とうか》」とある。

「……ごめんなさい」

園糸は、とぼとぼと街道を登りながら詫《わ》びた。行く先を決めるのは、もちろん園糸だ。項梁は園糸を「送っていく」のだから。だが、園糸には行くあてなどなかった。何の目算もないまま馬《ば》州から江《こう》州に入り、街道に沿って南下してきた。このまま南に向かうべきか、それとも方向を変えて首都である鴻基《こうき》を目指すか、園糸はこのところ迷っている。鴻基に向かえば街道沿いは賑やかになるだろうが、そのぶん無頼漢《ぶらいかん》や草寇《おいはぎ》に遭遇《そうぐう》する危険も増す。宿代も食べるものも値が上がる。どうするべきか決めかねて場当たり的な選《せん》択《たく》を繰《く》り返し、結果入り込んだ間道が、この寂《さび》れた街道に続いていた。

「あたしが、ぐずぐず迷っていたせいね」

なに、と項梁は明るい声を上げた。

「気にすることはないさ。まあ、三日の辛抱だ」

項梁は言ったが、栗の泣きじゃくる声が園糸をひどく惨《みじ》めな気分にした。

園糸は戴の北東部から西へ向かい、文《ぶん》州を横切り、馬州を縦断して江州をここまで南下してきた。あてのある旅ではないから、各所を行きつ戻りつしながらの道程《みちのり》だった。さまよい歩くうちに否応なく知ってしまった——戴には余裕《よゆう》がない。行き場を失《な》くした旅人に手を差し伸べるようなゆとりはないのだ。この調子で今年の冬をどうやって過ごせばいいのだろう。栗の泣き声が耳に刺《さ》さる。

幼い栗が厳しい冬を乗り越えるには、充分《じゅうぶん》な食物と凍《こご》えることのない寝床が絶対的に必要だった。それを得るためにも、どこかに落ち着くことのできる里を探さねばならない。なのに年々、国の状態は悪くなるばかり、いまや旅人を受け入れる余裕さえないこの国で、そんな場所をどうやって見つければいいのだろう。

項梁が気を引き立てるように、明るい声を上げた。

「三日ぐらい、なんとかなるだろう。幸い、このところ気候もいいしな」

言って、項梁はまだ泣きじゃくっている栗を撫《な》でた。

「いい子だな。もうちょっと辛抱しろよ。三つ泊《と》まったら、暖かい寝床で眠らせてやるからな。旨《うま》いものを食って、上着を探しに行くぞ」

ようやく栗が泣きじゃくるのをやめた。本当、と項梁を見る。園糸は二人を柔《やわ》らかな気分で見守った。まるで夫がいるようだ。栗とは本当の親子のように見える。――そう、園糸には項梁がいるのだ。

「ごめんね、何から何まで世話になって」

昨年の冬に上着を買ってくれたのも項梁だった。宿代から食べるものまで、園糸はこの男の世話になっている。項梁は大らかに笑った。

「いまのうちだ。気にすることはない」

ありがとう、と園糸は微笑《ほほえ》む。複雑な笑みになった。

——いまのうちだ、と項梁は再三、言う。項梁が舎館《やど》に留まって細工仕事をする間、園糸は日銭《ひぜに》仕事を探す。栗を項梁に預けて働き、わずかながら賃金を得ていたが、項梁は園糸から金銭を受け取ろうとしなかった。どこに落ち着くにせよ、そこで暮らしを始めるためには、それなりの蓄えがいる。いまのうちに甘《あま》えておけばいい、いまのうちに小金を貯《た》めておけばいい、と口癖《くちぐせ》のように言った。それを聞くたび、園糸はこの男が旅の道連れにすぎないことを嫌でも思い出さねばならなかった。

半年以上、一緒に旅をしてきた。なんとなく、この状態がずっと続くような気がしている。母と父子《おやこ》のような。それを男の言葉が壊《こわ》す。いまは一緒だが、いずれ別れる——少なくとも項梁のほうはそのつもりでいることを、突きつけられているような気がする。

項梁が自分と栗を引き受けてくれるのではないか——園糸はその期待を捨て切れない。だが、それを信じ切ることもできなかった。この男は自身について、ほとんど語ろうとしない。生まれはどこなのか、どんな育ち方をしてきたのか。生業《なりわい》で上がる儲《もう》けは決して多くはないはずだ。元手が只《ただ》同然とはいえ、肝心《かんじん》の品物の値が知れている。なのに園糸は項梁が金に困っている様子を見たことがなかった。豊かではないが、それなりの余裕はあるように見える。おそらく若干《じゃっかん》の蓄えがあるのだろうが、それをどうやって手に入れたのか、それすらよく分からない。居場所がないから旅をしているとは言っていたけれど、なぜ居場所がないのかについては、聞かせてくれたことがなかった。何気ない言動を見ていると、ただ流離うために旅をしているようにも思える。それも単なる風来漢の気紛《きまぐ》れではない。項梁を見ていると、目的もなくあてもないが、留まってはいられない、とにかく行かねばならぬ、という切迫《せっぱく》した思いに衝《つ》き動かされているように感じることがあった。

項梁は、園糸には見えない何かを抱えている。だから、いずれ園糸も栗も置いて行くのだろう。このまま——などとは、望まないほうがいい。

園糸は鬱々《うつうつ》と考えながら、長旅で痛む足を励まし、ひたすらに坂を登った。

去思は依然《いぜん》として里閭《もん》の前に佇んでいた。西陽《にしび》を背に受けて、三つの人影が街道を遠ざかっていく。いかにも旅に疲れたふうの女、同様に旅に飽《あ》いたふうの子供。二人を抱えていく男もさぞ苦労だろう。呼び止めて、せめて泊まっていけと言ってやりたい。だが、そればかりは去思の一存で決められることではなく、里《まち》の者がそれに同意するはずもなかった。この里は貧しい。もっと余裕のある里でさえ、余所者が居着くことは嫌がるものだ。一旦《いったん》、中に入れて居坐られてしまえば、追い出すのに難渋《なんじゅう》する。だから最初から旅人を里の中に入れない。しかもここ東架は、ただでさえ貧しいうえに、さらに余所者を留め置くことができない事情を抱えていた。

——無事に旅してくれるといいが。

思いながら見送っていると、ばたばたと足音がした。振り返って閑地を見ると、里を取り巻いた郭壁《へい》の角から一人の男が飛び出してきて、必死の様子で駆《か》けてくる。里に住む男だった。男は息を切らせながら駆けてきて、声を上げるように大きく口を開いた。ついと街道のほうへ目をやって、その口を噤《つぐ》む。代わりに転がるように走ってきて、去思の腕《うで》に飛びついた。

「……山に、人が」

吐息《といき》のように潜《ひそ》めた声に、はっと男を見る。

「二人、連れだ。しかも、騎獣《きじゅう》」

喘《あえ》ぎながら囁《ささや》く男に、去思は小声で問い返す。

「騎獣を連れている？　——身なりは」

「着ているものは、上等だ。それ以上に、騎獣がただの代物《しろもの》じゃない」

去思は、さっきまで山羊を追っていた棒を握《にぎ》り直した。硬《かた》い樫《かし》の棒。古びて飴色《あめいろ》にくすんだ棒の両端には、薄《うす》く血痕《けっこん》が残っている。

「——どこに？」

「普賢寺跡《ふげんじあと》の峰《みね》を下ってくるのが見えた」

去思は頷《うなず》いた。

「私は先に行きます。里の者に報《しら》せてください」

肩で息をしながら首肯《しゅこう》する男を残し、去思は棒を握りしめてその場を駆け出す。街道を去る三人にちらりと目をやって、郭壁《へい》に沿って閑地を走り始めた。

3

陽《ひ》は大きく傾《かたむ》き、禁苑《きんえん》である凌雲山《りょううんざん》の巨大な影《かげ》が伸《の》びて街道に覆《おお》い被《かぶ》さってきた。園糸《えんし》は暮れ落ちる空を見上げる。同様に項梁《こうりょう》も空を見上げた。

「もうじき暗くなるな。寝場所を探したほうがいいだろう」

園糸は頷《うなず》いた。東架《とうか》と扁額《へんがく》にあった里《まち》から、いくらも離れていなかった。道は峠《とうげ》に向かってきつい登りになっていた。山の斜面《しゃめん》を何度も折り返し、歩いたほど、疲れたほどには距離《きょり》を稼《かせ》ぐことができなかった。

項梁は、ちょっと待っていてくれ、と言い置き、栗《りつ》を園糸に引き渡して街道沿いの急斜面を登る。視界を遮《さえぎ》るそれを頂上まで登り切ると、すぐに降りてきて首を振《ふ》った。

「このあたりは岩場と草叢《くさむら》ばかりだ。このまま道を行っても寝場所はなさそうだ。ちょっと難儀《なんぎ》だが、この斜面を登った先に林がある。あそこなら夜露《よつゆ》を凌《しの》げる場所があるかもしれない」

そう、と園糸は半ば落胆《らくたん》して息を吐《は》いた。やはり今夜も野宿するのか、という思い。栗の手を握《にぎ》り、急な斜面を登っていく。草叢の中では夜露が酷《ひど》いので眠《ねむ》れない。おまけに西の空が暗い。夜になって天気が変わるのかもしれなかった。朝晩冷え込むようになったこの季節、夜の雨は怖《こわ》い。特に栗は小さいだけに、濡《ぬ》れ鼠《ねずみ》になれば体温を奪《うば》われるのも早い。林なりともあれば雨風を凌げるだろうが、それでどれだけ助けになるのだろうか。

岩場と生《お》い茂《しげ》った草の間に足掛《あしが》かりを探し、急斜面を登る。苦労しながら登った末に開けたのは、項梁の言った通り一面の草地だった。その草地——なだらかな草の斜面を登った先に林が見えた。方角的には来た道を戻《もど》る按配《あんばい》になりそうだ。

——この調子では、峠の向こうにあるという街まで、何日かかるか分からない。

思いながら、「あそこまで頑張《がんば》ろうね」と、強《し》いて明るい調子で栗に声をかけた。手を引いて草叢を掻《か》き分け歩き出したが、いくらも歩かないうちに栗がぐずり始めた。まだ幼い子供には、この道行きは辛《つら》いだろう。生い茂った下草、しかも草叢の間には道観《どうかん》の残骸《ざんがい》なのか、瓦礫《がれき》が転がっていて足を取る。そもそも二日、ろくに休んでいない。栗の歳《とし》を思うと、むしろここまでよく頑張ったと思う。息子《むすこ》を犒《ねぎら》って抱《だ》き上げようとすると、項梁が書笈《はこ》を降ろして背負い帯を腕に掛け、栗の前に屈《かが》み込んだ。栗は嬉々《きき》としてその背にかじりつく。

——ずっとこうなら、どんなにいいだろう。

栗もこんなに懐《なつ》いている。項梁がいなくなれば、きっと寂《さび》しがるに違いない。何よりも園糸が心細い。荒《あ》れた国、余裕《よゆう》のない人々。たとえ落ち着く先が見つかっても、こんな時代の中、見知らぬ里で栗を抱《かか》えて生きていかねばならないのだ。

思いに沈《しず》み込みながら、園糸は草地を登る。広大な草の緩斜面《かんしやめん》をようやく半分登ったかどうかというころに、先を歩く項梁が背負った栗を降ろし、腰《こし》に提《さ》げた革袋《かわぶくろ》を懐《ふところ》に移すのが見えた。あれには小刀がいくつも入っている。細工するのに良い木でも見つけたのだろうかと園糸は周囲を見廻《みまわ》したが、正面に見える林まではまだ距離があり、左右にも秋草の蔓延《はびこ》った岩だらけの斜面があるだけだった。項梁は園糸を振り返った。足を速めて追いついた園糸の手に、栗の手を握らせた。

「ごめんなさい、重かったね」

「いいや。——だが、ちょっと園糸が引き受けてくれ。栗の手を放すなよ」

「どうしたの？」

いや、と心持ち緊張《きんちょう》した声で言った項梁は、ふいに斜面の上を振り仰《あお》いだ。つられて園糸も目線を上げると、林の縁《ふち》を掠《かす》め、木立の中に消える影が見えた気がした。

「いま、何か……」

「うん。狐《きつね》か何かだろう。——それより栗の気を引き立ててくれ。またぐずり出すぞ。これだけ登ったんだ、疲《つか》れているんだ」

「ああ……そうね」

園糸は栗の手を握り直した。項梁は書笈《はこ》を背負い、帯に差した笛を手にした。栗が旅に疲弊《ひへい》すると、項梁は笛を吹いてくれる。栗は項梁の笛が好きだ。陽気な音につられて機嫌《きげん》良く歩き始める。このときも、項梁は笑って「頑張れ」と栗に声をかけ、そして笛を口に当てた。弾《はず》むような音色が流れ始める。

園糸にはよく分からないが、項梁の笛は決して巧《うま》くはないと思う。いや、それとも笛そのものが粗末《そまつ》なのだろうか。良い音色だとは言えなかったが、無条件に気分が浮《う》き立ってくる。栗も空いたほうの小さな手を挙げ、握って開いてしながら、にこにこと笑って項梁を追っている。

と、突然《とつぜん》、項梁は笛をやめた。ぴたりと止めて、脇《わき》を見る。

それと同時だった。小高い岩場から、草を掻き分けて黒い人影が二、三、飛び出したのだった。

園糸は驚《おどろ》いて足を止め、そして飛び出してきた男たちが、いずれも手に鎌《かま》や杷《くまで》を構えているのを見て栗を抱き寄せた。屈強《くっきょう》な体軀《たいく》に尖《とが》った顔つき、それが威嚇《いかく》するように園糸らを見る。

「違う」と、中の一人が言って、小さく舌打ちしながら周囲を見廻した。「さっきの連中はどこへ行った」

吐き捨てるように言って、剣呑《けんのん》な目付きで園糸らを見る。

「騎獣《きじゅう》を連れた二人連れを見なかったか」

いいえ、と園糸はひたすら頭《かぶり》を振った。改めて見ると、三人の男のうち一人が手にしているのは弩弓《いしゆみ》だ。それを手にした小男は、値踏みするような目付きで園糸らの様子を窺《うかが》った。草寇《おいはぎ》だ、と園糸は震《ふる》えた。困窮《こんきゅう》した地方では、旅人の荷を掠め取る連中も少なくない。それも、ごく普通の里の平凡《へいぼん》な住民が片手間に、立ち寄った旅人を襲《おそ》って金品を奪う。そうするしか生き延びる術《すべ》がないからだ。中には里を挙げて草寇で食いつないでいるところもあると聞く。園糸の懐には、項梁のおかげで貯《た》め込むことのできた小金が入っている。微々《びび》たる額だが、これを奪われれば先々で困る。

弩弓を手にした小男は、微《かす》かに鼻を鳴らして凶器《きょうき》を下げた。

「この先には何もないぞ。街道に戻るんだな。さっさと先を急げ」

ろくな所持金もなかろうと思ったのだろうか。園糸は密《ひそ》かに安堵《あんど》して懐を押さえた。

まあ待て、と声を上げたのは杷《くまで》を持った巨漢だった。

「ちゃんと検《あらた》めたほうがいい。こういう連中のほうが油断がならねえ」

園糸は思わず胸を押さえて後退《あとじさ》った。小男がすぐさまそれに目を留める。

「──女、懐に何を抱いてる」

園糸は身体《からだ》が痺《しび》れるような気がした。金品を奪われるだけならまだいい。だが、奪われた被害者は得てして口封《くちふう》じのために殺されるものだ。園糸は栗を抱きしめた。息子だけは助けたい。子供の先々を考えれば、園糸だってここで死ぬわけにはいかなかった。

だが、園糸には草寇を追い散らすような力はない。栗を抱えて逃げ出《に》そうにも、足腰は恐怖《きょうふ》で萎《な》えている。項梁だって──と、園糸は男を見た。この時代、長旅をするのに剣《けん》の一つも持っていない。温和で人が好《よ》いだけの男だ。なまじ人が好く、園糸らを抱え込んだために、こんなところに踏み込んでしまった。

「……お金なら出します、だから」

せめて命は助けてください、と言おうとしたとき、岩場の上から声が降ってきた。

「その人たちは、行き場に困った旅人だ」

見上げると、先ほど里閭《もん》の前で会った若者だった。片手には棒を握っている。さっき会ったときにも確かに持っていた。それで山羊《やぎ》を追っていたが、あれは──。

若者は棒──いや、棍棒《こんぼう》を握り直し、済まなさそうに園糸らを見た。

「こんなところにいないほうがいい。先を急ぎなさい。何も考えず」

頷いて踵《きびす》を返そうとした園糸の前に大男が立ちはだかった。園糸の腕を容赦《ようしゃ》なく摑《つか》む。

「懐のものを出せ」

悲鳴を上げるより先に、間に項梁が割って入ってきた。園糸は声を上げた。

「やめて、項梁。刃向《はむ》かわないで。——お金なら置いていきます」

懐に手を入れた園糸を止めたのは項梁だった。出すな、と短く言って、

「それはこの先、あんたに必要なものだ」

ごく平静な声だった。園糸はその落ち着きぶりを訝《いぶか》しく思ったし、園糸の腕を摑んだ男のほうも警戒《けいかい》するように眼を細めた。項梁は淡々《たんたん》と言う。

「園糸を放せ。俺《おれ》たちは消えるから」

「そういうわけにはいかんようだ」

大男は言って、園糸の腕を摑んだ手に力を込め、捻《ねじ》り上げようとした。途端《とたん》、項梁の手が男に伸びた。——何をしたのかは、分からない。男の腕を摑んだ、それだけの動作で園糸を捕《と》らえていた乱暴な手が離れた。男は驚いたように声を上げた。蹈鞴《たたら》を踏んで、すぐさま殺気を込めて項梁を見る。

抵抗《ていこう》したら殺される——園糸が叫《さけ》ぶより先に、大男が杷《くまで》を振り上げた。園糸は悲鳴を上げた。同様に栗が、甲高《かんだか》い叫びを上げるのが聞こえた。最悪のことが起こる——そう思ったのに、一瞬《いっしゅん》ののちに蹲《うずくま》ったのは、杷を振り降ろした男のほうだった。

草寇《おいはぎ》たちはぎょっとしたように立ち竦《すく》んだ。蹲った男は地に額を付けて呻《うめ》いていた。

項梁はそれを無表情に見る。手にしているのは剣でも小刀でもない。——笛だ。

園糸は驚いて項梁を見つめた。鎌を手にしていた男が怒声《どせい》を上げた。振り翳《かざ》した鎌を項梁の笛が受け止めて払《はら》う。体勢を崩《くず》して男がつんのめった。と同時に弩弓《いしゆみ》を手にした小男が不甲斐《ふがい》ない声を上げて弩弓を落とした。手には小刀——項梁が細工に使うあの小刀が刺《さ》さっている。鎌を持った男が武器を構え直し、項梁に向かう。だが、突《つ》き出した手をすぐさま躱《かわ》され、項梁の笛に打たれて悲鳴を上げた。眼を丸くするばかりの園糸を、項梁が押す。

「行け。とにかく走れ」

園糸は頷き、押し出されるままに栗の手を引いて、唯一《ゆいいつ》空いたほうへと駆《か》けた。ちらりと振り返ると、蹲った連中が身を起こし、形相を歪《ゆが》めて喚《わめ》いているのが見えた。それを平然と見守っている項梁の背。確認したのと同時に、茫然《ぼうぜん》自失から覚めたように栗が泣き出した。その身体を抱え上げ、草叢を掻き分けて走る。——せめて林の中に。入れば黄昏《たそがれ》と木立が身を隠《かく》してくれる。

喘《あえ》ぎながら走った先に、降って湧《わ》いたように数人の男が飛び出してきた。

園糸は慌《あわ》てて足を止め、勢い余ってその場に転んだ。栗が火が点《つ》いたように泣く。草寇の仲間だ、とは手にした武器を見るまでもなく分かった。中の一人の薄汚れた袍子《うわぎ》に、古い染《し》みがどす黒く付いているのを見て目が眩《くら》んだ。その男は、なんだ、と吐《は》き捨てるように言って、斜面の下を睨《にら》む。園糸の背後、下のほうから項梁の叫ぶ声が聞こえた。男はそれを見やって、無造作に引っ提げた剣の切っ先を上げた。

園糸はとっさに栗を抱き込んだ。斬撃《ざんげき》を覚悟《かくご》して眼を閉じたが、衝撃《しょうげき》も痛みも来なかった。耳に怒声が響《ひび》いた。重い足音が入り乱れ、悲鳴じみた叫びが上がる。そして交じる、異様な音。はっと園糸は顔を上げた。それは獣《けもの》の唸《うな》り声と羽音に聞こえた。妖魔《ようま》だ、と反射的に思い、思うと同時に、先ほど飛び出してきた男たちが「騎獣を連れた二人連れ」と言っていたのを思い出した。

眼を開けた園糸の視線の先には大きな獣がいた。白い身体に黒い頭、低めた頭に追突され、草寇《おいはぎ》の一人が吹き飛ぶ。

「立って」

そう、低い声がした。振り仰ぐと、すぐ傍《かたわ》らに背の高い女が立っていた。

「子供を連れて草叢へ。身を伏《ふ》せていなさい」

落ち着いた声音《こわね》だった。不安を感じながら園糸は頷き、栗を抱えて斜面を駆け降りる。岩場に転がり込み、草叢に飛び込んで、そこに身を伏せようとしたら足が滑《すべ》った。踏ん張ろうとした足の下には地面の感触《かんしょく》が、ない。

悲鳴を上げる余裕すらなかった。片手で栗を抱え、片手で草を握ったが、ずるりと下半身が宙に滑り落ちた。握った草の一塊《ひとかたまり》の、根が切れる感触がしている。せめて栗だけでもこの場に——思って抱きかかえた息子を斜面に放そうとした瞬間、園糸を探して草寇の前にさまよい出ていく栗の姿が目に浮かんだ。

放すか、それとも。刹那《せつな》の間に迷いながら、園糸は必死で足をばたつかせ、足がかりを探っていた。宙を掻き廻していた足先に何かが触《ふ》れた。

振り返っても下は見えない。ただ、下から園糸の足を支える手がある。草寇の仲間だろうか。だが、危害を加える気なら、引っ張りこそすれ支えてくれたりはしないだろう。思って手が緩《ゆる》んだ。片腕に栗を抱えたまま胸元《むなもと》まで崖《がけ》から滑り落ちたが、その園糸をしっかりと下から支え、受け止めようとする手がある。再び振り返ると、今度は崖下にある人影《ひとかげ》が見えた。十代半ばの少年のようだった。促《うなが》すように頷くのに安堵して、園糸は縋《すが》りついた草を放した。ずるずると滑るに任せ、支えてくれる両手の中に落ちていくと、じきに足先が地面に触れた。せいぜいが身の丈《たけ》ほどの段差だったようだ。

――助かった。

急激に全身の力が抜けた。抱えた栗を放し、地面に着いた足先から崩れるように坐《すわ》り込む。頭上からは怒声と殺伐《さつばつ》とした物音が降ってきていたが、とりあえず何も見えず、物音も何かを一つ隔《へだ》てたように遠ざかった。危険なところから逃《のが》れることができたのだ、という気がした。

「大丈夫《だいじょうぶ》ですか」

憚《はばか》るように低めた声が問いかけてきた。

「大丈夫。ありがとう」

小声で答えると、園糸を支えてくれた少年は少し微笑《わら》う。それを見て、園糸はなぜだか胸が詰《つ》まるような気がした。どういうわけか、相手が痛々しく見えたのかもしれない。それは、窶《やつ》れたふうの顔立ちに由来するものかもしれず、旅に疲弊した様子の身なりのせいだったかもしれない。あるいは、変わった色の黒髪が切り詰められているからだろうか。これは世捨て人――でなければ、身近に大きな不幸があって、深い喪《も》に服していることを意味する。

園糸のほうこそが、大丈夫か、と問いたい気がした。そんな気分になる自分が不思議だった。対する少年のほうは、栗の頭に手を載《の》せ、きょとんとしたまま泣くことを忘れている栗から枯れ草や土を払い落としてくれていた。

そこは抉《えぐ》れたような段差の下だった。低い崖が立ち塞《ふさ》がり、そこから急角度で下りながら秋草に埋《う》もれた岩場が続いている。少し下ればさらなる段差だ。これはごく低い段差のようで、その下の丈高い草叢の間に大きな獣の体軀が覗《のぞ》いていた。

――騎獣を連れた二人連れ。

「……あなた、あの女の人の連れ？」

園糸が問うと少年は頷き、心配そうに崖を見上げる。いつの間にか怒声がやんでいた。黄昏が迫《せま》る中、鳥の声も絶え、秋風に草のそよぐ音ばかりが響く。いったいどうなった

のか──園糸は不安に思い、崖の左右を見渡した。すぐ脇に登れそうな岩場がある。栗の手を引き、恐《おそ》る恐るそれを登って崖上の様子を窺うと、遠くに女と、そこに駆け寄る項梁の姿が見えた。騎獣と草寇の姿は見えなかった。──いや、茂《しげ》みのあちこちに倒れた人影ならば見える。微かに呻き声を上げ、身動きするふうだから、死んだわけではないようだった。さっき見たより数も少ない。何人かは逃げ出したのだろう。

ほっとすると同時に、園糸は急速に不安になった。

項梁は人の好いのだけが取《と》り柄《え》の男だ──ずっとそう思っていた。旅先で理不尽《りふじん》な扱《あつか》いを受けても怒《おこ》るでなく、悶着《もんちゃく》に巻き込まれても怒鳴り声一つ上げるわけでもない。草寇の恫喝《どうかつ》をああも平然と受け流せるほど剛胆《ごうたん》な男にも見えなかったし、ましてや草寇を打ち倒《たお》せるようには絶対に見えなかった。

「大丈夫か」

女に駆け寄った項梁が問う。相手が応《こた》えるのが聞こえた。

「ああ。──そちらも怪我《けが》はないか」

「無事だ。連れを助けてもらったようだな。礼を言う」

項梁の明るい声を聞きながら、園糸は崖を登り切った草叢の中で立ち竦んでいた。項梁には、狼狽《うろた》えた様子も高ぶった様子もなかった。草寇に襲われ、運良くそれを逃れた──そんなふうには到底《とうてい》見えない。まるでこれが当然のこと、造作もないことのような態度に思われた。

「礼を言ってもらうには及ばない」と、女もまた同様に落ち着いた様子だった。「むしろ、こちらが巻き込んだようだ。申し訳ない」

「尾《つ》けられていたようだな。連れはどうした？」

「待たせている。——我々《ぶく》に気がついていたのか？」

ああ、と項梁の笑い含みの声がした。

「妙《みよう》な連中が身を隠して斜面《しやめん》を降りてくるのが見えたんだ。何かを追っているらしいと思っていたら、あんたたちが林に逃げ込むのが見えた。こちらも身を隠せば良かったんだろうが、連中の気を引けるかと思って」

「そうだったのか。助かった」

「いや。女子供もいるのに、無茶だったようだ。あんたが逃してくれたようだな。ありがとう」

これは何なのだろう、と園糸は不安に思いながら、のろのろと足を進めた。何か可怪《おか》しい。良くないことが起こっている気がする。項梁は草寇に気付いていたのだ。様子が可怪しかったのはそのせい、にもかかわらず、逃げ出そうとはしなかった。

「——それは鉄笛《てつてき》か？」と、女は項梁の笛を示した。「鉄笛の遣《つか》い手を初めて見た」

言いながら、女は何かを項梁に差し出した。

「これは飛刀《ひとう》だろう。暗器《あんき》に練達しているらしい」

女が言って、項梁が驚いたように瞬《またた》くのが見えた。園糸は呆然《ぼうぜん》としたまま草叢《くさむら》を出た。それに気付いて、項梁が顔を向け、大きく笑った。

「無事だったか。怪我はないか?」

園糸は頷き、いまになってしゃくりあげる栗を抱き寄せた。

「栗も無事か?」

園糸はこれにも無言でただ頷き、項梁のほうへと歩き出した。とても不安だ。なぜか怖い。鉄笛とは何だろう。飛刀とは。女は暗器と言ったが、それは何なのだろう。なぜ項梁が。

思ったところに、微かな物音がした。園糸があとにした草叢が揺れて、さっきの少年が姿を見せた。

「ああ——申し訳ありません」

女が言うと同時に、項梁が首をかしげた。連れだ、と女は項梁に言って、駆け寄ってきて園糸と擦《す》れ違《ちが》った。そのとき、園糸は見て取った——いまになって気付いたが、女には片腕《かたうで》がない。

女は少年の許《もと》に辿《たど》り着くと、自分の身体で園糸らの視線を遮《さえぎ》るようにしながら、彼《かれ》に何事かを耳打ちする。項梁はその様子を怪訝《けげん》そうに見ていた。何度も少年と女を見比べる。どうしたの、とそばに寄った園糸が声をかけようとしたときだった。項梁は、はっと顔色を変えた。女たちのほうに勢い込んで踏み出したので、項梁に向かって差し出された園糸の手は無視された恰好《かっこう》になった。

項梁は二人に向かって何かを言いかけ——そしてふいに園糸を見た。向けられた顔には、園糸がかつて見たことのない表情が浮かんでいた。人を容《い》れない顔だ。園糸との間に、突き放すような距離《きょり》が作られている。

「園糸、里《まち》へ行くんだ」

「——え？」

「悪いが俺は、これ以上、園糸を送っていくことができない」

その刹那、園糸はついに「そのとき」が来たのだ、と思った。いつかこんな日が来るのだと覚悟していた。でも、どうしてそれがいまなのだろう。秋の終わりの予兆に満ちた今日という日。付近に立ち寄ることのできる里はなく、草寇《おいはぎ》に襲われたばかり、もう陽《ひ》も落ちてしまおうとしている。

項梁は懐《ふところ》から財嚢《さいふ》を出して園糸の手に握らせた。

「何かの足しにしろ」

園糸には言うべき言葉が見つからなかった。差し出されたものを受け取ることもできずに立ち竦んでいると、唐突に項梁が顔を上げた。

「――後ろ！」

項梁は声を上げた。園糸の背後にいる二人連れに向けた言葉だった。園糸が項梁の視線を追うより早く、二人連れの一方――あの少年の身体《からだ》が大きく傾《かし》ぐのが見えた。

4

少し前、去思《きよし》は草叢《くさむら》の中を、ゆっくりと這《は》っていた。

かろうじて乱闘《らんとう》の場から逃《に》げ出した。仲間はみんな逃げ出すか、討《う》ち取られるかしたようだった。それも無理もない。男と女――あの二人組は手強《てごわ》かった。

――単なる旅人だと思ったのに。

連れの女は項梁《こうりよう》と呼んでいたか。里閭《もん》で会ったとき、不憫《ふびん》に思って見送った自分が忌々《いまいま》しかった。男が手にしているあれ、あれは鉄笛《てつてき》だ。笛に見えるし、間違いなく音も出るが中身は鋼《はがね》でできている。充分《じゆうぶん》に人を殺傷できる暗器《あんき》だ。そのうえ男は飛刀《ひとう》を使う。投げるための小刀で、しかも寒気がするほど腕《うで》が良かった。単なる旅人などでは絶対にあり得ない。

少なくとも武器を使うことが身に付いている。それを生業《なりわい》にしてきた者だ。女――園《えん》糸《し》と呼ばれていた子連れの女ではなく、騎獣《きじゆう》を連れたほう――も同様だった。女は隻腕《せきわん》だったが、剣《けん》を使うこと自体に明らかに慣れていた。そんな二人が相手だ。去思らには、まったく分がなかった。所詮《しよせん》は暴力沙汰《ざた》に無縁な連中が武器を持っただけの集団だ。

——だが、どうあってもこのまま逃げ出すわけにはいかなかった。あそこに仲間が倒れている。命があるなら手当をしてやらねばならなかったし、何よりも山に乱入してきたあの連中をこのまま見過ごすわけにはいかない。

——高価な騎獣を連れた二人連れ、片方は佩刀《はいとう》している。時を同じくして現れた男は暗器を遣《つか》う。それが街道を逸《そ》れ、山へと入り込む。

何者なのかは分かり切っている、と去思は思った。なんとしても連中を始末しなければならない。切迫《せつぱく》した思いに衝《つ》き動かされ、去思はひたすら気配を消して斜面《しやめん》を這い進んだ。幸い、あたりは黄昏《たそが》れてきて見通しが悪い。風も出てきた。それでも、できるだけ物音を立てないよう、じりじりと這って、足を止めた連中のところへと近付いていった。途中《とちゆう》、倒れ伏《ふ》した仲間のそばを通った。

「……大丈夫か？」

去思は声を潜《ひそ》める。男は微《かす》かに呻《うめ》きながら頷《うなず》いた。身動きはできないようだが、幸いにも命はある。手当をすべきか迷っていると、当の男のほうが去思を促《うなが》した。

「行け。……頼む」

仲間の眼には、苦痛にも増して切羽詰《つ》まった色が浮《う》かんでいた。懇願《こんがん》を受け取って、去思は頷く。仲間を置いてそろそろとその場を移動し、さらに這って連中のほうへと近付いていった。わずかの距離で動きを止め、草の陰《かげ》から様子を窺《うかが》う。隻腕の女。連れていた騎獣は姿が見えない。先ほど逃げ出した仲間を追っていくのが見えたから、まだ戻《もど》ってきてはいないのだろう。女の傍《かたわ》ら——去思に近い位置には、女よりも線の細い人影《ひとかげ》がある。その二人の向こうに子供を連れた園糸という女と、項梁というあの男。項梁は俯《うつむ》いている。こちらに背を向けた園糸と何やら話し込んでいるようだった。それを見て取って、去思は勢いをつけて飛び出した。立ち上がった刹那《せつな》、項梁が顔を上げるのが見えたが、構わず二歩の間合いを詰め、手近の人影を捕《つか》まえて跳《と》び退《すさ》る。園糸と女が、はっとしたようにこちらを振り返った。

「動くな」

去思は大きく息を吸って、小刀を人質《ひとじち》に突《つ》きつけた。突きつけてようやく、それが十代半ばの少年だと分かった。驚《おどろ》いたふうの彼の喉許《のどもと》に切っ先を当てる。不甲斐《ふがい》ないことに、自分の手は瘧《おこり》のように震《ふる》えている。

よせ、と叫《さけ》んだのは隻腕の女だった。去思は間合いを開けながら、それに怒声《どせい》をぶつける。

「動くな！」

動かれたくはない——特に、暗器を使うあの男には。

女も項梁も、凍《こお》ったように動きを止めた。動いたのは園糸という若い母親だった。

「もうやめて——やめてください」

言って園糸は懐《ふところ》を探る。財嚢《さいふ》を取り出した。両手で捧《ささ》げ、拝むように差し出す。

「持っていっていいわ。あなたたちのことだって訴《うった》え出たりしない。だから、あたしたちのことは見逃《みのが》して」

去思は退《さが》りながら眉《まゆ》を顰《ひそ》めた。どうやら去思らは草寇《おいはぎ》だと思われているようだ。その誤解に安堵《あんど》もし、同時に不審《ふしん》をも感じた。園糸は項梁の連れではないのか。ならば、項梁が何のために山に入ったのかは分かっているはず。去思は改めて項梁と女に目をやった。

「……あんたたちは、何者だ？　何をしに来た」

声を上げたのは項梁のほうだった。

「単なる旅人だ。——お前も知っているだろう」

「暗器を使う旅人か？　旅人がなぜ街道を離《はな》れてこんな山中にいる」

「お前が里《まち》には入れないと言ったからだ。寝場所を探していたんだ。まさか道端《みちばた》で寝《ね》るわけにもいかんだろう。だから林の中にでも行こうと思ったんだ。それだけだ」

「じゃあ、なぜこいつらは別行動を取っていたんだ？」

騎獣を連れた二人連れ。騎獣とは世界中央の禁域、黄海《こうかい》で獲《と》れる妖獣《ようじゅう》を乗騎として仕立てたものだ。飛空できるなどの利点も多いが数は限られ、それだけに高価だった。しかも二人が連れているのはただの騎獣ではない。市井《しせい》の民《たみ》や小金を貯《た》め込んだ商人が連れているような代物《しろもの》では断じてなかった。兵卒が戦《いくさ》のために使う騎獣だ。それも一介《いっかい》の兵卒ではない。軍の空行師《くうこうし》、でなければ将軍、師帥《しすい》などの、それなりに地位のある将兵でなければ所有できないような。その二人を追って山に入った。するとこの男が助けに現れた。男は平凡《へいぼん》な行商人の顔をして、母子《おやこ》を連れていたが、実は暗器の遣い手だ。去思には両者が仲間だとしか思えなかった。一方は母子を隠れ蓑《みの》に街道を行き、一方は騎獣を使って山中に降り立つ。そうやって目立たないよう別々に山に向かい、あらかじめ示し合わせた場所で落ち合おうとしている、としか。

「別行動だなんて、とんでもない。そもそも俺《おれ》たちは知り合いでも何でもない。本当に偶然《ぐうぜん》、行き合っただけなんだ」

「まさか」

「嘘《うそ》のようだろうが本当だ。このあたりの街道沿いには木の一本もないじゃないか。このところ夜露《よつゆ》が酷《ひど》いし、天候だって崩《くず》れそうだ。女子供がいるんだ、岩を枕《まくら》に寝るわけにもいかんだろう。だから寝場所を探してここまで来ただけだ。そうしたら、お前らが見えたんだ。まるでこの人たちが草寇に尾《つ》け廻《まわ》されているように見えた。——そうとも、そういうお前たちこそ何者なんだ？　なんだってこの人たちを襲《おそ》う。俺たちを襲ったんだ？　金が目当てか？　ならばくれてやるから、物騒《ぶっそう》なものをしまえ」

去思はさらに眉を顰めた。項梁の声に、どこか哀願《あいがん》する調子が潜んでいるように感じられたからだ。項梁の言い分など去思には到底《とうてい》信じられない。項梁とて、それは分かっているだろう。にもかかわらず懸命《けんめい》にそれを言い募《つの》ろうとしている。なぜこの男はこうまで必死になっているのだろう？

考えていると、静かな声がした。

「放してください」

背後から拘束《こうそく》された人質の声だった。

「逃げたりはしませんから。何が望みなのか、聞かせてもらえませんか」

去思は狼狽《ろうばい》した。人質の語調があまりにも静かだったからだ。手近にいたので捕《と》らえたが、そもそも女と二人でここへ入り込んで来るぐらいなのだから、項梁のような手練《てだ》れなのかもしれない。思わず小刀に力を込める。もしもそうなら——去思には勝ち目がない。そもそも去思はこういったことに向いていない。

思ったときだった。項梁が唐突《とうとつ》に声を上げた。

「いけません、将軍！」

去思は瞬間的《しゅんかん》に項梁の見ているほう——隻腕の女を見た。女は剣を抜いている。去思のほうに駆《か》け寄ろうとしていた。そのように見えた、にもかかわらず、女は項梁の声に弾《はじ》かれたように振《ふ》り返り、当の項梁に向かって剣を構えた。殺気が立ち昇った。

――なんだ、これは。

去思は混乱した。項梁は女を将軍と呼んだ。では、思った通り項梁と女は知り合いなのだ。知り合いでも何でもないと言ったのは項梁の嘘《うそ》、ならばこの連中はやはり仲間で、だとしたら目的は同じ、ともに山を探るためにやってきたのだとしか思えない。となれば、この連中は去思らを捕らえ――畢竟《ひっきょう》、殺すためにここに来たのだ。だが、その女の剣は仲間であるはずの項梁のほうに向いている。

混乱は緊張《きんちょう》になった。去思が握った凶器《きょうき》にまで力が入る。構えた手が震える。自分でもそれが分かった。切っ先が弾力を持ったものに潜《もぐ》り込もうとしている。――それが唐突に萎《な》えたのは、目の前で項梁が地に両手を突いたからだった。

「やめてくれ！　その方は台輔《たいほ》だ！」

去思は、ぽかんとした。女が驚いたように構えを解き、そして子供を連れた若い母親もまた棒立ちになった。

「……台輔？」

去思は突然のように締め上げた体軀《たいく》を意識した。捕らえ、凶器を向けている、その相手が？

去思は知っている。この戴《たい》の宰輔《さいほ》はいない。宰輔は一国に一人、その本性《ほんせい》は麒麟《きりん》で天と意を通じて王を選ぶ。王を選定したのちは王を輔佐《ほさ》して民に慈悲《じひ》を施《ほどこ》す。民にとっては最大の味方、その宰輔の消息が分からない——もう六年になる。殺されたのだという説もあったが、去思はそれを信じていなかった。どこかに無事でいるはずだ。きっと、いずれの日にか戻ってきてくれるはず。

恐《おそ》る恐る覗《のぞ》き込んだ相手は、静かに去思を見上げた。この国の宰輔は黒麒《こっき》だ。しかし、この髪《かみ》は。——思って、同時に思い出した。どこかで聞いた。この国の宰輔の髪は実は鬣《たてがみ》、通常ならば鬣は金だが、この国の宰輔——泰麒《たいき》ならば黒で問題はない。

項梁は、呆然《ぼうぜん》としたままの去思には構わず、剣を提《さ》げた女に相対した。

「劉《りゅう》将軍——李斎《りさい》様とお見受けいたします」そう、女に呼びかけ一礼する。「私は禁軍中軍におりました、楚《そ》と申します」

中軍、と女——李斎は呟《つぶや》いて、はっと眼を見開いた。

「中軍師帥《しすい》の楚か？　たしか項梁という暗器の達人がいると」

「はい、それでございます」

言って、項梁は去思のほうへ——人質のほうへ向かい、その場に深く叩頭《ひれふ》する。

「……よくぞ、御無事で」

去思の手から凶器が落ちた。

「……本当に？」

頽《くずお》れるようにその場に膝《ひざ》を突いた。呆然と見上げた相手は、ごく静かに頷く。

「あなたは？」

「私は――瑞雲観《ずいうんかん》の者です」

瑞雲観、と項梁らが驚いたように声を上げた。

「瑞雲観の、生き残りでございます！」

六年前、瑞雲観は近隣の道観寺院とともに焼き払《はら》われた。所属する道士僧侶《そうりょ》は、ことごとく命を奪《うば》われてしまった。かろうじて生き延びた去思らは、今日まで近隣の民に匿《かくま》われて生き存《ながら》えてきたのだ。

去思はその場に深く叩頭した。

「心からお帰りをお待ちしておりました……！」

二章

1

戴《たい》に新王が即位したのは和元《わげん》三十三年、閏《うるう》六月のことだった。先王である驕王《きょうおう》が斃《たお》れてのち、十一年の空位を経《へ》て、かつての禁軍《きんぐん》将軍、乍驍宗《さくぎょうそう》が登極《とうきょく》した。選んだのは泰麒《たいき》、戴の黒麒《こっき》だった。しかしながら新王の時代は、わずかに半年で幕を閉じた。舞台となったのは戴国北方に位置する文《ぶん》州だった。

そもそも文州は気候の厳しい土《と》地《ち》柄《がら》だった。戴国北部はなべて冬の寒さが厳しいが、中でも文州は雪こそ深くないものの極寒《ごっかん》の地として知られている。春は遅《おそ》く、夏は乾《かわ》く。作物の生育には適さず、良い森林もない。民《たみ》の生活を支えていたのは鉱山だった。文州は玉《ぎょく》の産地として名高い。戴に知られているだけでなく、世界においても有数の産地だった。さらには、規模は小さいものの良い鉄鉱が採れ、良質の金泉《きんせん》、銀泉《ぎんせん》、玉泉《ぎょくせん》を有する。単純な鉱山とは違《ちが》い、鉱泉では鉱物を産出する水が湧《わ》く。水が鉱石を育てるのだ。天然自然に湧いた水は、地中に金銀玉などの貴重な鉱石を育《はぐく》んできた。これを採掘《さいくつ》する一方で、水が溜《た》まった泉において鉱石を育てる。水の中に核となる鉱物を沈《しず》めておくと

——長い時間はかかるものの——純度の高い塊《かたまり》に育て上げることができた。中でも瑤山《ようざん》の南に位置する函養山《かんようざん》は、戴国最古にして最大の玉泉と言われる。

これら鉱山は基本的に官有で、府第《やくしょ》が山を取り仕切る。だが、実際に山を運営するのは民間の業者だ。しかも鉱床《こうしょう》を探す、坑道《こうどう》を掘《ほ》る、鉱石を掘る者に運び出す者と、作業は細分され、それぞれを専門に請《う》け負う業者がいた。鉱床を探す者たちは、鉱床なり鉱泉なりを見つけて幾らの商売だから、とにかく手当たり次第《しだい》に山を掘る。これに坑道を掘る業者が難癖《なんくせ》をつける。試掘のための坑道が出鱈目《でたらめ》だと、自分たちの手間が増え、危険も増すからだ。そんな連中に今度は鉱石を掘る連中が難癖をつける。坑道を整備するのが遅《おく》れれば、それだけ自分たちの稼《かせ》ぎが減る。その坑夫も、荷運びする者たちに始終苦情を言われた。坑夫が働かなければ、石は動かない。人夫は待機しているだけでは賃金を貰《もら》えない。だから急いで掘れと坑夫をせっつくのだが、逆に坑夫がどれほど働いても、石が動かなければ坑夫は働かなかったことにされてしまう。坑夫は坑夫で人夫をせっつく。――つまりは、四六時中揉《も》めている。これを拳《こぶし》で治めるために台頭したのが土地の匪賊《ごろつき》である土匪《どひ》だった。

それぞれの要求を調整し、折り合いを付けさせる。言葉で諭《さと》しもするが拳も使う。山が円滑《えんかつ》に廻《まわ》るように采配《さいはい》して山の秩序《ちつじょ》を維持《いじ》する。その結果として、山全体を取り仕切ることになる。こうして文州一帯は土匪の勢力抜《ぬ》きには成立しなくなった。増長した土匪は恣《ほしいまま》に振舞《ふるま》う。これに対して府第は民のため——あるいは自らの利権のために統制の手を強める。土匪は当然のように反抗《はんこう》する。山をめぐる利害が衝突《しょうとつ》し、府第と土匪の間には諍《いさか》いが絶えなかった。

六年前もそうだった。弘始《こうし》二年——驍宗が即位して初の新年が明けた、その直後に文州南部にある古伯《こはく》という街が土匪によって占拠《せんきょ》された。これを鎮圧《ちんあつ》すべく王師《おうし》が派遣《はけん》されたが、同時に別の場所でも暴動が続発、これが次第に拡大し、ついには文州全土を巻き込《こ》む反乱へと発展していった。野火のように広がった乱は、ついには王までも引きずり出し、そして呑《の》み込んでしまった。

弘始二年三月、驍宗は文州において消息を絶った。同時に、宰輔《さいほ》である泰麒の姿が宮城から消えた。——それが六年前、戴で起こったことの全《すべ》てだった。

項梁《こうりょう》はこのとき文州にいた。暴動鎮圧のために派遣された禁軍中軍で一師《し》二千五百兵を率いる師帥《しすい》を務めていたからだ。文州師《ぶんしゅうし》と協力して暴動を起こした土匪を討伐《とうばつ》し、占拠された街を解放し、巻き込まれた民を保護する。それが項梁らに下された命だった。当初、それは容易《たやす》いことに思われた。出征《しゅつせい》する際、聞いた土匪の数はわずかに五百程度、たとえ地の利があるにしても、一万二千五百兵を数える禁軍の敵ではない。ましてや文州にも州師はいる。それを思えば一軍を出すのも莫迦莫迦《ばかばか》しいほどだが、討伐を命じた驍宗は、民に国の保護があることを分からせることが肝要《かんよう》なのだと考えていた。

文州は長く土匪の専横に泣いてきた。前の文州侯《ぶんしゅうこう》は土匪以上に悪辣《あくらつ》で、土匪との間に利権をめぐる悶着《もんちゃく》が絶えなかった。州と土匪と、どちらが主導権を握《にぎ》ってもそのつけは民に廻《まわ》る。富は吸い上げられ、法を無視した横暴がまかり通り、小競《こぜ》り合《あ》いに端を発する騒乱《そうらん》が多い。文州の民はそれに堪《た》えてきたのだ。驍宗が玉座に就《つ》いた以上、州侯の専横もなければ土匪の狼藉《ろうぜき》もない。それは戴の新しい王が許さない。——禁軍一軍の威容《いよう》をもって、文州の民にそれを示す。そのための中軍派遣だったのだが、にもかかわらず、項梁らは勝つことができなかった。まるで示し合わせたように土匪の暴動が次々に連鎖《れんさ》して、規模が拡大する一方だったからだ。

　こちらを鎮火しても別の場所で火の手が上がる。それを叩《たた》いても、また別の場所でさらに大きな火の手が上がる。暴徒同士が結託して戦況《せんきょう》が拡大する。これは暴動などという生やさしいものではなく、そもそも計算された謀反《むほん》なのではないか——疑念に応《こた》えて、王都からはさらに一軍が派遣されてきた。のみならず、さらには驍宗自身が禁軍から兵を割《さ》いて出征してきたのだった。

　本来なら王自らが前線に赴《おもむ》くことなどない。にもかかわらず驍宗があえて出向いてきたのは、戦況が拡大し、驍宗と縁の深い轍囲《てつい》という街が暴動の渦中《かちゅう》に巻き込まれようとしていたからだった。轍囲を土匪から——そして戦禍《せんか》から守るために驍宗はわざわざ出向いてきた。そして、忽然《こつぜん》と姿を消したのだった。

王師は不覚にも浮《う》き足立った。驍宗の捜索《そうさく》に手間と時間を割かれ、肝心の土匪との戦況は完全に膠着《こうちゃく》してしまった。さらに鴻基《こうき》から新たに一軍が投入されて、ようやくのことで鎮圧したものの、現場の混乱は甚《はなは》だしかった。そのさなか、陣営《じんえい》に一羽の鳥が飛んできた。同じく暴動の起こった承《じょう》州に派遣された瑞州師《ずいしゅうし》の女将軍――李斎《りさい》からの報《しら》せだった。阿選《あせん》、謀反、と。

当初、項梁は驚愕《きょうがく》したが、落ち着いて考えれば事態は明らかだった。示し合わせたように暴動が拡大した――と思われたが、そもそも示し合わせたものだったのだ。それは最初から項梁ら王師を文州に引き留めるために準備されていた。轍囲を巻き込んで驍宗を王宮から引きずり出すべく計画されていたのだ。

完全に謀《はか》られたようだ、と苦々しげに言ったのは項梁の主《あるじ》――中軍将軍の英章《えいしょう》だった。文州における暴動を裏で指揮していたのは阿選だったのだろう。驍宗麾《き》下《か》の王師を王都から追い払《はら》い、間隙《かんげき》を突《つ》いて玉座を掠《かす》め取った。項梁らが鴻基に取って返したところで難攻《なんこう》不落の王都に残ったのは、巌趙《がんちょう》軍一軍のみだった。項梁らが鴻基に取って返したところで難攻不落の王都をいかにして攻《せ》めればいいのか。しかも「阿選謀反」の報が届いてから時を措《お》かず、中央からは李斎謀反の報がもたらされた。李斎が驍宗を討《う》って簒奪《さんだつ》を企《たくら》んだ、と。すでに構図は明らかだった。阿選に下り、李斎討伐に参加すれば良し、さもなければ逆賊《ぎゃくぞく》になる、ということだった。阿選に下るか、それとも李斎同様、逆賊になるか。決断を迫《せま》られる中、英章は幕営に主立った将兵を集め、あっさりと言ってのけたのだった。

「私は逃《に》げる」

「——英章様！」

「逃げてどこかに潜《ひそ》むことにしよう。お前たちも好きにしていい」

啞然《あぜん》とした項梁らを見やって、英章は皮肉げに口許《くちもと》を歪《ゆが》めた。

「仕方ないだろう。まさか阿選に下ることなどできるはずもなし、とすれば私たちは逆賊だ。だから逃げる」

「戦わないのですか」

簒奪者阿選を討つ——当然のようにそうなるだろうと、項梁ら英章軍の士卒《へいし》のみならず、同じく文州にいた霜元《そうげん》軍、臥信《がしん》軍の士卒もそう了解していた。

「戦わない。——白雉《はくち》が落ちてはいないから」

李斎からの報せにはそうあった。白雉は国に唯一《ゆいいつ》の霊鳥《れいちょう》、王の登極とともに「即位」を鳴き、王が斃れれば「崩御《ほうぎょ》」を鳴いて落ちる。その白雉が驍宗の死によって落ちたと言われているが、それは阿選の欺瞞《ぎまん》であり、白雉は未《いま》だ落ちてはいない、と。

「主上《しゅじょう》は亡《な》くなっておられない。だとしたら将来、必ず戦いがある。阿選に抵抗《ていこう》しようという戦いではなく、阿選と主上の戦いが」

冷ややかに笑って英章は言い放った。

「そのときに働けなければ、驍宗様に仕える値打ちがない。だからここは逃げ出して、どこかに潜伏《せんぷく》しておこう。驍宗様が起《た》ったときに馳《は》せ参じることができるように。——けれど、お前たちは好きにしていい」

　言って、英章は幕営を見渡した。

「お前たちを丸抱《まるがか》えで面倒《めんどう》見てやれるほど、私は裕福《ゆうふく》ではないからね。だからまあ、王師を逃げ出してどこかに潜むなり、阿選に下るなり、好きにすればいい」

　けれども、と英章は床几《つくえ》に広げられた地図を示した。轍囲、琳宇《りんう》周辺の地図だ。そこには敵味方の陣営と戦場となる土地の細々とした地勢が書き込まれていた。

「もしも先々、驍宗様のために働く気があるのなら、ここに署名を。必ず驍宗様のために戻《もど》ると誓約《せいやく》をするんだ。それは約束ではない。麒麟《きりん》が王に忠誠を誓《ちか》うように、絶対に違《たが》えることのない誓約でなければならない」

　同意の声を上げる麾兵《ぶか》の中に投げ込まれた地図。そこに描《えが》かれた土地のどこかで彼らの王は消息を絶った。

「耐《た》えて雌伏《しふく》し、主上が起てば必ず駆《か》けつけると誓約せよ。その気のない者は好きにすればいい。——ただし、阿選に下る者は、決戦までの命数だと思っておくんだね。主上と阿選が戦うことがあれば、私は必ずその者の首を貰《もら》う」

　言って英章は酷薄《こくはく》そうな笑《え》みを浮かべた。

「ここで真実、逃げ出す者は、道を歩くときには俯《うつむ》くことだ。私と目が合わないように。視線が合ったら容赦《ようしゃ》しない。誓約をしておきながら、そのときになって怖《お》じ気《け》を振《ふ》るった者は、逃げ隠《かく》れを考えず自害せよ。そこで命を惜《お》しんでも、そんなに寿命《じゅみょう》が変わるわけじゃないから」

その地図に、実数にしてどれだけの署名が為《な》されたのか、項梁は知らない。少なくとも裏表、寸分の余白もないほどに墨書《ぼくしょ》された地図を持って英章の姿は本当に消えた。以来、項梁は消息を知らない。ただ、阿選に捕《つか》まった、処刑されたという噂《うわさ》は聞いていない。それがない以上、おそらくどこかに潜伏しているのだろうと思っている。

項梁もまた徽章《きしょう》を捨て、戈剣《ぶき》と甲冑《かっちゅう》を捨てて文州を離《はな》れた。以来ずっと、来《きた》るべき時を待って無為《むい》に放浪《ほうろう》を続けていた。

「李斎様の安否はずっと案じておりました。各地に捜索の手が伸《の》びておりましたので」

項梁は隻腕《せきわん》の女将軍を見つめた。──少なくとも、項梁が文州に旅立つ以前、この将軍には両の腕《かいな》が揃《そろ》っていたはずだ。

李斎は頷《うなず》いた。

「御覧の通り、なんとか生き延びた。──多くを犠牲《ぎせい》にはしたが」

廃墟《はいきょ》の片隅《かたすみ》だった。かつての普賢寺《ふげんじ》、その焼け跡だという。寺院のあった場所には、石を積んだ基壇《きだん》のみが残されていた。少し距離《きょり》を置いた院子《なかにわ》──もはや秋草に沈《しず》んで跡形もない——には、負傷した民が横たわり、蹲《うずくま》っていた。李斎と泰麒を襲《おそ》ったのは道観《どうかん》寺院の残党と、それを庇護《ひご》してきた近隣《きんりん》の住民たちだった。彼《かれ》らは二人をその騎獣《きじゅう》、振《ふ》る舞《ま》いから阿選が派遣した残党狩《が》りだと判じたのだった。

斜面《しゃめん》のあちこちに倒れ伏《ふ》した負傷者を、動ける者が総出で運んで休ませた。里《まち》に連れ戻るため、伝令が山を駆け下っていった。幸いにも死者はいないし、さほどの重傷者もいない。項梁は身を隠していなければならないため、剣《けん》を携行《けいこう》していなかった。暗器《あんき》は持っていたものの、これは基本的に防御のため、あるいは暗殺のための武器で、使えば相手が必ず深手を負う、そういう性質のものではない。李斎のほうは剣を持っていたが利《き》き腕《うで》を失《な》くしていたうえ、泰麒がそばにいることを承知していたので、可能な限り殺傷を避《さ》けていた。ために心ある民に深手を負わせずに済んだ。

「李斎様の麾下《きか》は」

分からない、と李斎は答えた。

李斎が阿選によって拘束《こうそく》されたのは、文州と鴻基へ「阿選謀反」の報を流した直後のことだった。阿選は李斎が驍宗を弑《しい》したとして、反乱鎮圧のために承州へ向かう途上《とじょう》にいた李斎の身柄《みがら》を押さえた。李斎は自軍を残し、王宮へ移送されることになった。残された麾下も鴻基に連行する、と言われた。

「のちに聞いたところによれば、結局は鴻基から新たな将が派遣されて、そのまま承州へ送られることになったようだったが」

だが李斎は移送の途中で逃げ出した。その瞬間《しゅんかん》、李斎軍は反軍になってしまったのだ。厳しい詮議《せんぎ》ののちに彼らは承州鎮圧のため派遣されたが、これはすでに、大逆を犯《おか》した将を戴《いただ》いた彼らに対する懲罰《ちょうばつ》の意味合いが強かったのだろうと思う。鎮圧のために働けばよし、さもなければしかるべき刑に処する——という。

だが、実際には彼らが到着《とうちゃく》するまでもなく暴動は鎮圧され、目的を失った彼らには次の命が待っていた。他ならぬ李斎を狩り出して処刑せよ、と。そもそも李斎に大逆などあったはずもないことを知る麾下たちは、この命だけは呑《の》めなかった。

「承州で離散したと聞いた。……そして多くが捕《と》らえられ、処刑されたとも」

どれだけの兵が、そして麾下のうちの誰《だれ》が実際に処刑されたのかは、李斎にもはっきりしない。彼らのほとんどは、正式な裁きを受けることさえなく、捕らえられたその場で有無《うむ》を言わさず殺害された。記録もなければ墓もない。逃げ出して以来、身を潜めながら逃げ廻っていた李斎にも、それを調べる術《すべ》などなかった。ただ、彼らが国命を拒《こば》んで離散したのは承州だ。そして承州は、そもそも李斎が州師の将を拝命していた土地でもある。麾下には承州の出身者が多く、土地勘《とちかん》もあれば地縁もある。なんとか匿《かくま》われ、うまく身を潜めた者も多かったのではないか。李斎はいまも、そこに一縷《いちる》の望みを繋《つな》いでいる。

以来、李斎はずっと逃走《とうそう》を続けていた。自身の麾下に――あるいは、驍宗の麾下に会い、なんとか阿選を討つことはできないか、足掻《あが》き続けていたが虚《むな》しかった。

当時、李斎のみならず阿選を玉座から追放しようと動いていた義民は多かった。だが、集めた勢力が反民として阿選の目に留まれば、苛烈《かれつ》な報復が待っていた。阿選の報復のやり方は異常だった。街に謀反を企む勢力があれば、反民を探す手間などかけない。街ごと根こそぎ滅《ほろ》ぼしてしまう。――かつて、瑞雲観《ずいうんかん》がそうであったように。

李斎の指摘《してき》を受け、黙《だま》って控《ひか》えていた去思《きよし》は震《ふる》えた。

文州で新王が崩じ、そして阿選が玉座を埋《う》めた。――当初、王宮の外にいる者がこれに疑義を差し挟《はさ》む理由は何もなかったのだ。王とは本来、天が選ぶもの、天が麒麟を介《かい》して最善の者を玉座に就ける。だが、その王を欠いた以上、正当な王が再び立つまでの間、誰かが代わって朝廷《ちょうてい》を束ねなければならなかった。阿選は驕王の時代から驍宗と並び称《しょう》されてきた人物だった。驍宗の王朝においても厚遇《こうぐう》され、麾下はもちろん朝臣《ちょうしん》たちの評価も高い。新王が登極するまでの間、仮王《かおう》として阿選が驍宗の跡《あと》を継《つ》ぐのは、妥当《だとう》なことだと思われた。

しかしながら、この事態に瑞雲観が疑念を示した。そもそも瑞雲観は全国道観の中枢《ちゅうすう》、各所の道観が見聞きして集めた情報は結局のところ瑞雲観に集まる。しかも道観寺院は、知識技術伝承の場という性質上、冬官《とうかん》との縁が深かった。道観と冬官、その双方からの声を突き合わせてみれば、阿選が登極した経過はいかにも可怪《おか》しかった。

まず、本当に驍宗が崩じたのかどうか、そこから判然としなかった。当初は文州における土匪《どひ》の乱で戦死したと伝えられたが、その前後の事情は明らかでなく、遭難《そうなん》した場所も諸説あって一定しない。よしんば何らかの事故があって身罷《みまか》ったとしても、葬送《そうそう》の儀もなく、御陵《ごりょう》が設けられる気配もない。調べてみても、驍宗の死を確認した者自体を見つけることができなかった。戦乱の中で驍宗の姿が消えたことは事実、――しかしながら、その後の消息は分からない、というのが実情のようだった。ならば仮王が立つ道理がない。そう疑ってみると、土匪の乱は最初から驍宗を巻き込むべく準備されていたとしか思えなかった。しかも時を同じくして泰麒の姿までが消えたという。王宮で異常な天災――蝕《しょく》が起こったと伝えられるが、そもそも天上の王宮で蝕が起こること自体が希有《けう》なこと、それがたまたま驍宗失踪《しっそう》と同時だったというのも出来すぎで納得《なっとく》し難《がた》い。泰麒の所在もはっきりしないまま、にもかかわらず、あたかも空位になったかのように仮王が立ち、当然のように朝廷を差配する。ここには太綱《さだめ》による裏付けはもちろん、慣例による後ろ盾《だて》すらなかった。

どうにも可怪しいという声は、恬《てん》県の道士僧侶《そうりょ》の間で盛《さか》んで、結局のところ各派道観諸派寺院が協議のうえ、公《おおやけ》にそれを詰問《きつもん》することになった。それによって、いまや阿選が牛耳《ぎゅうじ》る国府と対立することになるであろうとは誰もが予想していたことだった。これから厳しい立場に置かれるかもしれない、心せよとは、去思も老師から言われていた。これ以降、国の瑞雲観に対する処遇《しょぐう》は冷たいものになるだろう。もし何事かあっても国からの援助《えんじょ》は期待できない。多数の道士を擁《よう》する各道観は、国や州から規模に応じた助成を受けていたが、これは断《た》たれる可能性が高い。さまざまなものに事欠くことになるだろうが、多少の辛抱《しんぼう》はしても、道は正さねばならない。——老師はそう言った。

しかしながら、数日後に国の勅使《ちょくし》がやってきた。詰問に対する答えはないまま、新王の登極《とうきょく》に疑義を呈《てい》することは即《すなわ》ち謀反にあたると通告してきたのだ。答えになっていない、と瑞雲観は反発した。謀反などは考えていないが、国民が頂く王の正当性は問う権利があるはずだ。正当な仮王であれば、瑞雲観は積極的に王の統治に協力する。だが、もしもそうでなければ、いかなる協力もすることはできない。

反発の報《むく》いはすぐさまやってきた。八月末日未明、去思は狼狽《ろうばい》しきった同輩《どうはい》に揺《ゆ》すり起こされた。自分の名を呼ぶ声の、尋常《じんじょう》でない取り乱しように驚《おどろ》き、去思は飛び起きた。

「……何だ?」

修行《しゅぎょう》中の道士のうち去思のような下位の道士は、数人が一組になって側院《はなれ》で雑居していた。去思は当時十六歳で、入山したばかり、道士といってもまだ見習いのような存在だった。朝夕に祠廟《しびょう》を礼拝し、老師に付いて講義を受けるほかは、ひたすら雑用に従事する。夜明けと同時に起きて各所を掃除《そうじ》して清め、深夜に一日の塵《ちり》を掃除して終わる。薪割《まきわ》りに家畜《かちく》の世話、菜園での農作業、厨房《だいどころ》の手伝いに使い走り、作法を守りながら徹底《てってい》して雑用に勤《いそ》しむことが修行の第一歩だった。だからこそ、眠りは常に墜落《ついらく》するように訪《おとず》れ、銅鑼《どら》の音で飛び起きるまでは夢も見ない。

しかしながら、去思はそんな生活に不満を感じたことはなかった。去思は望んで道観に入った。江州《こう》で生まれた去思にとって、民《たみ》に何かあれば駆けつけてくれ、助けてくれる道士たちの玄《くろ》い道服は、ずっと憧《あこが》れの対象だった。去思はまだ教学を一通り終えていないのであの玄い道服に袖《そで》を通すことはできないが、お仕着せの藍衣《らんえ》に身を包み、壮麗《そうれい》な瑞雲観を自らの居場所として歩き廻《まわ》るだけで誇らしい気分がしていた。瑞雲観に入山することは、望んだからといって叶《かな》うものではない。たまたま伝《つて》があって瑞雲観で修行を始めることができた。それを何より幸いに思っていた。

とはいえ、雑役《ざつえき》に疲れ切った身体《からだ》を起床の銅鑼以前に起こすのは辛《つら》い。同輩の切迫《せっぱく》した声がなければ、寝返りを打って再び眠《ねむ》り込んだかもしれない。それを許さない悲痛な叫《さけ》びに飛び起き、灯火もないのに廂房《へや》の中が朱《あか》く明るんでいるのに驚いた。

消灯された堂内、並んだ臥牀《しんだい》、去思と同様にうろたえて飛び起きた同房《どうぼう》の同輩たち。それら全《すべ》てを不穏《ふおん》に揺らめく朱い明かりが照らしていた。はっと目をやった明かり採りに、真昼のように明るんだ空が見えた。朱く染まった未明の空を、連なる甍宇《いらか》の影《かげ》が黒々と切り取っている。火災だ、とは、すぐさま思った。しかも尋常の規模ではない。

消さねば、と臥牀を飛び出した去思の腕《うで》を、同輩が摑《つか》んだ。

「逃げろ」

「それより火を消さないと」

駆け出そうとした去思を、強い力が引き戻した。

「いいから逃げろ。——王師《おうし》だ」

去思は愕然《がくぜん》として同輩の顔を見返した。不寝番《ふしんばん》に就《つ》いていたのだろう、藍衣のままの同輩の顔は煤《すす》に汚れ、そこに滝《たき》のような汗が流れて斑《まだら》を描いていた。

どういうことだ、と別の同輩の声がした。

「包囲されてる。これが王の答えだったんだ」

去思は震えた。不興を買うことは分かり切っていた。——だが、ここまでとは。

「なんの警告もなく、いきなり火を掛《か》けてきた」

「まさか」

同輩は首を振《ふ》った。広大な瑞雲観のあちこちで突然《とつぜん》、火の手が上がった。驚いて見ると、山は完全に軍勢によって包囲されていた。

「老師《ししょう》は」

「正堂《へや》で荷を纏《まと》めていらっしゃる。経典《きょうてん》だけでも持ち出さねば——と」

去思らは頷《うなず》いた。

「行って老師をお助けし、麓《ふもと》へ逃げろ。俺《おれ》はほかの連中を起こしに行く」

去思らは頷き、藍衣に着替える間も惜《お》しんで正堂に駆けつけた。瑞雲観はその中にいくつもの道院を擁する。院はそれぞれが老師となる監院《かんいん》を頂点に独立した修行場で、それらを総じて瑞雲観と称する。去思が所属するのは得之院《とくしいん》、監院を世明《せいめい》といった。去思らは世明の許《もと》へ駆けつけ、手早く荷を纏めて夜陰《やいん》に乗じて逃げ出した。瑞雲観は王師によって厚く包囲されていたが、得之院は巨大な一枚岩からなる岩山の麓にあって、山には修行のために辿《たど》る細い道が通っていた。獣道《けものみち》のような小径《こみち》だが、これが山を越《こ》え、さらに次の峰《みね》を越えて墨陽山《ぼくようざん》の中腹まで通じていたのだ。去思らはそれぞれが荷を背負い、交代で老師の手を引いて真っ暗な山道を越えた。皮肉にも、瑞雲観が焼け落ちる明かりが危険な足許を照らしてくれた。さすがにこの小径ばかりは王師も見逃《みのが》していたようで、兵卒の影に出くわすことはなかった。

去思らはなんとか逃げ出すことができた。——しかし、道士の多くは瑞雲観と運命を共にした。周囲にあったほかの道観寺院も同様だった。少数がかろうじて逃げ出し、それぞれが近隣の里廬《まちまち》に逃げ込んだ。しかしながら、それがさらに悲惨《ひさん》を拡大してしまった。詰問には無関係だった門前の里廬までが、謀反に荷担《かたん》したとして誅伐《ちゅうばつ》の対象にされてしまったのだ。

不興を買ったことは仕方ない。瑞雲観の誰もが、場合によっては厳しい詮議があり、その結果如何《いかん》によっては瑞雲観の上層部がその責を問われて一気に処罰《しょばつ》されることもあり得ると了解《りょうかい》していた。だが、所属する道士のみならず、雇《やと》われて働く民や門前の里まで一網打尽《いちもうだじん》に殲滅《せんめつ》されるなどとは誰一人想像だにしていなかった。瑞雲観や付近の道観寺院には、参詣《さんけい》のために訪れ宿泊していた信徒、あるいは治療のために逗留《とうりゅう》していた病人もいた。それらの無辜《むこ》の民ごと、墨陽山一帯は焼き払《はら》われてしまったのだった。――これが、阿選の異常なやり方だった。

その後も道観寺院の残党に対しては厳しい追及《ついきゅう》が続いた。道士を匿《かくま》ったと攻《せ》め滅ぼされた里廬《まち》もある。住民の意志とは無関係に、逃げ場を失った僧侶が駆け込んだために焼き払われた里廬もあった。逆に、匿ってくれた里廬を守るため、自ら王師に投降した道士もいた。去思らもそうだった。去思らは十七人で墨陽山の麓にある東架《とうか》の里《まち》に逃げ込み、そして王師の捜索《そうさく》を受けた。去思らが見つかれば東架にまで災厄《さいやく》が及ぶ。それを恐《おそ》れると同時に去思らを守るため、老師をはじめとする六人が王師の前に出ていった。

――いや、嫌《いや》がる東架の者を説得して、突《つ》き出させたのだ。

押し寄せてきた王師は、幸か不幸か規律正しかった。――少なくともあの当時――残党の捜索が始まった当初は、まだ軍に規律が生きていた。王師は逃げ込んだ道士僧侶を捜《さが》すため、建物を破壊《はかい》し住民を恫喝《どうかつ》はしたが、決して道理に合わない狼藉《ろうぜき》を働くわけではなかった。抵抗した場合には、無惨にも里ごと焼き払われたが、穏和《おとな》しく捜索に協力すれば見逃されることも多かった。六人は東架の者によって王師に引き渡《わた》された。この六人が東架に逃げ込んだ全てだと、老師らも里の者もそう主張し、王師もそれで納得した。去思ら十一人が、その犠牲によって救われた。

本来なら、去思ら——瑞雲観の残党のみならず、付近一帯に匿われた多くの道士たちは、離散《りさん》してこの周辺を離《はな》れてしまうべきだったのだろう。だが、それはできなかった。方々の道観にある設備が、丹薬《たんやく》を作るために必要だった。丹薬は民間医術の要《かなめ》だ。国からの施《ほどこ》しが期待できなくなったいまこそ、丹薬の製造だけはやめるわけにはいかなかった。去思らはあちこちの廃墟《はいきょ》をさまよい、使える窯《かま》、道具を探した。壊れたものは修理し、瓦礫《がれき》と灰に埋まったものを掘り起こした。ここで諦《あきら》めて去思らが離散すれば、必要な丹薬が民の手に渡らなくなるのはもちろん、それを作るための技術や知識さえもが散《さん》逸《いっ》してしまう。彼らは山に踏《ふ》み留《とど》まった。巻き添《ぞ》えで悲運に見舞われたにもかかわらず、近隣の民が助けてくれた。乏《とぼ》しい中から去思らを食わせてくれたばかりか、できた丹薬を秘《ひそ》かに持って、各地の道観に届くよう受け渡してくれ、帰りには素材を集めてきてくれた。去思らはその貴い素材を持って、山を巡《めぐ》る。一つの道観跡《あと》に全ての設備が残っていることはなかったために、一工程ごとに山から山、廃墟から廃墟へと渡り歩かねばならなかった。一方で、知識の散逸を防ぐために、掘り起こした書面や、記憶を縒《よ》り合わせて編纂《へんさん》する。寒さと飢餓《きが》に少しずつ数を減らしながら、そうして持ちこたえてきた

——六年間。

去思は問われるままに、それらを語った。

「よく……辛抱してくださいました」

温かな手が去思の両の手に触《ふ》れた。驚いて目線を上げると、あろうことか、泰麒その人が基壇《きだん》に腰を降ろした去思の前に膝《ひざ》を突いて、去思の手を握るのだ。

「とんでもない」

去思は慌《あわ》てて基壇を滑《すべ》り降りようとしたが、両の手を握った人は、それをさせなかった。

「申し訳ありませんでした。そして、ありがとうございます」

去思には言葉が出なかった。必ず窯を守れと言い置いて隠れ家を出ていった老師、雪山を越え次の窯へと向かおうとして、斃《たお》れ伏した同輩。筺《はこ》を濡《ぬ》らしてしまえば恬県の民が命を賭《と》して揃《そろ》えてくれた材料、そこまでの工程が無駄《むだ》になる。そう思ったのだろう、山道から滑落《かつらく》した彼は、着ている全てのものを筺に被《かぶ》せ、覆い被さるようにして凍《こお》っていた。

とても辛かったです、と去思は言いたかった。誰の心にも身体にも、あまりにも惨《むご》い六年でした、と。

「……台輔《たいほ》、一つだけ、お訊《き》きしてもよろしいでしょうか」

去思はようやく言った。相手の肯定《こうてい》を得て問う。

「台輔はいままでどちらにおられたのでしょうか」

去思、と誰かの制する声が聞こえた。当然だろう、これは不在を責める言葉だ。分かっていても、訊かずにはいられなかった。

「……蓬萊《ほうらい》に」

世界の果て、海の彼方《かなた》には蓬萊と呼ばれる幻《まぼろし》の国があるという。

「台輔はたしか、蓬萊の生まれでいらっしゃると」

ごく稀《まれ》に、その幻の国で生まれ落ちる胎果《たいか》と呼ばれる者があった。胎果の宰輔は頷き、去思の手を握った自らの手に額を当てた。

「許してください。私には戻る道が分からなかったのです」

そうか、と去思は思った。具体的なことは分からないが、握りしめられた掌《てのひら》から察せられることもある。その力と震《ふる》えから。

「……お戻りいただき、ありがとうございます。これ以上の幸いはございません」

去思がそう言うと、どういう意味でか、泰麒は小さく首を横に振った。

2

闇《やみ》の中、里《まち》はその里閭《もん》を閉じていた。郭壁《へい》の中は、しんと物音一つなく、同時に家々に点《とも》る灯りも乏《とぼ》しい。すでに夜半、里は寝静まっていて当然の刻限だった。だが、外から見える静謐《せいひつ》さとは裏腹に、このとき里は眠ってはいなかった。その証拠《しょうこ》に、薄暗く灯を点した里家《りか》に、数十もの人々が集まっている。

彼《かれ》らは里家の東に位置する花庁《きゃくま》を無言で取り巻いていた。立錐《りっすい》の余地もないほどの人混みだったが、たとえ里家を覗《のぞ》き込んだ者がいたところで、そこに人々が集まっていることなど分からなかっただろう。灯火一つ手にするわけでなく、走廊《かいろう》の暗がりに忍《しの》び、庭院《にわ》の闇の中に身を沈《しず》め、頑《かたく》なに沈黙したまま、人々は建物から漏《も》れる明かりを見ていた。

——いや、完全に無音ではない。語り合う声こそないが、押し殺した呟《つぶや》き、堪《た》え忍ぶような嗚咽《おえつ》が闇の中に響《ひび》いている。ひしと抱き合った家族、震《ふる》える手を固く握《にぎ》り合った夫婦、ある者は声を殺すように口許《くちもと》に当てた袖《そで》を嚙《か》み、またある者は庭院の樹木に縋《すが》りつき、それでも視線は決して建物から外さない。窓や戸口から覗き見る花庁の中、薄暗い灯火に照らされて在る影《かげ》。全《すべ》ての視線が一つの影の上に注がれている。

その視線を遮《さえぎ》るように、年老いた影が窓辺に現れた。まるで里家の外に憚《はばか》らねばならない耳目《じもく》でもあるかのように、押し殺した低い声を闇の中に投じた。

「お前たち——もう戻りなさい」

声をかけたのは、この里の閭胥《ちょうろう》だった。

「皆の気持ちは分かるが、これではお気が休まれまい」

誰《だれ》の気が休まらないのか――あえて閻胥は言わなかった。それでも通じることを分かっている。だが、彫像のように佇《たたず》んだ人々からの応答はなかった。

「とにかくお休みいただこう、なあ？」

閻胥が重ねて言うと、人の群が揺《ゆ》れた。老人の声に応じたのではない、彼の背後に現れた影に、全員が息を呑《の》み、身じろぎをしたせいだった。

「構いませんから」

その人影は閻胥に言って、そして前に出る。ひとしきり夜を見渡し、秘《ひそ》かな、同時に柔《やわ》らかな声をかけた。

「見たところ、小さな子供さんもいるようです。このままでは夜露《よつゆ》に濡《ぬ》れてしまいます。せめて中に――どうぞ」

閻胥は驚《おどろ》いてその人を見た。同時に、改めて人波が揺れた。かすかな嗚咽と、押し殺した叫《さけ》び、すぐに人垣《ひとがき》が崩《くず》れるように沈んで、その場に叩頭《ひれふ》していく。やがて、一旦《いったん》は地に伏《ふ》した波が、また起きあがり、そして今度は端のほうから崩れるように引いていった。最後の一人が姿を消すまで、ただの一言もなかった。

「……台輔《たいほ》」

閻胥は傍《かたわ》らの影を仰ぐ。泰麒《たいき》は人々が消え去り、真に闇だけが蟠《わだかま》る夜を見つめていた。

「さぞ訴えたいことがあったでしょうに……立派な方々です」

ありがとうございます、と閭胥は頭を下げた。

去思《きょし》は黙ってそれを見ていた。ひたすらに堪え忍んできた里の者たち。この貧しい土地に踏《ふ》み留《とど》まり、自らの食い扶持《ぶち》を削《けず》ってまでも隠《かく》れ住む道士たちを支え続けた。彼らは報《むく》われていい。泰麒の姿を見、声を得たことが、幾許《いくばく》かでも報いになっただろうか。

名残《なごり》惜《お》しそうに庭院を見やる泰麒を促《うなが》し、閭胥が花庁の中に戻ってきた。さあ、と引き立てるように明るい声を上げ、手当てのため、飲食の給仕のために残っていた数人の里人を見渡した。

「我々もお暇《いとま》して、皆様にはお休みいただこう」

言って、閭胥は老いた顔を項梁《こうりょう》に向けた。

「お連れの身柄《みがら》は確かに私どもの里家で引き受けました。豊かな里とは言えませんので、何不自由なくとは申せませんが、できる限りのお世話をさせていただきます。どうぞご安心くだされ」

「ありがとうございます」

謝辞を述べ、深々と一礼した項梁に続いて李斎《りさい》が口を開く。

「何から何まで忝《かたじけな》い。世話になります」

李斎の言に、閭胥は叩頭《ひれふ》して応《こた》えた。同じく叩頭して里の者たちが退去していく。あとには泰麒を取り巻くように、項梁と李斎、去思と二人の人物が残された。痩《や》せた壮年《そうねん》の男と、簡素な衣に身を包んだ老人。この二人が瑞雲観《ずいうんかん》の人々を今日まで支えてきた。男はこの里の里宰《りさい》で同仁《どうじん》といい、老人は瑞雲観の道士で淵澄《えんちょう》という。

去思たちが怪我《けが》した仲間たちを支えて里に戻ったとき、同仁は里閭《もん》におろおろと佇んでいた。泰麒の帰還を仲間に聞き、取るものも取りあえずそこで待ち受けていたらしい。善良を絵に描《か》いたような風采《ふうさい》の里宰は、遠目に泰麒の姿を見るなりその場に叩頭し、去思らが歩み寄るまで地に伏したまま声を殺して泣いていた。陽《ひ》はすでに落ちていた。一行を迎《むか》え入れた東架《とうか》の里は外部を拒《こば》んで里閭を閉ざした。賓客《ひんきゃく》は里家に迎えられ、しばしの休息と飲食の饗応《きょうおう》を受けた。そこへ報《しら》せを受けて付近の山に身を潜《ひそ》めていた淵澄が駆《か》けつけてきたのだった。つい先ほど、同仁が送った使者に連れられ到着《とうちゃく》した淵澄は、受難からこれまで、ただの一度も狼狽《ろうばい》することがなかったにもかかわらず、去思が知る限り初めて度を失っていた。泰麒を前にほとんど声を発することもできず、叩頭したそのあとは庁《ひろま》の隅《すみ》で凍ったように蹲《うずくま》っている。

場が静まったのを契機《けいき》に、去思はそっと老師《ししょう》の手を引き、泰麒の前に連れ出した。

「台輔、改めて老師を紹介させてください。瑞雲観の監院《かんいん》、淵澄でございます」

瑞雲観はその中に百近い道院を擁《よう》し、道院の数だけ監院がいた。それら監院の上には複数の道院を取り纏《まと》める方丈《ほうじょう》がいたが、方丈で生き残った者はただの一人もいない。監院の中で生き残ったのはわずかに六名、淵澄はその中の筆頭だった。他の五名を他州へと逃《に》がし、自身はこの地に踏み留まって丹薬《たんやく》を作る道士たちを取り纏め、同じく踏み留まった他派道観《どうかん》、諸派寺院の取り纏め役をも担《にな》っていた。

去思がそう述べると、泰麒は去思にもそうしたように丁寧《ていねい》に淵澄の手を取った。その手を押し頂くようにして感謝の言葉を述べる。勿体《もったい》ない、と衣で目頭《めがしら》を押さえた老師を去思は支える。老齢《ろうれい》の淵澄は惨劇《さんげき》以来の困窮《こんきゅう》と寒さで足腰《あしこし》を痛めていた。立ち坐《すわ》りにも歩くにも介添《かいぞ》えを要する。それに気付いたのだろう、泰麒は自ら手を添え椅子《いす》に導く。

「どうぞお掛《か》けになってください」そう言って、跪《ひざまず》いたままの同仁を振り返った。「里宰もどうぞ」

「いえ、私は――」

慌《あわ》てたように頭《かぶり》を振る同仁に、泰麒は驚くようなことを言った。

「床は冷えます。――第一、私はもはや皆様に叩頭していただく資格などないのです」

台輔、と慌てたように声を上げたのは李斎だった。それを目線で制し、

「どうぞ、お席へ。私は長い間の不在を、何よりもお詫《わ》びしなければなりません。そればかりでなく、さらに皆様を落胆《らくたん》させるようなことを申し上げねばならないのです」

泰麒は言って、軽く言葉を切った。淡々《たんたん》とした静かな顔をしていた。

「まずは里宰と監院に、これまで民《たみ》のために御尽力《ごじんりょく》いただいたことを心からお礼申しあ

げます。去思にも」と言って、泰麒は去思に眼を向ける。「これまでの労苦に深く感謝をいたします。不甲斐《ふがい》なくも私が戴《たい》を離《はな》れている間、皆様が民を支えてくださいました。多くの犠牲《ぎせい》を払《はら》ってこられたにもかかわらず、いまごろになって戻《もど》った私を心から歓迎《かんげい》してくださる。しかしながら――」

泰麒はもう一度言葉を切って、少しの間、言葉を探すようにした。

「私には皆様に差し上げる奇蹟《きせき》がありません。……角を失《な》くしました。ですから、私はもう麒麟《きりん》とは言えないのです」

李斎が勢い込んで席を蹴《け》った。

「台輔、そういう言い方は」

「本当のことですから」

去思は言葉の意味をうまく摑《つか》まえることができなかった。同様なのだろう、項梁もまた怪訝《けげん》そうにしている。そんな去思らを見やって、いいえ、と李斎は頭を振った。

「台輔の仰《おつしや》りようは正しくない。どうして麒麟が麒麟でなくなることなどあるだろうか。無論、台輔はこの戴国の麒麟であらせられるし、天から戴に下された方であることは間《ま》違《ちが》いない。ただ、台輔はお怪我をしておられる」

「……角を、ですか？」

去思は思わず問うた。麒麟は本来、神獣と称《しよう》される獣形《じゆうけい》を取る。大多数は雌黄《しおう》の毛並みを持ち、黄金の鬣《たてがみ》を持つ。額には一角がある。それこそが麒麟の奇蹟の技の源泉だと言われている。——その、角を？

「阿選《あせん》が斬《き》ったのだ。あの——兇賊《きょうぞく》が。そのせいで甚大《じんだい》な傷を負われて、台輔は蓬萊《ほうらい》に落ちてしまわれた。これは決して台輔のせいでは——」

必死に申し開きをしようとする李斎を、当の泰麒が止めた。

「李斎、そういうことは言っても仕方のないことです。——李斎の言う通り、負傷しました。ですから王気《おうき》を探すことも、獣形に転変《てんぺん》することも、支配下においた妖魔《ようま》を使令《しれい》として使役《しえき》することもできないのです。戴のために——戴の民のために何を施《ほどこ》すこともできません。あるのはこの身一つです」

「それで充分《じゅうぶん》でございます」

誰が何を言うより早く、同仁がそう言った。

「御身《おんみ》そのものが戴にとっては天の恩恵なのですから。麒麟である台輔が戴におられるということは、天が戴を見捨てていないことの証左でございます。私どもは、それだけで充分以上に報われます」

言ってから、同仁は軽く息を吐《は》いた。

「……実を申せば、天はもう戴を見捨てたのだと思っていました。このまま国も民も沈んでいくしかないのだと……」

常に前向きに里の者や去思らを励《はげ》ましてきた同仁が、初めて漏らした弱音だった。

「どうやって最後の瞬間《しゅんかん》までそれを皆に悟《さと》らせず希望を抱《いだ》かせたものか——それとも徒《いたず》らに希望を持たせるのはかえって惨《むご》いことだろうかと……」

同仁は言葉を途切《とぎ》れさせ、そして怺《こら》えるように口許に拳《こぶし》を当てた。

「里の者たちに罪科《つみとが》はありません。それどころか、今日まで懸命《けんめい》に道士様を支えてきました。食を削《けず》り、労を惜《お》しまず——にもかかわらず、天はお前たちを見捨てたのだと、どうして言えましょう。善行は天に届かず、献身《けんしん》は地に投げ捨てられたのだと、そんなことを察してほしくはなかった」

ですが、と同仁は泣き出しそうな顔に笑《え》みを浮《う》かべた。

「天は見捨ててはおられなかった。希望を捨てるな、堪え忍べば必ず良い報いはあるのだと——言ってきた私の言葉は嘘《うそ》にならずに済みました。これほど有難《ありがた》いことはございません」

同仁の言葉を受け、泰麒は無言で深く一礼した。

「同仁の申す通りです」と、淵澄が言葉を添えた。「……しかし、お怪我のある御身で、ようお戻りになられました。蓬萊とは、容易《たやす》く往《ゆ》き来できるところではないのでは」

「私一人の力では不可能でした。李斎が一命をかけて慶《けい》に赴《おもむ》き、景王《けいおう》の御助力を得てくれたのです」

「景王」と淵澄が言葉を捉《とら》えかねたように呟いた。あまりにも意外な言葉に、意味を摑み損《そこ》ねたのだろう。それは去思も同様だった。──景王とは、大陸東にあるあの慶国の王のことか？　それが戴に助力？

去思はこれまで国が他国に援助するなどという話は聞いたことがなかった。ひょっとしたら大陸ならそういうこともあるのかもしれない、大陸八国は陸続きだ。だが、戴は海の中に孤立《こりつ》している。ほとんど他国とは交流を持たない。たしか王──わずか半年でいなくなった新王の即位式には他国から賓客があったと聞くが、詳《くわ》しいことは知らなかった。少なくとも天上の世界に属することのない去思には、他国などないも同然の存在だった。

誰もがぽかんとしたのを見て取ったのか、泰麒に促され、李斎が口を開いた。

「景王は台輔と同様、胎果《たいか》の生まれでいらっしゃると聞いたので──」

この世界において生命は里木《りぼく》の卵果《らんか》に宿る。不幸にしてその卵果が幻《まぼろし》の国に流されてしまうことがあった。流された卵果はそこで孵《かえ》り生まれ落ちる。それが胎果だった。景王も胎果だという話だった。景王ならば同じく蓬萊で生まれた泰麒に親近感を抱き、救うために手を貸してくれるのではないかと思った。李斎には、他国に縋る以外、もはや打つ手がなかったのだ。

慶国の若い女王は泰麒を救うために奔走《ほんそう》してくれた。景王のみならず、慶と誼《よしみ》の深い雁《えん》の助力を得、雁国延王《えんおう》の要請《ようせい》によって他の諸王までもを巻き込み、蝕《しょく》によって蓬萊に落ちた泰麒をなんとか探し出し、どうにか連れ戻すことができたのだった。

　諸王の協力があってなお、泰麒を連れ戻すことは容易いことではなかった。ようやく連れ戻しても泰麒の角は欠けたまま、もはや泰麒は、満足に身を守ることもできない。だが、泰麒は戴に戻らねばならない、と言った。

　蓬莱で病《や》んだ身体《からだ》を充分に癒《い》やす間もなく慶を離れ、戴へと戻ってきた。李斎の乗騎《じょうき》と延王に借り受けた乗騎、それに跨《また》がって雲海を越《こ》え、最初に向かったのは垂州《すい》だった。

　空の高所には雲海があって、これが天上と天下を分ける。国が傾《かたむ》いた、その証左だろうか、戴にはすでに妖魔《ようま》が湧《わ》いていた。特に南の垂州は妖魔の跋扈《ばっこ》が酷《ひど》いことで有名だったが、妖魔は天上には湧かない。雲海を越えてなら、垂州城へ辿《たど》り着けるだろうと向かってみたものの、肝心《かんじん》の垂州城は閉ざされていた。周囲を厚く州師《しゅうし》が守り、近寄ることさえできなかった。

「私は慶国に向かう前、友人と共に垂州城を目指していた。垂州はまだ阿選の手に落ちていないと聞いていたから」

「いいえ、垂州は駄目《だめ》です」と、項梁が口を挟《はさ》んだ。「垂州侯《すいしゅうこう》はとうに病んでいます」

　そうだったのか、と李斎は呻《うめ》いた。そうとは知らず、李斎は友と垂州城を目指し、そしてそこで別れ、慶国を目指した。それでは荒廃甚《こうはいはなは》だしい丘に残した友は、その後どうなったのだろうか。行く末を思い、李斎は少しの間、言葉を途切れさせた。

「ともかくも、垂州の現状を知らなかったので……、とりあえず台輔と共に垂州を目指したのだが……」

李斎とて、国を離れている間に垂州侯が旗幟《きし》を変えている可能性は考えていた。阿選は当初、新しい正当な王が登極《とうきょく》するまでの仮王《かおう》として順当に玉座を埋《う》めた。戴の九州を治める州侯が阿選に敵対する理由は、とりあえずなかった。やがて阿選の簒奪《さんだつ》が明らかになっても、全《すべ》ての州侯が阿選に対して抵抗《ていこう》を示したわけではない。一部の州侯は異を唱えたが、阿選に脅《おど》されて黙《もく》した。反抗の時機を待つという者もいただろう、単に趨勢《すうせい》を窺《うかが》っていた者もいただろう。だが、次第《しだい》に諸州は阿選の許《もと》に下り始めた。その中には、不可解なほど唐突《とうとつ》に旗幟を変えた者もいた。つまりは、「病んだ」のだ。

阿選に抵抗する者たちは、唐突に「病む」ことがある。李斎はそれを承知していたし、それで、州師によって厚く閉ざされている州侯城を見て、垂州は駄目だと見切りをつけた。垂州侯も病んだのだろう。それで阿選に下った。雲海の上には妖魔は湧かないのだから、それは絶対に妖魔に対する防備ではなかった。

だが、そこからどこへ向かうべきなのか、悩ましかった。雲海の上には身体を休める街もない。どこからか雲海の下に出なければならないが、州侯城は経由できない。垂州の北に位置する藍《らん》州も凱《がい》州もすでに阿選に下っていることは李斎も知っていた。すると残る経路は凌雲山《りょううんざん》だけになる。思った瞬間、李斎は江《こう》州墨陽山《ぼくようざん》を思い出した。墨陽山の麓《ふもと》、恬《てん》県は道観《どうかん》の土地、たしかその道観は阿選によって焼き払《はら》われたと聞いていたが、ために墨陽山の付近は、ほとんど無人に近い状態のはずだ。

事実、墨陽山に警固《けいご》はなく、門前にあったはずの街々は消え失《う》せていた。付近の里廬《まちまち》も残骸《ざんがい》になり果てていた。――なのにまさか、こんな人々が残っていようとは。

「天の配剤というものかもしれない……」と、李斎は呟いた。「たまたま墨陽山を思い出しただけなのだが」

垂州北部、そしてさらに北に広がる藍州、それぞれにも凌雲山は存在した。全てを知るわけではない李斎も、すぐさま二、三の凌雲山を思い浮かべることができる。なのになぜ一足飛びにさらに北の江州の――しかも、その江州でも北部にある墨陽山を真っ先に思い出したのか。もちろんそれは瑞雲観の悲劇を強く印象に残していたからなのだが、それでもいくらなんでも恬県は遠い、と思い留まっても良かったはずだ。なのに墨陽山、と念頭に浮かぶと、不思議なほど他の選択肢《せんたくし》は思い浮かばなかった。

「よくぞ思い出してくださいました」と、項梁が言った。「おかげで、たまたま私が居合わすことができました」

去思も頷《うなず》き――そして経緯《けいい》を思い返して寒気を感じた。もしもたまたま項梁が居合わせなければ、去思たちは李斎と泰麒を阿選が派遣《はけん》した残党狩《が》りの士卒《へいし》と誤認《ごにん》したまま、何がなんでも排除しようとしただろう。李斎が相手では相当に苦戦しただろうし、あるいは去思らのほうが一網打尽《いちもうだじん》にされたかもしれないが、たまたま何の弾《はず》みでか泰麒を討《う》ってしまうことだってあったかもしれない。泰麒は黒麒《こっき》だ。その髪《かみ》は麒麟に特徴《とくちょう》的な金ではない。まさか自国の麒麟だとは夢にも思わず、負傷させ──使令《しれい》がいないのであれば不可能ではない──最悪、殺《あや》めてしまったかもしれない。

去思の胸中を知ってか知らずか項梁は、

「あのときあの場に居合わせなければ、私はいまも台輔が戻《もど》って来られたことを知らぬまま、戴を放浪《ほうろう》していたでしょう。有難《ありがと》うございます」

「私の手柄《てがら》ではないと思う」と、李斎は首を横に振った。「これは東架の方々の功徳《くどく》が天に伝わったのだと見るべきだ」

李斎の言に、同仁らは感極《かんきわ》まったように目頭《めがしら》を押さえた。

3

江《こう》州北部の片隅《かたすみ》、小里《しょうり》の夜は更《ふ》けていく。かつての栄耀《えいよう》は失われ、死に絶えたように静まる墨陽山《ぼくようざん》一帯、その真っ暗な夜の直中《ただなか》に小さな灯《あか》りが点《とも》されている。灯りを取り囲んだ人々は、それぞれの思いに沈《しず》み込み、ひとしきり声もない。

「さて……」と、同仁《どうじん》がその沈黙《ちんもく》を破った。「本当に、皆様にはお休みいただかねば。

台輔《たいほ》も李斎《りさい》殿もお疲れの御様子、しばらくはここでお身体を休められて——」

同仁の言を泰麒《たいき》が遮《さえぎ》った。

「お心は有難《ありがた》く思いますが、私と李斎は明日の早朝には出発いたします」

同仁は驚いたように泰麒を見た。

「え、いや、ですが……」

「先を急がねばなりません。主上《しゅじょう》をお捜《さが》ししなければ」

去思《きょし》は、どきりとした。崩《ほう》じたと伝えられている戴《たい》の正当な王。その後の国の有様を見れば、公報など信じられるはずもない。——だが。

「あの……」と、去思は言い淀《よど》み、逡巡《しゅんじゅん》の末、それを口にした。恐《おそ》ろしくて訊《き》けないが、聞かずに済ますことはできない。「台輔、——主上は」

「御無事です」

泰麒の声は柔《やわ》らかく、けれどもきっぱりとしていた。去思は拳《こぶし》を握《にぎ》る。

「——では」

「いや」と口を挟《はさ》んだのは李斎だった。「残念ながら、いま現在、どこでどうしておられるのかは分からない。しかし身罷《みまか》ってはおられない。それだけは断言できる」

ああ、と同仁が呻《うめ》いた。

「……有難い」

同様に、去思らもその場で顔を覆《おお》った。──では、まだ戴には希望が残されているのだ。全《すべ》てが正される可能性がある。

「白雉《はくち》が落ちたというのは、阿選《あせん》の欺瞞《ぎまん》だ。私は白雉の世話をしていた二声氏《にせいし》から、直接それを聞いている」と、李斎は言明した。「そればかりでなく、他国の王宮にも主上の崩御《ほうぎょ》は伝わっていない。白雉が落ちれば各国の鳳《ほう》が鳴いて報《しら》せるが、未《いま》だに鳳が鳴いたことはないと、景王《けいおう》も延王《えんおう》も言っておられた」

「しかし、だったら、主上はどちらに？」

そう訊いたのは項梁《こうりょう》だった。李斎は項梁に向かって首を振《ふ》る。

「分からない。口惜《くちお》しいことに、台輔にもお分かりにはなられない。だが、主上の帯の断片が函養山《かんようざん》で見つかっている」

李斎は数奇《すうき》な縁《えん》で、驍宗《ぎょうそう》の帯の断片を手に入れたいきさつを語った。それは範国氾王《はんこくはんおう》から即位の祝いとして驍宗に贈《おく》られ、そして函養山から届いた玉《ぎょく》の荷の中に交じって氾王の手許に舞《ま》い戻った。李斎はそれを氾王から譲《ゆず》られた。

李斎は美しい手巾《てぬぐい》に包んだその断片を見せた。

「ものの見事に断《た》ち切られている。長さからすると、ちょうど背中にあたる」

「では、主上は背後から襲《おそ》われて──？」

訊いた項梁に李斎はそれを手渡《てわた》す。

「だろうと思う。見ての通り、血痕《けっこん》が付いている。主上が敵に襲われ、負傷なさったことは確実だと思われる」

項梁は断片を軽く押し頂き、矯《た》めつ眇《すが》めつした。

「一刀両断、ですね。襲った者は腕《うで》が立つ」

「だろう。——もっとも、主上も剣客《けんかく》で知られたお方だ。それを背後から一刀両断にできるほどの達人を、私は思い出すことができないのだが」

「大勢で取り囲んだか……なにか奸計《かんけい》を用いたか……」

「かもしれない。いずれにしても、これだけ見事に切れていれば、その場で脱落《だつらく》したはずだ。千切れたものではないから、襲われた場所に落ちたと考えるべきだろう。ならば主上が襲われたのは函養山で間違いないし、襲わせたのは阿選だったとしか考えられない。阿選は文《ぶん》州の乱に乗じて主上を弑《しい》するつもりだったのだ」

「けれど主上は亡《な》くなられなかった。それからどうなったのか——」

「そこが分からない」と、李斎はその場の人々を見渡した。「噂《うわさ》でもいい——誰《だれ》か、主上らしき人物を見たという話を聞いた者はいないだろうか」

「私は各地をさすらっておりましたが、その間、そんな噂を聞いたことはありませんでした。東架《とうか》の方々はどうだろう」

項梁の問いに、問われたほうは一様に首をかしげた。

「国に追われる武将が通っていったようだとか」と、同仁は言った。「……その程度の噂話なら耳にしたこともございますが、どれも確かな話ではございませんし、それが主上だったらしい、という話は聞いたことすらございません。だからこそ、主上が亡くなられたという公報を民《たみ》は信じているわけですが」

「だろうな……」

「その帯を見れば、怪我《けが》をなされたことは確実でございましょう。にもかかわらず襲撃《しゅうげき》者の凶手《きょうしゅ》から主上が逃げおおせられたのだとすると、これまでなんの音沙汰《おとさた》もないのは、なぜなのでございましょう。逃げ出したまま沈黙《ちんもく》しておられるとは、解《げ》せない話でございます」

確かに、と項梁も頷《うなず》いた。

「本来ならば、阿選謀反《むほん》、と声を上げて当然なのだからな。……ということは、阿選に捕《と》らえられたということだろうか」

「ですが、その身柄《みがら》が手の中にあって、阿選が主上を生かしておく、ということがあり得ますでしょうか」

それはない――と去思は思った。王を弑して玉座を掠《かす》め取ろうと考えたからこそ、阿選は行動したのだ。その相手が自分の手中にあって、命を取らないはずがない。

「ないだろうな」と、項梁も呟《つぶや》く。「おそらく、主上の身柄は阿選の手許にはないんだ。

しかしながら、主上御自身、起《た》って阿選を糾弾《きゅうだん》できるような状態にもない。自由に動ける状態ではないのかもしれない」

項梁の言に、去思はただ首をひねった。それはいったいどういう状況《じょうきょう》なのだろう？

「――とにかく御無事であられる以上、お捜《さが》しすることが先決だ。台輔の仰《おっしゃ》る通り、一刻も早く」

項梁が言って、李斎は頷いた。

「主上の足跡《そくせき》を辿《たど》るためには、まず文州に行かねばならない」

項梁は居住まいを正した。

「喜んで行かせていただきます」

「そういう意味じゃない。もちろん私も――」

項梁は首を横に振った。

「将軍はここに留《とど》まっていらしてください。私が行って参ります」

項梁が言うと、李斎は表情を強張《こわば》らせた。

「たしかに私は利《き》き腕《うで》を失った。だが」

項梁は慌《あわ》てて、

「誤解なさらないでください。文州を捜索《そうさく》するのに、一人よりも二人で当たったほうがいいことは分かり切っています。ですが、台輔をどうなさいます。まさか文州までお連れできないでしょう。もし、東架の方々が負担に思われないのであれば、皆様にお願いするのが確かかと思います。ただ、台輔だけをお残しするわけにはいきません。ぜひとも李斎様にはおそばにいていただかないと」

小さく唸《うな》って李斎は押し黙《だま》った。にもかかわらず異論を唱えたのは、黙って耳を傾《かたむ》けていた泰麒だった。

「それはできません」

項梁が驚《おどろ》いて泰麒を見た。

「東架の方々に御迷惑《ごめいわく》はかけられません。それ以上に、私だけ安全な場所に隠《かく》れていることはできません」

「とんでもないことを仰らないでください。台輔が済まなく思われるのはもっともですが、なんとしても御身《おんみ》の安全を図《はか》っていただかないと」

言いかけた項梁を泰麒は制した。

「確かに、私はもう王気《おうき》を探すことができません」

「台輔、そういう意味では」

「使令《しれい》もいません。自分で自分の身を守ることすらできません。一緒《いっしょ》に行っても足手纏《あしでまと》いになるだけなのでしょう」

「台輔、おやめください」

項梁は声を上げた。李斎もまた、泰麒を押し止《とど》める。

「台輔、そういう言い方をなさってはいけません」

事実です、と泰麒の言は残酷《ざんこく》なまでにきっぱりとしていた。

「ですが李斎、これはすでにもう話し合ったことですね？　安全な場所に隠れるというなら、慶国《けいこく》の金波宮《きんぱきゅう》以上に安全な場所はありません。そこをなぜ出なければならないのかは、説明したはずです」

李斎は俯《うつむ》いた。泰麒はその場の人々を見る。

「項梁も、皆様も——御心配は重々分かります。私は、麒麟《きりん》として持っていたはずの奇蹟《きせき》の力を悉《ことごと》く失《な》くしました。喪失《そうしつ》したからこそ、奇蹟ではない現実的な何かで、戴を救うために貢献《こうけん》しなければなりません。皆様が苦難に耐《た》えて今日までを乗り越《こ》えてこられたように、同じく苦難を乗り越えなければ、将来、平穏《へいおん》な戴を取り戻《もど》すことができたとしても、その平穏を皆様と一緒に享受《きょうじゅ》する資格を失ってしまいます」

「台輔、しかし……」

「あなた方が平穏を喜んでいるときに、私はただ一人、自分の無力を呪《のろ》わなければならない」

項梁は押し黙った。

泰麒の言を受けても、なお承服しかねる様子の一同に泰麒は静かに言う。

「本来、真実戴のためを思うなら、この場で私を斬《き》り捨てるのが一番なのです」

驚愕《きょうがく》して、その場の誰もが「そんな」と声を上げた。

「なぜです？　実はそれこそが最も確実な方法なんです。私を斬って捨て、どこかにおられる驍宗様をも切り捨てる。そうすれば新しい麒麟と新しい王を得て、早ければ数年で、全《すべ》ては確実に是正《ぜせい》される」

項梁は言葉に詰《つ》まったように口籠《くちご》もった。去思もまた口にすべき言葉を持たなかった。

――確かに、泰麒の言は間違《まちが》っていない。

重い沈黙の中、「ありがとうございます」と言ったのは淵澄《えんちょう》だった。淵澄は穏やかな表情で一同を見渡した。

「台輔は、我々と一緒に同じ苦労を分け合おう、と仰っておられる。有難く思いこそすれ、不満に思う必要があるだろうか？」

「ございません」と去思は声を上げた。「よろしければ、私もお連れください」

振り返った一同に、去思は軽く頭を下げた。

「御身をお守りするには頼《たよ》りない腕前であることは百も承知です。私のほうこそが足手纏いになるだけなのでしょう。ですが、私が御一緒できれば、道々、道観を頼ることができます」

「それがいい」と、淵澄は声音《こわね》を高くした。「お前、行ってくれるか」

「喜んで参ります。ぜひとも行かせてください」

淵澄は大きく頷く。

「理由は問わず助けてくれと、私が一筆認《したた》めておこう。慣れぬことで苦労だろうが、ぜひとも行って、皆様をお助けしてくれ」

はい、と去思は深く一礼した。李斎もまた、淵澄に一礼する。

「……何から何まで有難い。助かります」

淵澄は頷き、そして李斎に向かって手を延べた。差し出した李斎の片手を両の手で包み込むように握《にぎ》る。

「我々のほうこそ、お礼を申し上げる。よくぞ慶まで行ってくださった。台輔をお救いくださり、本当に有難うございます。これから先も御苦労は多いかと存ずるが、必ず天は助けてくださいますでしょう」

言って、李斎の手を叩《たた》いた。

「……天ばかりでなく、人も。決してこの里《まち》ばかりではありますまい。戴は死んではおりません。心ある人々が国の随所《ずいしょ》にきっといて、時代が動くのを待っております」

淵澄の言葉に、李斎ばかりでなく、その場の誰もが頷いた。そうであればいい、という祈《いの》りを込めて。

厳粛《げんしゅく》な沈黙に、微《かす》かな雨音が忍《しの》び入ってきた。いつの間にか、小糠《こぬか》のような雨が静かに降り始めていた。

4

風のない夜、穏《おだ》やかな雨が山野を濡《ぬ》らしていた。江《こう》州北部をしっとりと包んだ雨は、文《ぶん》州との州境になる山地に至って雨脚《あまあし》を強くし、山地の麓《ふもと》で再び静かな小雨に変わった。文州中央部では霧雨《きりさめ》に近い。色づいた樹木にたっぷりと露《つゆ》を含《ふく》ませ、それが雫《しずく》となって地に降り落ちる。雨滴《うてき》が叩《たた》いた地面の下には窖《あなぐら》があった。その暗闇《くらやみ》の中に横たわる人影《ひとかげ》がある。忍《しの》び入る雨音に混じって微《かす》かな声が響《ひび》いていた。

「……で戦って」

ほのかに明かりは一つだけ。いまにも消えそうに暗かった。

「……で死んだ……」

暗がりの中に横たわった影は動かない。ただ、歌声だけが口の中で唱えるように漏《も》れていた。少年は手を止めて臥牀《しんだい》のほうを見た。横たわった人物が眼を開け、いつものように夜の虚空《こくう》を見つめているのを見て取って、視線を手許《てもと》に戻《もど》す。小刀を砥石《といし》に当てながら、調子を揃《そろ》えた。

「野垂《のた》れ死にしてそのまんま、あとは烏《からす》が喰《く》らうだけ……」

陰惨《いんさん》な歌詞だが曲調は明るかった。彼《かれ》が世話を任された人物がよく口にするので、いつの間にか覚えてしまった。驚《おどろ》いたように臥牀の上の身体《からだ》が身じろぎし、一瞬《いっしゅん》、声が途《と》切《ぎ》れて「ふふ」と含み笑う声がする。そして、

――おれのため　烏のやつに言ってくれ
　がっつく前にひとしきり　もてなすつもりで泣けよって
　野晒《のざら》しのまま、ほら、墓もない
　腐《くさ》った肉さ　一体全体どうやって　お前の口から逃《に》げるのさ？

古い古い戯《ざ》れ歌だという。山客《さんきゃく》が崑崙《いきょう》から伝えたともされる歌で、兵士たちが酒場で好んで歌うものなのだそうだ。宴《うたげ》の終盤《しゅうばん》、酔《よ》いに任せて大いに盛り上がり、手を叩き足を踏み鳴らし、声を揃えて放歌する。明日には歌のように山野に屍《しかばね》を晒《さら》すことになるやもしれない自らの命運を――しかも救いがたいことに、望んで選んだ自分を笑いながら。

かつて、臥牀の上の人物がそう、彼に教えてくれた。

彼は砥石に水を打ち、口ずさみながらさらに小刀を研《と》ぎにかかる。

――川音ざんざん　岸の茂《しげ》みはまっくらけ
　勇まし騎士《きし》さま　戦って死んで
　馬っこ残され　うろうろ困って鳴くばかり

里《まち》には兵士くずれの食客《しょっかく》が幾人《いくにん》かいて、彼らも宴会《えんかい》の折にはこの歌をよく口にする。

とはいえ、歌うというより声を張り上げてがなりたてるに近い。酔うだけ酔ってから歌うのが正しい歌い方なんだ、と兵士の一人は言った。おかげでどの兵士も音程が危《あや》うい。そうやって歌い継《つ》がれ、覚えられてきたせいか、歌い手によって曲調が微妙《びみょう》に違っていた。臥牀《しんだい》の上の主人が歌うと明るく美しい曲に聞こえる。戯れ歌にしては整い過ぎている気もした。あるいは主人が、長い時間の中で繰《く》り返すうちに整えてしまったのかもしれなかった。

思いながら研いでいると、手が滑《すべ》った。がりっと刃《は》が砥石を嚙《か》む。その音を聞きつけたのか主人が、

「どうした、大丈夫《だいじょうぶ》か？」

彼は振り返って頷《うなず》き、小刀を灯火に翳《かざ》してみた。せっかく研いだ刃が毀《こぼ》れている。

「また失敗しました……」

見せてみろ、と笑い含《ふく》みの温かい声がして、彼は臥牀のそばに寄った。横たわったままの主人に小刀を差し出す。夏の終わり、風邪《かぜ》を引き込んで寝付いた主人は、少し痩《や》せたようにも見える手で、彼の差し出した小刀を受け取った。

「毀れてしまったな。薄く研ぎすぎだ」

「薄くないと、ちっとも切れないんです」

地金が良くないからな、と主人は笑い、そして軽く咳《せ》き込んだ。

「……大丈夫ですか？　お水でも？」

いや、と主人は笑う。

言って返された小刀を手に、彼は再び砥石の前に戻《もど》った。

「もう少し厚く」

――身代を築くのにさ　どうして南？　なんで北？
そこの禾黍《みのり》を刈《か》らないで
お前さま、いったい何を食うんだい
これで忠臣になろうって　どうやってなりゃいいのかね？
充分《じゅうぶん》いい臣下《けらい》さ、お前さま　思ってやりなよ
本当にさ、臣下のことを思ってやったらどうなんだい

臥牀《しんだい》の上から低い笑いが漏れ聞こえた。かつて笑い崩《くず》れながら歌った日のことを思い出したのだろうか。寝付いた当初はずいぶんと具合が悪そうで、周囲を心配させた主人だったが、昨日から熱が引いて顔色も良くなった。彼はようやく安堵《あんど》している。

満身創痍《そうい》の主人が、この里に運び込まれてきたのは六年前だったか。そのとき彼は、まだ小さな子供だった。そしていま小刀を研げるほどには成長した。じきに剣《けん》を握《にぎ》って振《ふ》ることができるようになるだろう。

四年前、唯一《ゆいいつ》の肉親だった父親が妖魔《ようま》に襲《おそ》われたとき、主人が父親を救ってくれた。

結局父親はそのときの傷がもとで死んだけれども、以来、主人が彼を身近に置き、世話をしてくれている。息子《むすこ》のように——と里の者たちは言うけれども、彼には息子になったつもりなどない。彼は主人の麾下《きか》になったのだ。

——強い兵士になって、いつか主公と共に戦う。

虐《しいた》げられた国と民《たみ》を救うために。

窓の外からは密《ひそ》かな雨音と一緒に、喧《かまびす》しいばかりの虫の音が吹き込んできていた。冬を前にした虫たちが残り少ない生を謳歌《おうか》する声だ。

まるで戦《いくさ》に行く前に兵士が放歌するようだな、と彼は思った。

——朝にぴんしゃん出掛《でか》けて攻《せ》めて

暮れて夜には帰らない

三章

1

東架《とうか》の夜明けは鳥の声とともに始まった。

夜半に降った雨は、いつの間にか上がったようだった。まだ仄暗《ほのぐら》さの残る臥室《しんしつ》の中に身を起こし、園糸《えんし》はぼんやりと小鳥の声を聞いていた。園糸の隣《となり》では、栗《りつ》が身動きもせず眠《ねむ》っている。

——疲《つか》れてたんだね。

園糸は幼い息子《むすこ》の寝顔を見つめ、しっとりと汗を含《ふく》んだ髪《かみ》を撫《な》でた。

東架に辿《たど》り着くまでの二夜、園糸らは露天で寝《ね》なければならなかった。だらだらと続く坂を倦怠《けんたい》とともに登り、妙《みょう》な騒動《そうどう》に巻き込《こ》まれて、ようやく昨晩、里家《りか》の一郭《いっかく》にある小さな廂房《はなれ》に寝床《ねどこ》を得た。門前で園糸らを追い払《はら》った東架の里《まち》は、一人の少年を迎《むか》えて園糸らに対する処遇《しょぐう》を変えた。園糸は里の人々に迎え入れられ、手厚く歓待《かんたい》を受けた。たっぷりの食事と、栗と二人で落ち着ける部屋。埃《ほこり》を落とすための湯と、簡素ながらも柔《やわ》らかな寝床。

昨夜、落ち着いたころに扉《とびら》を叩《たた》く音がして、園糸は期待を込めて立ち上がったが、そこにいたのは東架の閭胥《ちょうろう》だった。老人は丁寧《ていねい》に園糸を犒《ねぎら》い、必要なものはないか問いかけ、小さな房間《へや》だがここを好きに使うといい、と言った。好きなだけ逗留《とうりゅう》してもらって構わない。園糸と栗の身柄《みがら》は東架の里家が引き受ける、と。

園糸があれほど探していた「落ち着ける場所」がここだった。閭胥は、園糸が望むなら住民として生活できるよう手続きをしてくれる、と言った。園糸の住んでいた里はもうないから、それが可能だ。園糸はこのまま里家に留《とど》まってもいいし、それを望むなら里に家を構えてもいい。職が必要なら斡旋《あっせん》する。貧しい里だが、自分の里だと思って安心して留まってもらいたい、と。

ありがとうございます、と園糸は一礼した。──実際、園糸は本当に有難《ありがた》かった。これでもう行くあてもないまま放浪《ほうろう》せずに済む。夜露《よつゆ》に濡《ぬ》れることもなく、冬になっても凍《こご》えずに済む。もしも正式に東架の住人になれば、ここで給田も受けられる。根付くことができるのだ。

なのに胸に空洞《くうどう》ができたように心細くて、園糸は昨夜、ほとんど眠ることができなかった。

園糸がいる堂屋《むね》のすぐ裏手にはこぢんまりとした庭園が広がっている。その奥《おく》に、里にとって重要な客を迎えるための客庁《きゃくま》があるはずだった。園糸がいる廂房からは、建物を見ることもできず、気配すら伝わってこないものの。庭園との間を仕切る囲墻《へいご》越し、覗《のぞ》き込めば樹木の間に小さく灯《あか》りが見えた。たぶん、あそこに彼《かれ》らはいる。

——台輔《たいほ》。

この混迷した戴《たい》を救ってくれる人。

事実、園糸と栗を救ってくれた。だが——と、その一方で園糸は思う。同時に項梁《こうりょう》を奪《うば》っていく。

不敬とは承知していたが、なぜ重大な役目を投げ出して消えてしまったのだ、と責めたかった。その人が姿を消していた間に、園糸は栗を除く全《すべ》てを失った。宰輔《さいほ》ともあろう人がなぜ国を離《はな》れた。いままでどこで何をしていた。なぜもっと早く戻《もど》ってきてくれなかったのだ。全てを失ったいまになって戻り、園糸と栗から項梁を奪っていく。

項梁はもう園糸を送っていってはくれない。

目の前にある囲墻は、園糸が項梁から隔《へだ》てられたことの証左だった。

——禁軍《きんぐん》の師帥《しすい》様だものね。

園糸からすれば雲の上の人だ。戴がこんなふうになる前には、項梁はたぶん鴻基《こうき》の、空に近い場所で生活をしていたのだ。

園糸は囲墻の向こうへは行けない。項梁は園糸とともに東架に留まってはくれない。

もちろん、それでいいのだ、と思う。項梁は園糸を落ち着ける場所まで送っていってくれるのだし、園糸はここに落ち着ける場所を見つけた。だから項梁との旅は終わったのだ。

——いつか別れが来ることは分かっていた。

項梁は園糸には見えない何かを背負っていた。いまでは分かる。項梁は戴を背負っていたのだ。あちこちをさまよう間に知った戴の現状。戴には王がいない。だからこんなにも荒《すさ》んでいる。項梁はそれを正す機会を窺《うかが》って放浪していた。その機会が宰輔の姿を借りてやってきた。

項梁はどうあっても園糸とは行けない。

分かっていても、栗の寝顔を見ると切なかった。

——あんなに懐《なつ》いていたのに。

別れを知れば、栗はとても悲しむだろう。日々に思い出して恋《こい》しがるだろう。

これでいいのだ、と言い聞かせようとしても、けれども、と異を唱える自分がいる。どこにも落ち着くことのできない気持ちのせいで、園糸は眠ることができなかった。鳥の声で夜明けを知り、部屋の空気が白み始めて諦《あきら》めた。臥牀《しんだい》を出て脱《ぬ》いだ襦裙《きもの》の埃を丹《たん》念《ねん》に払い、栗のそれも同じようにしてから浮腫《むく》んだ顔を鏡台の手桶《ておけ》で洗った。園糸の動きを察したのか、栗が目覚めた。身支度《みじたく》をさせ、これからどうしたものかと栗の手を引いて臥室を出ると、院子《なかにわ》で働いていた女が園糸らに気付いた。

「もう起きたのかい？」

「はい」

「少しは疲れが取れたかねえ」

お陰様《かげさま》でゆっくり休みました、と園糸はなんとか微笑《ほほえ》んだ。園糸の噓《うそ》を察したのか、女は労《いたわ》るように笑った。

「しばらくゆっくりするといいさ。——ちょうど良かった。そろそろ起こさないと、と思っていたんだ」

「何か仕事が？」

問うた園糸に、女はゆっくりと首を横に振《ふ》った。

「……じきにお発《た》ちになるそうだよ」

言われて、小さく息が止まった。——もう？

「先を急がれるのだそうだ。お見送りしたいだろう？」

女が言ったのは、項梁のことだろうか、それとも宰輔のことだろうか。

園糸はこっくり頷《うなず》いた。どうしたの、というように見上げてくる栗の前に膝《ひざ》を突《つ》く。

「項梁は旅に出るの。行ってらっしゃいって言おうね」

栗は小首をかしげ、そしてこくんと頷いた。幼い栗には意味が良く分からなかったのかもしれない。これまでの旅でそうしてきたように、項梁は舎館《やどや》から商《あきな》いをしに出掛《でか》けるのだと思ったのだろう。

栗の手を引いて女に導かれるまま里家の奥へ向かった。廊屋《ろうか》を抜け、庭園に巡《めぐ》らされた回廊を抜けて庭門《ていもん》に出た。庭園から直接外へと通じる門だ。その傍《かたわ》らに集まった人々の群に女と一緒に加わると、少しして七人ほどの人影《ひとかげ》が現れた。中に閭胥《ちょうろう》の姿が見える。この里の者らしい中年の男と痩《や》せた老人。彼らに見送られる旅装を整えた人々。二頭の騎獣《きじゅう》と少年が一人に女が一人。道服に身を包んでいるのは去思《きょし》という昨日会ったこの里の若者だ。そして——もう一人。

園糸は栗の手をしっかりと握《にぎ》った。

夫のような気がしていた。夫が園糸のために戻ってきてくれたような。だが、認めなければならない。園糸の夫は栗を残して死んだのだ。そして項梁は出ていく。戦うために。——そして、戦うとは、畢竟《ひっきょう》、殺しに殺されに行くことだ。

いまさらながら気付いて立ち竦《すく》む園糸に、項梁が目を留めた。いつものように変わりなく、書笈《はこ》を背負って明るい顔をしている。園糸に向かって頷き、栗を見て眼を細めた。

「どうだ？　ちゃんと寝られたか？」

言いながら近寄ってくると、栗の頭に手を置く。愛《いと》おしむように髪を撫でた。頷く栗に微笑み、そして園糸に顔を向けた。

「里宰《りさい》が良いように取り計らってくださる」

園糸は無言で頷いた。

「……達者で」

言われて、園糸はまたも頷いた。それ以外に、どうすればいいというのだろう。

項梁は少しだけ、困ったような表情をした。

「……園糸と栗を見捨てようというわけじゃない。むしろ逆だ。それは、分かってくれるか？」

園糸はこれにも頷いた。園糸のような民《たみ》を救うために、項梁は行かなければならないのだ。園糸は震《ふる》える手で、栗の背を押した。

「栗、項梁にありがとうって。……必ず御無事で、って」

言われた栗は、きょとんとしている。項梁は再び栗の頭に手を載《の》せた。

「俺《おれ》が戻るまで、元気でな」

「戻る？」

園糸が問い返すと、項梁は明るい眼で園糸を見つめた。

「もちろんだ。必ず無事に戻るから、辛《つら》いだろうが頑張《がんば》れ。いいな？」

「戻ってきたら、また送って行ってくれる……？」

おずおずと口にした園糸に、しない、と項梁は笑った。

「俺が戻るときには、もう旅をする必要はないんだ――この国の誰《だれ》も」

早朝、刻限に至って東架の里閭《もん》が開いた。二頭の騎獣と四人の旅人がその門を潜《くぐ》って街道へと出ていった。門の外まで見送ったのは男が三人と女が一人、そして子供が一人。だが、門の内側には数え切れないほどの男女が控《ひか》えていた。彼らはその場に膝を突き、旅人の姿が街道の向こうに消え去るまで、ただじっと見送っていた。

2

去思《きよし》は三者を案内し、街道を北へと向かった。昨夜の雲は夜半にわずかばかりの雨を降らせ、そのまま流れ去ったようだった。背後に黒々と聳《そび》えた凌雲山《りょううんざん》の周囲にも雲一つなく、どこまでも高く晴れ渡《わた》った空が続いていた。寝不足の眼に光が滲《し》みる。

昨夜は旅の準備で、ほとんど寝《ね》る間もなかった。疲《つか》れているはずだが、不思議に疲労《ひろう》は感じない。むしろ気分は高揚《こうよう》していた。――これでやっと、人々を救うことができる。

初めて袖《そで》を通した道服に影響《えいきょう》されているのかもしれない。去思は瑞雲観《ずいうんかん》が焼き払《はら》われた当時、入山はしていたもののまだ教学を終えていなかったので一人前の道士ではなかった。その後、隠《かく》れ住む間に教学を終え、一人前の道士になったことを示す法籙《ほうろく》を与《あた》えられたが、道服どころか藍衣《らんえ》すら身に付けられるような状況にはなかった。東架《とうか》には道士などいないことになっていたのだから当然のことだ。だが今朝、淵澄《えんちょう》が自らの道服を与えてくれた。急のことで真新しい品を用意できなかった、と詫《わ》びながら。

本来なら、法籙を与えられたときに真新しい道服一式を誂《あつら》え儀式を行なう。道士を志した者が誰《だれ》しも憧《あこが》れる節目だ。だが、そんな儀式など執《と》り行なうような余裕《よゆう》は去思らにはなかった。なんとか身を隠しながら生き延び、道統を守り、丹薬《たんやく》を作るので精一杯、儀式のことなど念頭にも浮《う》かばなかったし、むしろそんな中、淵澄がわざわざ法籙を与えてくれたことに感動した。道服についても同様だ。身に着ける日が来るとは思わなかったし、旅の便宜《べんぎ》のためとはいえ、道服に袖を通し、道帽《どうぼう》を被《かぶ》ることができたのが嬉《うれ》しかった。淵澄の道服は去思には少しばかり短いが、そんなことよりも、昨夜から今朝までの短い間に、わざわざ隠れ家まで使いをやって隠し置いた道服を持って来させてくれた淵澄の心遣《こころづか》いが胸に滲みる。

――衣服に恥《は》じない行ないをします。

去思はそう淵澄に誓《ちか》ったし、淵澄は頷《うなず》きながら去思の手を握ってくれた。そのとき、去思の手に、確実に何かが手渡されたのだと思う。

思っていると、

「付き合わせて申し訳ないな」

隣《となり》を歩く項梁《こうりょう》に、そう声をかけられた。

「とんでもない。むしろ同行させていただけて嬉しいです」

笑って答えながら、奇妙な縁《えん》だ、と去思は思う。つい昨日、里閭《もん》で会った。誤解から敵対し——そしていま、こうして肩を並べて歩いている。

笑う去思に「そうか」とだけ言って、項梁は口を噤《つぐ》んだ。道服に身を包んだ若者は、昨日見た姿よりも彼《かれ》本来の姿をしているように見えた。武器に慣れぬ手に棍棒《こんぼう》を持って里《まち》を警備する一方で、丹薬を作るために野山を駆《か》け廻《まわ》る生活は辛《つら》かったろう。それを堪《た》え忍《しの》び、民《たみ》のために尽《つ》くしてくれた道士たちの献身《けんしん》を心から有難《ありがた》く思う。項梁は無為《むい》にさまよっているだけだった。その間に黙《だま》って国を支えていた人々がいたことが、我《わ》が身に照らし合わせて恥ずかしく、同時に嬉しい。

——この国はまだ終わっていない。

そんな感慨《かんがい》を嚙《か》み締《し》めながら、黙って歩を進める去思に従って歩いた。そのまま無人の里廬《まちまち》を二つほど通り過ぎたところで脇道《わきみち》へと逸《そ》れる。かつて——まだ付近に多くの里廬があったころ、山に入る人々が使っていた道だという。木を伐《き》るために登り、木材を曳《ひ》き降ろすために使っていたのだろう。通う人も減って秋草に浸食《しんしょく》された山道を登り、細い間道を抜け、陽《ひ》が傾いたころに荒《あ》れ果てた細い街道へと出た。

「この先に、我々が使っている里があります。すっかり寂《さび》れた里ですが、仲間ばかりですので安心してお休みいただけます」

去思はそれ以上を言わなかったが、項梁にも分かる——騎獣《きじゅう》を連れているため、どうしても一行は目立つのだ。特に泰麒《たいき》が連れているのは延王《えんおう》から借り受けたという騶虞《すうぐ》で、生半可な騎獣ではないだけに目立つことが避《さ》けられない。

「手間をかけるな」

項梁が言うと、いいえ、と去思は明るく答えた。

「もともと我々は目立たぬよう旅をすることに慣れています。丹薬がどこから運ばれているのか、決して悟《さと》られぬようにしなくてはなりませんから」

定期的に荷を運ぶ姿を見られれば、何らかの物品が動いていると悟られる。印象に残れば末端から丹薬のやってきた経路を辿《たど》られたとき、必ず結び付けられてしまうだろう。だから去思らは恬《てん》県を離《はな》れるまでは街道を使わない。徹底して身を隠《かく》し、人目のない——人目があったとしても不自然には映らず、他者の印象に残らない程度の道を選んで辿る。恬県から距離《きょり》をおくに連れ、次第《しだい》により大きな道へと移動し、増えていく旅人に混じっていくのだという。

「本当に……去思たちの苦労には頭が下がります」

ぽつりと泰麒が言って、去思は大いに恐縮《きょうしゅく》したふうだった。一緒《いっしょ》に歩いていると去思が泰麒の存在に戸惑《とまど》っているのがよく分かった。かくいう項梁も同じようなものだ。泰麒が一緒だと思うと身が竦《すく》む。緊張《きんちょう》している様子がないのは李斎《りさい》だけだ。当たり前のようにそばに付き従い、まるで姉のように声をかけている様子を見ると、さすがは将軍だと妙な感心をせざるを得ない。

できるだけ泰麒の存在を意識しないように努めながら寂しい道を登り詰《つ》め、日没《にちぼつ》前には小さな里に着いた。閑地《かんち》には秋草が生《お》い茂り、里閭へと続く道はほとんど踏《ふ》み分け道のような有様になっている。里を囲む郭壁《へい》も一部が壊れ、一部には火災の痕《あと》が見て取れたが、まったくの無人でないことは里閭の周囲を見れば分かった。恬県には珍《めずら》しくない、崩壊《ほうかい》の一歩手前でかろうじて踏み留《とど》まっている小里《しょうり》だ。

片方だけ扉《とびら》を開けた里閭の脇には腰《こし》の曲がった老婆《ろうば》が控《ひか》え、項梁らが門を入ると静かに里閭の扉を閉めた。里に一歩入った先では、荷を背負った旅装の男が一人、路傍《ろぼう》の瓦礫《がれき》に腰を降ろして待っていた。年貌《としのころ》は三十代の半ばか。去思よりも十ほど上に見える小男だったが、それが一行の姿に気付くと立ち上がる。去思が片手を挙げて応《こた》え、そうして項梁らを振《ふ》り返った。

「神農《しんのう》の者です。ここから先を案内してくれます」

「神農の？」

神農とは薬を売り歩く行商人の総称《そうしょう》だった。各道観《どうかん》で作られた丹薬は、同派の道観に運ばれ、そこで売られるのはもちろん、それ以外にも神農に託《たく》されて道観から離れた土地へも運ばれていた。

「私は文州《ぶん》に土地勘《とちかん》がありません。ほとんど江州《こう》を離れたこともないので……」

去思は江州で生まれ、若くして瑞雲観に入った。以来、格別な用があって出掛《でか》けるとき以外は、恬県を離れたこともない。それで土地勘があり、文州の道観にも馴染《なじ》みのある神農が同行するよう、淵澄が采配《さいはい》してくれたのだ、という。

「神農は一般に、口が固くて信頼のおける者が多いのですが、中でもあの者は淵澄様も厚く信頼している者なので御安心ください」

去思が言う間にも、その男は歩み寄ってくる。そばまで来た男は、一同の顔をぐるりと見廻《みまわ》した。その視線が泰麒のうえに留まる。男はまじまじと泰麒を見つめ、そして小さく――しかし恭《うやうや》しく頭を下げた。

「酆都《ほうと》と申します。……よくお越《こ》しくださいました」

何かを怺《こら》えるかのような声は、よくお戻《もど》りくださいました、と言っているように李斎には聞こえた。

「ふつつかながらお供をさせていただきます。どうぞ、何なりとお申しつけください」

そう言って一同に頭を下げてから、酆都は破顔して去思の肩を叩《たた》いた。

「でかした。――本当に、よくやってくれた」

「私が何をしたわけでもありません。天が下されたんです。神農が同行してくれると淵澄様が仰《おっしゃ》っていましたが、酆都だったんですね。心強いことです」

「どれほど役に立てるかな。私よりももっと気の利《き》いた者がいるだろうが、淵澄様が気を使ってくださったのだろう」

「気を使う？」

聞きとがめて李斎が問うと、

「はい」と答えて、鄷都は一行を見た。どうぞこちらへ、と里の奥《おく》へと導く去思に続きながら、「私は委《い》州の出身なんです」

「委州……」

委州の奥まった場所にある呀嶺《がりょう》が驍宗《ぎょうそう》の出身地だった。

「鄷都は委州のどこの出身なのですか？」

泰麒が珍しく口を挟《にぎ》んだ。

「南嶺郷《なんりょうごう》です。驍宗様のお生まれになった街は北嶺郷《ほくりょう》にあります」

委州北西部にある呀嶺は、険しい山間《やまあい》にある比《ひ》較《かく》的大きな街で、周囲の山々を越える街道の要衝《ようしょう》にあり、山間部一帯を擁《よう》する北嶺郷の郷城《ごうじょう》が置かれる。鄷都の生まれた南嶺郷とは郷境を接していた。

「北嶺というのは、本当に険しい山ばかりが連なるところで」と、鄷都は泰麒の傍《かたわ》らに並んで歩を進めながら、懐《なつ》かしむように言った。「山岳地帯の入口にあたる南嶺はまだ耕作地もありますし、林業も盛《さか》んですが、北嶺ともなると、耕作地もろくにないし、森林にも乏《とぼ》しい。あのくらい高い山の上だと、もう用材に適するような樹木は生えないんですね。緑と言えば崖《がけ》に根を降ろした松や灌木《かんぼく》程度で」

泰麒に向かって語りかける酆都の言葉を聞きながら、李斎は一人頷く。かつて呀嶺を訪ねたときのことを思い出していた。呀嶺の周辺の山々は人家もないような切り立った高山ばかりで、白茶けた崖に点々と緑が生え、独特の景観を作っていた。切り立った山々の間を街道が縫《ぬ》い、その周辺に人家が点在するのだが、廬を形成するだけの土地もない。普通、廬は八家が寄り集まって集落を作るが、八家が集まるほどの平地がないのだ。こちらに一家、あちらに二家と人家は街道に沿って散らばり、その周囲に崖を切り拓《ひら》いた狭《せま》い農地が階段状に張り付く。

「ただ、夏には美しいところです。夏の朝には霧《きり》が立つことが多いのですが、高い山々の間を霧が流れる景色は、それは見事です。夕方もいい。夕陽《ゆうひ》が射《さ》すと山肌《やまはだ》が茜色《あかねいろ》に輝《かがや》いて、そこにくっきりと影《かげ》が射します。風の強い厳しい気候の土地ですが、高名な道観寺院もあって見所も多い」

李斎はこれにも頷いた。李斎が訪ねたのは冬だったが、峻厳《しゅんげん》だけれど美しい光景だと思った。その無骨ながら凜《りん》とした風情《ふぜい》が、どこか驍宗に似ている、と感じた。

「本来ならば貧しくて当然の土地柄《とちがら》ですし、実際、農民の暮らしは楽ではないのでしょうが、その中心にある呀嶺はかなり大きな街でした。というのも、あの厳しい山岳地帯を抜けるしかないんです。南北に隣《とな》り合う凱《がい》州と承《じょう》州に行くのには、中央部や東の海沿いに大きな街道があるのですが、それ以外の場所へ行こうとすると、いったん承州や凱州に出てから廻《まわ》り込むか、北嶺を抜けるしか方法がないのです。特に西部や瑞《ずい》州に出ようと思えば、北嶺を通るのが一番早い。北嶺の山を越《こ》え、鴻基《こうき》の南で瑞州を横切る大街道に出る。そういう旅人が必ず立ち寄ることになるのが呀嶺なんです」

呀嶺は街道の要衝として栄え、南嶺もそのおこぼれに与《あずか》ってきた。南から呀嶺に向かおうとすると、必ず南嶺を通ることになるから、と酆都は笑った。

「確かに」と李斎は呟《つぶや》いた。「私が行ったときにも、旅人は多かったな。大きな荷を牛や馬に引かせた業者も多くて」

「険しいのではないのですか？」と、泰麒は李斎を振《ふ》り返る。瞳《ひとみ》が明るく輝いている。驍宗の出身地がどんなところなのか、興味深いのかもしれなかった。

李斎は微笑《ほほえ》み、

「険しい街道ですよ。けれども、意外に歩き良いのです。道は石で舗装《ほそう》されていますし、休む場所や荷車を溜《た》めておく広場も要所要所に設けられていました。急な坂の脇《わき》には、足弱な女子供や年寄りや、荷車が登ることのできる緩《ゆる》い迂回路《うかいろ》が必ずあって」

「へえ……」

泰麒が呟いたとき、鄷都が告げた。

「その道は驍宗様がお引きになったのです」

え、と泰麒は鄷都を見た。

「もともとは、それは険しい道だったそうですよ。崩《くず》れやすく、滑《すべ》りやすく、難所も多くて危険な道だった。ですから、かつては遠廻りになると分かっていても北嶺を避《さ》けるのが普通だった」

身を立て、出世した者は、必ず故郷になにがしかの施《ほどこ》しをしようとするものだ。多くは里家《りか》や義倉《ぎそう》への金銭的な援助であり、物資の援助である。だが、驍宗はそれを選ばなかった。代わりに、難所に石を敷《し》き、迂回路を作り始めた。

「最初は悪《あ》し様《ざま》に言う者が多かったそうです」と、鄷都は笑った。「麦の一升《しょう》も送ってこない、と罵《ののし》る者がいたとか。ある年など、北嶺一帯が不作になって食料に事欠くことがあったらしいのですが、それで救いを求めたら、食い物の代わりに石工を送ってきた、と」

言ってから、鄷都はおどけた様子で顔を顰《しか》めた。

「――まあ、それは伝説に過ぎないのですが。本当はちゃんと食料を送ってきてくださったそうなんですがね。けれども土地の者は、これで驍宗も故郷に何が必要なのか分かっただろう、と言っていたそうです。今年の秋こそ食料なり食料を買う金銭を送ってきてくれるだろう、と。ところが、やはり秋に送ってきたのは石工だった。これは、本当の話だそうですよ。都から優秀な石工を送り込んで、やっぱり道の整備をさせたんだそうです」

「驍宗様は、故郷に本当に必要なものを分かっていらした……」

　泰麒の言葉に、鄷都は頷いた。

「その通りでございます。驍宗様は、季節季節、節目節目にそうやって道を整えられた。道が整うにつれて、通る旅人が増えていった」

「それで結果として、北嶺は潤《うるお》うことになったんですね」

「左様です。しかも、中央から来た石工は、現地で実際に作業する者を雇《やと》います。驍宗様は、金銭を施しはしなかったけれど、代わりに賃金を与えたのですね。そうやって働いた者たちは、腕のいい都の石工の作業を習って覚えます。すると今度は、その技を使って自身の家や農地を補修することができるし、中には独立して石工として生計を立てる者だって出てくる」

　そうか、と呟いた泰麒は嬉しそうだった。

「以前は、申し訳程度の平坦地《へいたんち》に建った小屋のような家に住んでいた者たちが、自分たちで石垣《いしがき》を築き、きちんと地所を作って当たり前の家を建てて暮らせるようになりました。畑だって、以前は限られた場所にしか持てず、そこへ難儀《なんぎ》しながら通っていたのですが、自分たちで石垣を作り水路を作り、廬家《ろか》の近くに耕作地を持てるようになった」

そうして北嶺が富み、旅人が増えればその入口にあたる南嶺も潤う。

「――ですから、委州の北西部には、驍宗様を慕《した》う者が多いのですね」

そう笑ってから、酆都は声を低めた。

「もっとも、そのせいで阿選《あせん》の誅伐《ちゅうばつ》を受けましたが」

「そうか……」と、李斎は胸に痛みを感じた。「私はかつて、驍宗様の足跡《そくせき》を捜《さが》して呀嶺に行ったことがある。だが、そのときにはすでに呀嶺は存在しなかった……」

峻厳な山に囲まれた谷間には、焼けて崩れた郭壁《へき》の名残《なごり》と、そこに多くの建物があったことを示す礎石《そせき》が黒く並んで、遺跡《いせき》のように残されていた。

酆都は頷いた。

「街ごと焼かれてしまいましたからね。けれども、あのあたりの民《たみ》は、いまも驍宗様が生きておられると信じています。もしも不幸にして崩じられたのだとしても、亡骸《なきがら》を見つけて葬《ほうむ》ってさしあげるまでは決して諦《あきら》めないといって、未《いま》だに驍宗様の行方《ゆくえ》を捜し続ける者たちまでいるんです」

李斎は、かつて委州に行ったとき、山間の庵《いおり》に匿《かくま》ってもらったことがある。そこにいた老翁《ろうおう》は諦めていたが、孫娘《まごむすめ》は諦めていなかった。

「あの娘は、なんとしても主上《しゅじょう》と台輔《たいほ》を救ってほしいと言っていたな……」

けれども二人は、李斎を庇《かば》って死んだ——。

それを聞いて、鄷都は笑《え》んだ。

「助けた李斎様が台輔を連れて戻ってくださったと知れば、きっと二人は報《むく》われたと喜ぶことでしょう」

「そうだろうか」

「委州の民なら、絶対にそう思いますとも。何を賭《か》けても良うございます。実際、私もたまたま東架の近辺にいたために、こうしてお助けできることになりました。天が与《あた》えてくださった巡《めぐ》り合わせに感謝しています」

「そうか……」

李斎が呟いたとき、ちょうど一軒の民居《みんか》の前にさしかかった。先頭を行く去思はそこで足を止め、大門《もん》を叩《たた》きながら、

「こちらです。——里府《りふ》なり里家なりを御用意できればよかったのですが、どちらも焼けて屋根に大穴が空いておりまして」

全《すべ》ての堂屋《むね》がそうというわけではないが、半焼したまま放置されているので、とても居住には適さない。修理するほどの余裕がないのはもちろん、維持《いじ》する人手も余裕もないのだという。

「この里の里宰《りさい》は」

李斎が訊《き》くと、

「おりません。名目としては里府も残っておりますが、実際のところは隣の街に併合されています。ただ、里祠《りし》だけは機能しておりますので、閭胥《ちょうろう》が世話をしています。閭胥はただいま所用で出掛けておりますので、御挨拶《ごあいさつ》できないのですが」

言ってから、小声で、

「――重要な客人、とだけ説明しております。失礼ながら郎君《わかさま》とお呼びします」

去思が説明している間に門扉《もんぴ》が開いた。中からは、がっしりとした中年の女が姿を現した。

「いらっしゃいませ」

「急に済みません」と、去思は言って、一行を中に招き入れる。大門を入ればすぐに生活感のある院子《なかにわ》で、その三方を堂屋が囲んでいる。ごく普通の庶民が暮らす民居だった。小さいが清潔でこざっぱりしている。

女はこの里に住む寡婦《かふ》だった。夫と子供は誅伐で亡《な》くした。普段は近くの街まで働きに出ており、この家に泊《と》まる者がいるときにだけ用をするため通っている。問われればそう朗《ほが》らかに答えながら、てきぱきと働いて一行の世話をした。問われたことに答えるほかは、無駄口《むだぐち》も利かず、一行の会話に口を挟《はさ》むこともない。ただ一度だけ、

「郎君はお疲れのようですが、大丈夫ですか」と、泰麒に問うた。

「大丈夫です。ありがとうございます」

女は微笑み、

「ゆっくりお休みくださいましね」

労《いたわ》るように言った彼女は、後片付けを済ませて帰っていった。

「自分が生きるだけでも精一杯だろうに、去思らを助けているのだな」

李斎が言うと、去思は、

「この里の者は皆、本当によくやってくれます。我々のせいでずいぶんな犠牲《ぎせい》を出したというのに怨《うら》むことなく助けてくれるのです。健康な者は街に働きに出て、我々や年寄り子供の面倒《めんどう》を見て」

残った住人はわずかに六戸、とても廬《むら》は維持《いじ》できず、住人の多くは程近《ほどちか》い街道沿いの街に通って働いているという。――しかしながらその実、住人とほぼ同数の道士、僧侶《そうりよ》がここには隠《かく》れ住んでいた。

年寄りや子供、身体《からだ》の不自由な者も里に残って、里祠の世話や里閭《もん》の開閉など、公《おおやけ》の雑用をこなすと同時にわずかばかりの菜圃《はたけ》を作り、家畜《かちく》の世話をする。力を合わせて食いつなぎながら道士らを支え続けてきた。

「自分たちの食い扶持を削《けず》って我々を養ってくれているのです」

李斎は頷いた。それも去思ら道士が、ひとえに国のため――民のために命を賭《と》して踏《ふ》み留《とど》まっているからだ。

「丹薬は瑞雲観だけで作っているのですか？」

同じことを思ったのか、泰麒が訊いた。去思はぴくんと背筋を伸《の》ばして、

「いえ、我々だけ――というわけではありません。他派でも各地の道観でも作っておりますが、それぞれが別物で――いえ、同じ丹薬ではあるのですが」

しどろもどろになった去思に、酆都が助け船を出した。

「この地に残った他派の道観、寺院も作っておりますし、各地の道観も作ってはいるのですが、同じ用途の丹薬でも道観ごとに効能が違《ちが》うのです。しかも瑞雲観にだけ伝承されている丹薬というものもございまして、これは瑞雲観の道士が作らねば絶えてしまいます。瑞雲観に限らず、どこも製造方法を少しずつ余所《よそ》へ移してはいるようですが、秘伝もあれば特殊な道具も必要だったりして、なかなか一気に全《すべ》てというわけにはいかないのです」

「それを神農《しんのう》の方々が各地に売りに行く？」

はい、と酆都が頷いた。

「道観にも系列というものがございまして。それぞれの宗派の道観では、基本的にその宗派の道観で作った薬だけを扱《あつか》います。門前町には各派の道観で作られた薬を集めて売る薬房《やくぼう》もあったりしますし、街に行けば薬舗《やくほ》がございますが、そういう店に薬を卸《おろ》すのは、我々なのでございます」

薬舗には道観や寺院由来の薬のほかに、冬官府《とうかんふ》由来の薬も置かれる。冬官府は基本的には調合法を記した薬箋《やくせん》を配布するのだが、それを調合するのは技術と設備を持つ道観寺院だった。だが、中には冬官府でしか調合できない薬もある。それは医師か、でなければ薬舗に直接卸される。これは効能も確かだが、そのぶん高価だった。

「幸い、現在の戴《たい》でも冬官府からの薬が途切れることはありませんが、食うだけで精一杯の民が簡単に手に入れられるような代物《しろもの》ではございません。民にとっては安価な丹薬が頼《たよ》りなのです」

神農はそれを全国に運ぶ。各地の道観へ、薬舗へ、薬房へ。そればかりでなく、各地に設けられた神農站《たん》へも荷を運んだ。各地の神農站は宰領《さいりょう》が取り仕切り、さらに下部の神農社へと荷を流す。と同時に、それぞれの神農社が薬を行商する神農を抱えていた。それら神農社に所属する神農は、銘々《めいめい》が荷を担《かつ》いで定期的に里廬《まちまち》を廻って売り歩く。

「神農に主《あるじ》のような人はいるのですか？」

「特に首領と呼べるような存在はありません。一つの組織ではないのです。――そうですね、親戚《しんせき》家族のようなものでしょうか。家ごとに主がいて、その主同士が同族として結びついている。このあたりを取り仕切る神農站の宰領は、短章《たんしょう》と申します」

「その方はいま――？」

「離《はな》れた街に拠点を移しております。瑞雲観はもうないことになっておりますから、この地に留まっていては妙《みょう》ですからね。神農経由では荷が出ていないことにもなっています。ですから、各地の道観へ荷を運ぶのは、恬県の民たちが頼りなのです。目立たない人数で私のような者が派遣《はけん》され、及ばずながら去思たちを手伝っております」

短章の下にいる神農が恬県の民の力を借りて各地へ荷を運ぶ。中でも酆都は馬《ば》州から文州にかけてを廻っていた。

「馬州州都の威稜《いりょう》から文州州都の白琅《はくろう》、そして江州州都の漕溝《そうこう》へ参ります」

ここ恬県から、それぞれの州都にある神農站へ荷を運ぶのだ。酆都が往復するのはその三箇所《かしょ》だが、短章の下には他の州へ行く者、さらにはもっと狭《せま》い地域を巡廻《じゅんかい》する神農社の者もいる。いずれにしても総体としての神農は国の端々《はしばし》までを熟知していた。

「我々は旅することが身上ですから。道中のことだけはお任せください」

ありがとうございます、と折り目正しく頭を下げる泰麒を微笑《ほほえ》んで見やって、李斎は、

「それで、明日は？」

「北容《ほくよう》という里《まち》まで行ければ、と思っています。北容もここと同じく、瑞雲観を支援している里なので安心して滞在《たいざい》していただけます。ただ、少し不便な道を歩いていただくことになりますが」

そう言って、酆都は申し訳なさそうにした。

「ろくに休む場所もないような裏道でございますが、御辛抱《ごしんぼう》ください」

「どんな道でも去思と鄷都の案内に従う」と李斎は言った。「気遣《きづか》いは要《い》らない。騎獣がいるせいで気を遣わせているようだ。済まないな」

「こちらこそ御不便をおかけします。ただ、北容には馬を用意してございますから。じきに項梁様には騎獣を用意いたします。我々に調達できる騎獣ではたかが知れておりますが、いま、手を尽《つ》くして求めておりますので、おっつけ仲間が、立ち寄る街まで届けてくれましょう」

「そこまでしてもらっては」

慌《あわ》てたように項梁が手を挙げるのに、

「いいえ」と、鄷都は首を振《ふ》った。「その程度のことはさせてください。本当は人数分を誂《あつら》えることができるといいのですが、あいにく私は飛ぶ騎獣に乗れません」

鄷都が言って去思を見た。去思もまた頷く。

「馬でさえ跨《また》がっているので精一杯だと思います」

鄷都はちらりと笑い、

「項梁様に騎獣があれば、お三方《さんかた》で目立たぬよう飛空して目的地へ先行していただけます。馬があれば私と去思もさほど足手《あしで》纏《まと》いにならぬだけの距離を稼《かせ》ぐことができます」

「何から何まで心遣いいただいて忝《かたじけな》い。——本当に、心から礼を言う」

李斎は頭を下げた。昨夜からこれまでの短い時間で、ここまで手を尽くしてくれたのか。気遣ってくれたのは短章だろうか、それとも淵澄や同仁《どうじん》だろうか。ひょっとしたら酆都が采配《さいはい》してくれたのかもしれない。いずれにしても手間や資金のことを考えれば、全ての人々の意思なのだろう。本当に有難かった。

李斎は再び、墨陽山《ぼくようざん》を思い出したことの幸運を思わずにいられなかった。

3

「酆都《ほうと》は物怖《ものお》じしないな」

臥牀《しんだい》の下に荷物を押し込みながら項梁《こうりょう》が言うと、同じく旅装を解いて荷を整理していた酆都が不思議そうに振《ふ》り返った。

「何がです?」

宿となった民居《みんか》は正房《おもや》が一つだけの小さな建物で、小さな堂《ひろま》の左右に臥室《しんしつ》が二つあるきりだった。院子《なかにわ》を囲んで左右に廂房《はなれ》があったものの、一方は納屋《なや》でもう一方は街路に面した廛舗《みせ》だった。かつてはここで穀物を扱《あつか》う禾商《かしょう》が営まれていたという。そのせいか建物は堅牢《けんろう》で広めだったが、人が寝起きできる場所は二部屋しかない。一方の臥室に泰《たい》麒《き》と李斎《りさい》が、もう一方の臥室には項梁と酆都、去思《きょし》の三人が落ち着く。

「ところで、項梁様は郎君《わかさま》と一緒でなくて良いのですか。臥室もあちらのほうが少し広うございますし――」

言いかけた鄠都を項梁は制した。

「こちらでいい」

しかし、と控《ひか》え目に声を上げたのは去思だった。

「こういう言い方は失礼かもしれませんが、李斎様は利《き》き腕《うで》を失《な》くしておられます。滅《めっ》多《た》なこともないでしょうが、万が一のときに備え、項梁様も一緒《いっしょ》におられたほうが」

「様はやめてくれ」と、項梁は何度目か、苦笑しながら手を振った。「こそばゆいし、第一、道士様にそんな態度を取られると、余人が不審《ふしん》に思うだろう」

済みません、と去思は俯《うつむ》いた。

「それに、李斎様をそう侮《あなど》ったものでもない。本人は腕が落ちたと恥《は》じておられるようだが、さすがは将であられた方だ、あれなら充分《じゅうぶん》、遣《つか》い手の範疇《はんちゅう》に入る」

剣技《けんぎ》の巧拙《こうせつ》は、ただ身体能力でのみ決まるものでもない。剣を使うのは接近戦においてで、そこでは瞬時《しゅんじ》にその場の状況を把握《はあく》する五感の鋭敏《えいびん》さ、把握したものを分析できるだけの冷静さ、間合いを詰《つ》めるためにもう一歩危険に踏《ふ》み込む胆力《たんりょく》が要求されるし、それは少しも衰《おとろ》えていない。

「踏んできた場数が違う。あの方も兵卒からの叩《たた》き上げだからな。いざとなれば俺《おれ》より強いかもしれん」

「そういう……ものですか？」

「もともと俺は戈《ほこ》や槍《やり》のほうが得意なんだ。剣技に自信があれば暗器《あんき》など使わんよ」

「槍――では、項梁様……項梁は棍《こん》も使えますか？」

「使いはするが。どうした」

「棍術を教えてもらえるでしょうか」勢い込んで言ってから、去思は恥じるように、

「もちろん、私ごときが多少稽古《けいこ》をしたぐらいで、お役に立てるようになるとは思っていません。けれども少しでも足手纏《あしでまと》いにならないようにしたいのです」

項梁は破顔した。

「お安い御用だ。俺でも李斎様でも喜んで相手になる」

「李斎様も？」

「いまはもう無理かもしれないが、当然、槍くらいは使っていただろう。騎獣《きじゅう》に乗っている以上、槍か弓が使えなかったら話にならない」

面白《おもしろ》そうに遣《や》り取りを聞いていた酆都は、

「そういうものなんですね。――ときに、そちらの臥牀《しんだい》でよろしいですか？　本当にあちらの臥室に行かれたほうが」

「だから、こちらでいい。そんなに俺がいては邪魔《じゃま》か？」

「とんでもない。そういうことじゃございません」

慌《あわ》てたように手を振る鄷都に、

「邪魔でなかったらこちらに置いてやってくれ。どうも郎君には話し掛《か》けづらくて」

「項梁でも、ですか」と、去思が眼を丸くした。

「もともと会話をさせていただいたことなど、ほとんどないからな。とてもじゃないが気安く声はかけられない」

去思は笑った。

「私もです。——自分だけではないと分かって安心しました」

「俺に言わせれば、気軽に声をかける鄷都がどうかしている。感心するよ」

鄷都は呆《あき》れたように、

「それで物怖じしない、と仰《おつしや》ったんですか。もちろん畏《おそ》れ多く思っておりますけど、話をしなければ始まらないでしょう」

「そうはいかないんだ。李斎様ならともかく」

「そんなもんですかねえ」

苦笑まじりにそう言ってから、

「……けれど確かに、お心の読みにくい方ではいらっしゃいますね」

「そうか？」

「私は徹頭徹尾《てつとうてつび》庶民《しよみん》ですから、雲の上など覗《のぞ》いたこともないですし、だからどういう方なのか想像してみたこともありませんでしたが。けれどなんとなく、もう少し柔《やわ》らかいというか——ふわふわした人柄《ひとがら》を想像しておりました」

「確かにずいぶん印象が変わられたな。昔はもっと無邪気な方のようにお見受けしたが」と、言ってから項梁は苦笑した。「もっとも、俺が最後にお見かけしたとき、郎君はまだ子供でいらしたのだけどな」

「それは変わっておられて当然でしょう」

酆都が笑うので、項梁も笑った。

かつて——泰麒に会ったことが何度あっただろうか。項梁は禁軍《きんぐん》中軍の所属だったから、行事に際してそばにいることは多々あった。だが、直接相対したことはほとんどない。間近で言葉を交わしたことは一度きり、将軍である英章《えいしょう》が泰麒の許《もと》に子馬を届けに行った際、同行したときだったと思う。英章の所領には馬の産地があり、名馬で名高い。泰麒に馬を持たせたいと驍宗《ぎょうそう》から相談を受けた英章が、選《え》りすぐった子馬を届けた。その子馬を初めて泰麒の前に引き出すとき、贈《おく》り主である英章が立ち会い、実際に項梁が手綱《たづな》を引いて子馬を泰麒に引き合わせる栄に浴したのだ。

項梁は泰麒に「ありがとうございます」と声をかけられた。次いで、「穏和《おとな》しいですか？」と。英章の采配《さいはい》だから、当然のようによく調教され、気性《きしょう》の良い子馬が選ばれている。引いて歩く間も、勝手なそぶりや神経質なそぶりを見せることはなかった。

「とても穏和しいようでございますよ」

「でも、馬は繊細《せんさい》なのでしょう？」

驍宗が登極《とうきょく》したのは七年前、即位があって新年を迎《むか》えた、その直後のことだったと思う。泰麒はまだ十一歳だった。幼い瞳《ひとみ》を輝《かがや》かせて、けれどもどこか物怖じするように子馬を見上げていた。

「とても繊細ですが、この馬はずいぶんと大らかなようです。おどおどしたところは少しもありません」

「撫《な》でても大丈夫《だいじょうぶ》ですか？」

「大丈夫ですよ。どうぞ」

項梁が言うと、幼い宰輔《さいほ》は子馬に向けて手を伸ばした。当の子馬のほうは物怖じせず、むしろ好奇心をいっぱいに浮《う》かべた眼で泰麒を見守っていた。大らかなだけでなく、外向的な気性のようだった。

鼻面《はなづら》の産毛《うぶげ》が触《さわ》ったのか、泰麒が擽《くすぐ》ったそうに笑った。あどけないばかりの笑顔《えがお》――項梁が泰麒について覚えている最も鮮明《せんめい》な記憶《きおく》はそれだ。たしか泰麒は、驍宗の名代として漣国《れんこく》に赴《おもむ》き、戻《もど》ってきたばかりだった――。

「……無理もないか」

項梁がひとりごちると、酆都が問うように首をかしげた。

「いや。——信じていただろう身近な大人に襲《おそ》われ、大怪我《おおけが》をなさることになったのだからな」

あの日の笑顔を思い出すと、その非道が胸に迫《せま》る。

「そこからもずいぶんと御苦労があった御様子、陰《かげ》がおありでも仕方ない」

「襲われた……」と、鄷都は呟《つぶや》いて、「私は台輔《たいほ》は亡《な》くなられた、と聞いていました。たしか、公《おおやけ》にはそういうことだったのでは」

項梁は首を横に振った。

「たぶん、公式には、台輔についての言及《げんきゅう》がない」

去思もこれに同意した。

「正式にあったのは、王の訃報《ふほう》だけです。台輔についての話は一切ありませんでした」

だからこそ、仮朝《かちょう》が開かれる、と聞いたとき、当然のように泰麒も了承のことだと考えられていた。

「しかしながら、仮朝にしては振《ふ》る舞《ま》いが可怪《おか》しい。これは偽朝《ぎちょう》ではないかという話になったとき、ならば台輔はどうしておられるのだろうと瑞雲観《ずいうんかん》でも話題になりました。実は台輔も亡くなられたのではないか、と疑う者もおりましたが、どうやらそういうことでもなさそうで」

瑞雲観と冬官府《とうかんふ》の深い縁《えん》をもってしても、泰麒の消息は分からなかった、という。確実なのは王宮において、泰麒を見た、という声がまったくない、ということだった。見《み》掛《か》けた、会った、という者がいない。会ったという噂《うわさ》も聞こえてこない。

「王宮で災害があったと聞きました。なんでも蝕《しょく》があったとか」

項梁は頷《うなず》いた。

「そのとき俺は文《ぶん》州にいたから実際に何があったのかは知らないが、そう聞いている。そして、その蝕以降、台輔の風聞は絶えた」

「蝕に巻き込まれて行方《ゆくえ》が知れないのだ、という噂を聞きました。ですが同時に、どこかに閉じ込められておいでだ、という噂も」

「実際のところは、その蝕は台輔が起こされたのだ」

項梁は、昨夜、李斎からその話を聞いた。深夜、泰麒も含《ふく》め、今後について相談していたときに。

「主上《しゅじょう》は文州に向かわれ、台輔は宮城に残っておられた。台輔には使令《しれい》──我が身を守るために下した妖魔《ようま》がおありだが、嘘《うそ》八百を吹《ふ》き込まれて、使令を主上のために文州に出しておしまいになった」

麒麟《きりん》は普通、幾多《いくた》の妖魔を使令として使役《しえき》しているものだが、泰麒にはそれがただの二しかなかった。これは泰麒が蓬莱《ほうらい》の生まれ──胎果《たいか》であったせいだと李斎は説明していた。まだ幼かった泰麒は言いくるめられて、たった二しかない使令を主《あるじ》を守るため派遺してしまった。言わば丸裸《まるはだか》になったところを阿選《あせん》に襲われたのだ。

「阿選は台輔を斬《き》った。咄嗟《とっさ》に逃げようと起こしたのが蝕だ。——鳴蝕《めいしょく》と言うらしい。非常事態に際して麒麟が起こす極小の蝕」

「そんな」と、酆都が憤懣《ふんまん》やるかたないように言った。「お怪我は」

「角《つの》を」と、項梁は自身の額を指す。「台輔は実のところ、麒麟だ。麒麟のお姿の時には額に一角がある。阿選の斬撃《ざんげき》は台輔の角を抉《えぐ》った」

「頭から斬りかかったということじゃないですか！　十やそこらの幼い子供に」

項梁は頷いた。稚《いとけな》かった泰麒の姿を思うと慄然《りつぜん》とする。小さな子供に向かい、阿選は脳天からの一太刀《ひとたち》を振り降ろしたのだ。

「しかも麒麟に——我らの麒麟になんという非道を」

麒麟は民《たみ》の守護神だ。常に民に味方し、慈悲《じひ》を施《ほどこ》してくれる。王もまた、その施しの一環《いっかん》だと、民は認識しているところがある。

「台輔は咄嗟に鳴蝕を起こし、お逃《に》げになった。その蝕の中で、蓬萊に流されておしまいになったのだ」

蓬萊に、と酆都は眼を丸くし、去思を見る。去思がそうだ、というように頷いた。

「帰る道が分からなかった、と台輔は仰っていました」

「正確には」と、項梁は李斎の説明を思い出す。「角を斬られたせいで、麒麟としての御自身を喪失《そうしつ》してしまったのだ。本来なら麒麟はこちらとあちらを往《ゆ》き来できる。だが、麒麟としての能力も記憶《きおく》も失った台輔は、帰ってくることができなかった」

鄷都は困惑したように瞬《またた》いた。

「よく……分かりません」

俺もだ、と項梁は苦笑した。説明は受けたが、説明だけではよく分からない。そもそも項梁では麒麟のことすらよく分からない。ただ、泰麒は戻ってくることができなかった。阿選のせいで能力的にそれが不可能だったのだ、と理解している。

鄷都は大きく息を吐《は》いた。

「ですが、蓬萊だったのは幸いだったんでしょうねえ。それで悪漢は台輔を追撃できなかった。しかも蓬萊というのは、とても良いところなのでしょう」

伝説に言う——神仙《しんせん》の住む幸福の国だ、と。

項梁は苦笑した。

「どうやら実際の蓬萊は神仙の土地でも幸福の国でもないらしい。少なくとも台輔は、ひどい穢瘁《えすい》にかかっておられた」

「穢瘁……」

「麒麟がかかる病なのだそうだ。血の穢《けが》れや怨嗟《えんさ》によって起こる」

「……そんな」

鄷都は驚《おどろ》いたように口を開けたし、去思もまた同様に眼を白黒させた。

「本来なら、台輔はこちらに戻ってくることはできなかった。それどころか穢瘁によって早晩、お命が尽《つ》きていただろう。だが、李斎様が慶国《けいこく》に赴き、同じく胎果であられる景王《けいおう》に乞《こ》うて、蓬萊を捜索《そうさく》していただいた。延王《えんおう》はじめ、諸王の助力を得てようやくこちらに連れ戻すことができたが、阿選の付けた傷は癒《い》えていない。台輔はもう転変《てんぺん》することも使令を使うことも、王気《おうき》を捜《さが》すこともできない」

「それは――とても危険だということではないんですか」

「だろう」

「万が一、敵に見つかれば奴《やつ》は必ず再び台輔を襲おうとするでしょう。戴《たい》に戻られて良かったのですか」

「台輔がそれを望まれたのだ。――戴を救わねばならない、と」

戻ってきたからと言って何ができるわけでもない。泰麒自身が言ったように、泰麒には戴に奇蹟《きせき》を施《ほどこ》すことはもうできない。泰麒はいまや無力な若者でしかない。本当は慶国に留《とど》まっていてもらうべきだったのだろう。――だが。

「台輔がおられなければ、事態は動かなかった」

李斎だけが単身戻り、慶に泰麒がいる、と叫《さけ》んでも事態が動いたとは思えない。目の前に泰麒がいるからこそ、すべては動き始めるのだ、という気が項梁はしていた。

あどけなく眩《まぶ》しいほどの笑《え》みから六年の空白。振り返れば、あの笑顔は悲劇のまさに直前のものだった。英章と項梁が泰麒に子馬を引き合わせた翌日、文州から「騒乱あり」との報が届いたのだから。

——六年前。

その前年、驍宗が新王として立ち、州侯《しゅうこう》が代わり、土匪《どひ》の横暴に対する統制が強まった。土匪はこれに反発し、拳《こぶし》をもって反抗した。州侯は事態を治めるために人員を派遣《はけん》、土匪は武器を掲げて抵抗《ていこう》した。——ここまでは文州において、よくあることだった。だが、弘始《こうし》元年暮れ、土匪が古伯《こはく》を占拠《せんきょ》するに及んで、ただの衝突《しょうとつ》では済まないことが明らかになった。州は正式に州師《しゅうし》を古伯に向かわせ、街を占拠した土匪を排除しようとした。しかし、年を跨《また》いでもこれが果たせず、長期戦の様相を呈《てい》するに至って、国に「文州に騒乱」との報がもたらされたのだった。

国は即座に王師の派兵を決めた。禁軍中軍に指令が下った。文州師と協力して暴動を起こした土匪を討伐《とうばつ》し、占拠された街を解放し、巻き込まれた民を保護せよ、と。

4

「禁軍《きんぐん》一軍で、ですか?」

項梁《こうりよう》は軍府で指令を受け取ったとき、困惑《こんわく》して呟《つぶや》いたことを覚えている。

「一軍だ」

中軍を率いる英章《えいしよう》は素っ気なく答えたが、その口調には皮肉な調子が滲《にじ》んでいた。「ですが」と、項梁同様、困惑したように言ったのは、同じく師帥の俐珪《しすいりけい》だった。「その……街を占拠《せんきよ》した土匪《どひ》は、五百程度と聞き及《およ》んでおりますが……」

言葉は次第《しだい》に小声になった。師帥五人の中でもっとも年若い俐珪は、英章に対しまだ無条件に気後《きおく》れがするらしい。年若いだけでなく、師帥になって間がない。かつて師帥だった基寮《きりよう》が文州師《ぶんしゆうし》将軍に任ぜられ、その穴を埋《う》めるべく旅帥《りよすい》から抜擢《ばつてき》されて三月《みつき》にもならなかった。もともと気難しいところのある主《あるじ》だけに、気後れはあって当然だろう、と項梁は微笑《ほほえ》ましく思いつつ、

「敵は県城を占拠している。厚い郭壁《へい》の中だ。しかも周辺の地理にも明るいわけだからな」

項梁が言うと、英章が聞こえよがしに鼻で笑った。

「莫迦莫迦《ばかばか》しい」と、吐《は》き捨てるように言って、「たとえ地の利があるにしても、所詮《しよせん》は匪賊《ごろつき》の集団だ。我《わ》が軍の敵ではない。しかも文州にも州師はいる。腰抜《こしぬ》け揃《ぞろ》いの田舎兵卒とはいえ、将軍には基寮もいるのだ、五百程度の土匪に禁軍一万二千五百兵を出すなど、卵を割るのに投石機を持ち出すようなものだ」

まくし立てるように言って、英章は項梁を見た。

「お前もそう思ったから、一軍か、と訊《き》いたのだろう」

「まあ、そうですが」

英章の皮肉な口調は常のことで、特に気を悪くした、などということではない。

「主上《しゅじょう》の御意向だ」

これまた皮肉げな調子だったが、英章が主である驍宗《ぎょうそう》に対して否定的な感情を持つことはあり得ない、と項梁には分かっていた。

「主上は、文州の民《たみ》に国の保護があることを呑《の》み込ませることが肝要《かんよう》なのだと考えておられる」

禁軍一軍の威容《いよう》をもって文州の民に、もはや土匪を恐《おそ》れるには及ばないことを示す。そのための英章軍派遣《はけん》なのだという。

なるほど、と項梁は思った。

「出立はいつごろ？」

項梁の問いに、英章はきっぱりと答えた。

「可能な限り早く」

「雪が降っています。春官《しゅんかん》は、この雪はまだまだ降り続きそうだと」

「瑞《ずい》州師が街道の除雪にあたっている」

文州侯《ぶんしゅうこう》更迭《こうてつ》に際して、遠からず文州の土匪が悶着《もんちゃく》を起こすであろうことは予測されていた。ゆえに街道沿いに州師を重点的に配し、雪が降るごとに除雪させていた、という。

「さすがは驍宗様ですね」

項梁にとって、驍宗は王である以前に、これまでずっと畏敬《いけい》の念をもって英章ともども仕えてきた主だ。

「どうせ春まで待っている猶予《ゆうよ》はない。極寒期《ごっかんき》の行軍になるのは避《さ》けられないのだから、できるだけ早いほうがいい。雪が緩《ゆる》めばかえって面倒《めんどう》だ。掃討《そうとう》戦にも影響《えいきょう》がある」

かしこまりました、と項梁ら集まった師帥たちは首肯《しゅこう》したが、そこからが大変だった。こういう事態もあろうかとすぐに出陣《しゅつじん》できるよう準備は怠《おこた》らなかったとはいえ、文州までの遠征《えんせい》となれば膨大《ぼうだい》な手間暇《てまひま》がかかる。不眠不休で手はずを整え、翌日には先遣《せんけん》の一師が鴻基《こうき》を離《はな》れた。以降、一師ごとに順次街道を北上して文州へと向かう。しんがりの項梁軍が英章と共に鴻基を発《た》ったのは、三日後のことだった。鴻基から文州へと向かう街道は白く凍《こお》っていた。冬の間、常にそうであるように空は雪雲に覆《おお》われ、そこから絶え間なく白い粉雪が降ってくる。除雪され、踏《ふ》み固められた街道に積もった新雪は、風が吹《ふ》くと巻き上げられて軍勢の足許《あしもと》を白く霞《かす》ませた。

雪の街道を進むこと半月、英章軍は文州琳宇《りんう》に到着、その郊外に陣を構えた。そこから問題の古《こ》伯《はく》までは一日の距離《きょり》だった。

――突然《とつぜん》、街に雪崩《なだ》れ込んできたんです。

古伯の里宰《りさい》はそう訴《うった》えた。暴動を起こした土匪は古伯に近い衡門《こうもん》の者たちだった。衡門山は近年になって開発された玉鉱《ぎょくこう》で、玉泉のみで採掘《さいくつ》できるような鉱床《こうしょう》はなく、その玉泉で採取できる石も二等級、規模のわりに豊かとは言えない山だった。取り仕切る土匪は新興の郎党《ろうとう》で、何かと問題が多かった。それを取り締《し》まるために州から監督官が派遣されたのだが、衡門の土匪はこれを拒《こば》んだ。監督官一行を暴力によって山から閉め出したのだった。暴行を働いた土匪を拘束《こうそく》し、衡門の秩序《ちつじょ》を回復するために州司寇《しゅうしこう》から県司寇へと命が下り、師士《しし》が派遣された。――この時点で、まだ事態は法を司《つかさど》る秋官《しゅうかん》の管《かん》轄下《かっか》にある。

「普通はそこで治まるものなのですが」と、説明に訪《おとず》れた州司寇は言った。

秋官の管轄下にある間は、暴動の範疇《はんちゅう》だ。騒ぎが拡大して反乱と見做《みな》されれば管轄は軍事を司る夏官《かかん》に移って州師が出てくる。軍を相手に戦える土匪などいない。土匪もそのあたりは心得ていて、秋官の管轄下にある間に事態の落としどころを探《さぐ》るものだった。

「引き際《ぎわ》を見誤ったのでしょう、師士と真っ向から衝突《しょうとつ》してしまったのです」

師士は秋官の指揮下にあるとはいえ、実体は軍から貸与《たいよ》された兵卒だった。行動の目的は犯罪者の取り締まりだから問答無用で武力を行使することはないものの、暴力沙汰《ざた》で土匪に負けることはあり得ない。衡門の土匪も呆気《あっけ》なく打ち負かされた。しかし彼《かれ》らは、そこで投降せず、山を駆《か》け降りて古伯に逃げ込むと、警備が手薄《てうす》になっていたことに乗じて県城に侵入《しんにゅう》、県正《けんせい》を殺害して城を占拠《せんきょ》してしまったのだった。

「大した首長だね」と、英章は薄笑《う》いを浮かべた。「近くで衝突があったにもかかわらず、警備を厚くすることなく太平楽に構えていた挙げ句、土匪ごときに城を盗《ぬす》み取られたというわけだ——まあ、その前に己《おのれ》の命を盗《と》られたわけだが」

州司寇は自分が責められたように首を竦《すく》めた。

街はその中に核《かく》となる里を内包する。古伯の里宰は温厚そうな初老の女で、足を引き摺《ず》っていた。

「巻き添《ぞ》えを食った民が迷惑《めいわく》な話だね。——お前、その足は？」

「雪崩れ込んできた土匪が義倉《ぎそう》に手を付けようとしたんでございます」

義倉にはその里が非常事態に陥《おちい》ったときのため、生活に必要な物資が備蓄《びちく》されている。冬に実りの望めない極寒の地にあっては、義倉が民の生命線だった。

「食糧《しょくりょう》も炭も、まだまだ必要でございます。そもそも貯《たくわ》えだって充分《じゅうぶん》とは申せません。あいつらが、事あるごとにやってきて皆の貯えを強請《ゆす》り取っていくものですから。被害に遭《あ》った民を助けてやるために放出せざるを得ないのです。おかげで、それでなくても目減りしているのにさらに奪われたら」

周囲にいた者たちと必死で抵抗したのだという。その結果、殴《なぐ》る蹴《け》るの暴行を受けた。「県正は常から里を守る気などなかったと見える。——まあ、いい。能なしは報《むく》いを受けたのだから」

土匪は里の義倉を襲《おそ》い、住民の家々を襲った。守る手はどこからも差し伸《の》べられなかった。そのころには、県城はすでに土匪の本隊によって落とされていたからだ。里宰らは無事だった住人とともに古伯を逃げ出した。

「命まで盗られずにすんで良かった。古伯はできるだけ早く取り返すと約束しよう。義倉のことは心配するには及《およ》ばないから、負傷者を養生させることに尽《つ》くすんだね」

ありがとうございます、と里宰は深く頭を下げた。

何度も頭を下げつつ陣を去っていく里宰を見送りながら項梁は、

「義倉の中身まで約束して良かったんですか」

「構わないだろう。主上の意向は文州の民の安寧《あんねい》にあるのだから。古伯を奪還《だっかん》したら、とりあえず軍の兵糧《ひょうろう》から埋めておけ。そのぶんは州か国から運ばせる」

「余剰《よじょう》があればいいんですが」

驍宗は登極《とうきょく》して間がない。国土は驕王《きょうおう》の放縦とその後の空位で荒《あ》れている。国の運営する義倉でさえ、備蓄は充分とは言えなかった。

「足りなければ、所領から運ばせるさ」と、英章は事もなげに言った。英章の所領は豊かだった。そもそも英章に限らず、驍宗の麾下《きか》は所領の経営が巧《うま》い。——というよりも、驍宗軍では麾下の軽重を定めるのに、戦《いくさ》の巧拙《こうせつ》だけでなく、所領を運営する能力の有無《うむ》も問われてきた。どれほど戦が巧《たく》みでも所領を荒らす将は評価されない。だからこそ、驍宗が登極すると、朝廷は速《すみ》やかに整った。

項梁はくすりと笑い、

「では、義倉の件はそれで一件落着ですね。あとは古伯を取り返す、という約束のほうですが」

「それこそ、造作もない」

英章は酷薄《こくはく》な笑《え》みを浮かべた。

その言葉通り、陣営を整えると、すぐさま三師を進めて古伯を包囲させた。門を閉じて街を閉ざし、抵抗する土匪を排除して街を解放、閉じ込められていた民を救う。街の中に兵を進め、県城に籠城《ろうじょう》する土匪を掃討《そうとう》する。半月を待たずに最小限の被害で全《すべ》てを終え、約束通り古伯を解放した。——にもかかわらず、項梁らの任務は終わりにならなかった。古伯を解放する前に、近隣の三箇所《かしょ》で土匪が暴動を起こしたからだ。

古伯を掃討する一方で三箇所への対応に当たる。鎮圧《ちんあつ》の目処《めど》が立ったところに別の場所で火の手が上がる。鎮圧に手間取るうちに別の場所でも暴動が起こり、州師までを総動員して事に当たっても暴徒同士が結託して戦況《せんきょう》が拡大する。これは暴動などという生やさしいものではなく、そもそも計算された謀反《むほん》なのではないか――疑念に応《こた》えて、王都からはさらに瑞州師の霜元《そうげん》軍が派遣されることになった。のみならず、さらには驍宗自身が王師から兵を割《さ》いて出征《しゅっせい》してくる、という。

「主上が自ら？」

その報《しら》せを受けて、驚いたように声を上げたのは俐珪だったが、項梁もまた同じように驚いていた。

「だ、そうだ」と、吐き捨てるように言って、英章は青鳥《せいちょう》が運んできた文《ふみ》を放り出した。透《す》けるほど薄《うす》いその紙は大きな雪片《せっぺん》のように舞ってぬかるんだ地に落ちた。忌々《いまいま》しそうに英章が踏《ふ》みにじった紙片を、項梁は拾う。――当然のことながら、文は余人の目に触《ふ》れて良いものではない。確実に処分しなければならない。

俐珪は釈然《しゃくぜん》としない様子だったが、それ以上英章に尋《たず》ねることはできなかったようだ。いっかな戦況が好転しない。英章の機嫌《きげん》は慢性《まんせい》的に悪かった。英章にとっては、州師の手を借りるのでさえ矜持《きょうじ》に障《さわ》る。なのに、霜元軍の手まで借りる破目になってしまった。しかも、ずるずると土匪討伐《とうばつ》に振り廻《まわ》される間に雪が緩み始めた。戦場は昼にぬかるみ、夜には足跡《あしあと》を刻んだまま凍《こお》り付く。足許が甚《はなは》だしく悪かった。ときにはのぼせるほど暖かい日があるかと思えば、翌日には底冷えがして雪が降る。何もかもが英章を苛立《いらだ》たせていた。

「本来なら王自らが前線にお出ましになることはないのだが」と、項梁が話を引き取った。「戦場が動いているからな。このままでは轍囲《てつい》が巻き込まれかねない」

「轍囲とは――函養山《かんようざん》の西にある？　山を越《こ》えた向こうですよね。たしか、中規模の県城だったと」

「街の規模の問題じゃない。轍囲は特別なんだ、主上にとって――そして、我々にとってもな」

かつて、轍囲は苛酷《かこく》な税の徴収《ちょうしゅう》を拒んで公庫を閉ざした。驕王《きょうおう》の時代、王の奢侈《しゃし》によって国帑《こくど》は蕩尽《とうじん》され、税は重かった。貧しい地方ほど相対的な負担は大きい。そこに悪天候や災害などの良くない条件が重なれば、税を納めたら生きるための糧《かて》が残らない、ということもあり得た。税を納めて飢《う》えて死ぬか、拒んで罰《ばつ》され殺されるか――轍囲は後者を選んだ。徴税を拒んで公庫を閉ざし、街を閉ざして抵抗を続ける轍囲に対し、国は反乱にあたると判断を下した。鎮圧のために驕王によって派遣されたのが当時将軍だった驍宗だった。

「……ああ、そうか」と、英章は呟《つぶや》いた。「項梁はもういたか」

「いましたよ。師帥の中では――文州に異動した基寮と私――あとは剛平《ごうへい》か」

「いたとも」と剛平は声を上げた。「俺《おれ》は卒長《そっちょう》になったばかりだったなあ」

俐珪は首をかしげた。

「県城に立て籠《こ》もった反民に対して禁軍一軍——今回の古伯の件と似ていますね」

「似てるもんか。何しろ俺たちは負けたんだからな」

剛平の笑いに、俐珪は眼を丸くした。

「負けた——？」

「勝てなかった、と言うべきだ」と、英章は口を歪《ゆが》めた。「負けてはいない。ただ、勝ちもしなかっただけだ。べつに轍囲が強かったわけではない。驍宗様が、理は轍囲にあると判断したのだ。公庫を開けさせる必要はあるが、轍囲の民は反民ではない、と」

「私は、驍宗様は無敗だったのだと思っていました」

英章は顔をしかめた。

「無敗なものか。あの方は、すぐそういう妙な理屈で確実な勝利を投げ捨てる」

項梁も俐珪に苦笑してみせた。

「兵卒の中には誤解している者もいるようだが、驕王の将軍で、真の意味において常勝無敗だったのは、阿選《あせん》殿だけだ」

ほかにも二人、無敗の将軍がいたが、一方は将軍になって間がなく、もう一方は負けが予想される戦いには絶対に行こうとしない古狸《ふるだぬき》だった。

「へえ……」

剛平はしみじみと述懐《じゅつかい》するように、

「あの戦いだけは忘れられん。なにしろ、相手は反民ではないのだから、攻撃してはならん、という」

「攻撃、しなかったんですか」

心底驚《おどろ》いたふうの俐珪に、

「絶対にするな、とのお達しだ。おかげでこう――楯《たて》を構えてな、相手が鋤《すき》や鍬《くわ》で殴りかかってくるのを亀《かめ》のように耐《た》えるんだ」

「剣《けん》は？」

「武器はそもそも持って出てはならん。楯も内側に板金を貼《は》っただけの木の楯だぞ。命じられたときには、死ねと言われたかと思った」

項梁も思い出して苦笑した。

「だったな。それでひたすら、相手が疲《つか》れるのを待つ」

後世、「白綿《はくめん》の楯」などと言われ、木の楯の表に綿や羊毛を貼って民を守ったと言われるが、実際に白綿の楯が使用されたのは最初のころだけだった。なにしろ木の楯で攻撃をひたすら受け続けるのだから楯が保《も》たない。すぐに使い物にならなくなった。楯は完全に消耗品《しょうもうひん》で、物資を惜しみ、綿は早々に省略されるようになった。当然のことながら、これは驍宗も承知のことだ。「白綿の楯」は驍宗にとっても、戦いが始まるにあたり禁軍の意志を示すための象徴にすぎなかったのだろう。ただし、戦いの当初、綿に民の血が付けば厳罰に処す、と驍宗が宣した、その命令は堅持《けんじ》された。我を忘れて民を攻撃し、楯に血が付けば本当に厳しい罰が待っていた。

「物資が目減りすると板金もだんだん小さくなってな」と、剛平は笑う。「仕舞いには無くなった。仕方ないからせめて楯を大きく作るんだ。すると重くて振り廻すこともできないから、つい反撃してしまうこともない」

「それで決着が付くのですか？」

俐珪の問いに項梁は、

「付くわけがない。だから負けなかったが勝ちもしなかった、ということだ」

「妙な戦だったな」と、剛平は懐《なつ》かしむように呟く。「最初は、こっちが剣を持たないとみると、嵩《かさ》にかかって打ってきた連中が、だんだん手加減するようになってな」

「疲れてうんざりした、というのが実情なのだろうが。喰《く》うものにも事欠いていたようだから、ひたすら殴り続ける体力もそうは保たなかったのだろう」

「殴りかかってくる奴《やつ》らのほうがふらふらしているものだから、懐《ふところ》に食い物を入れていって、奴らが引き上げるときにそれを渡《わた》してやったもんだ」

「逆に、俺は蕗《ふき》の炊《た》いたのを貰《もら》ったことがあるぞ。あんたらも役目で辛《つら》いだろう、なんて哀《あわ》れまれてな」

「あったなあ」と剛平は笑う。「手当てしてくれる奴もいたな。大丈夫か、なんて声をかけてきてな」

俐珪は眼を丸くし通しだった。

「……ずいぶん、牧歌的な戦だったんですね」

「牧歌的なわけではないさ。所詮《しょせん》は戦だ、殺し合いの場だからな」

禁軍《きんぐん》に包囲された轍囲の民は、殲滅《せんめつ》される覚悟《かくご》だった。軍は自分たちを殺しに来たのだと思っていたから、当初の反撃は死にものぐるいのものだった。項梁らに戦意がないことを理解してもらうには長い時間がかかったし、全《すべ》ての民がそうと信じてくれたわけでもない。

「命を失った者もいたし、深手を負った者もいた。私も楯を支える腕《うで》が完全にいかれてしまったな。何年も真《ま》っ直《す》ぐに伸びなかった」

それでも民を打つな、という驍宗の命令を完遂《かんすい》できたのは、驕王の奢侈のため犠牲《ぎせい》になる民に、項梁ら兵卒も義憤《ぎふん》を感じていたからだ。これほどの重税を課せられれば生活が成り立つまい、税を拒むのも無理はない――と、下級の兵卒ほどそう強く感じていた。だから驍宗が「理は轍囲にある」と言ってくれたとき、項梁は嬉《うれ》しかったし、ゆえに無茶な命令に従い続けることができたのだ。

「最悪の戦いだ。思い出したくもない」と、英章は吐《は》き捨てるように言う。「だが、轍囲の連中は本当の莫迦ではなかった。最終的に門を開けて税の徴収に応じたのだからな」

「門を開けた連中は泣いていたなあ」と、剛平は言う。「公庫から物資を運び出す兵卒も貰い泣きしていた」

なぜなら、規定の税を差し出すということは、その冬に飢える覚悟をする、ということだからだ。だからこそ、彼らは反民と呼ばれ殲滅されることを覚悟して街を閉ざしたのだ。意に反して税を差し出した彼らには、飢えて苦しむ自分たちの未来が見えていたに違《ちが》いない。項梁も、悄然《しょうぜん》と佇《たたず》む轍囲の民の顔に、死の影《かげ》を見ていた。年寄りに子供、負傷した者――。それでも納税だけは完遂されなければならない。でなければ戦が終わらない。

「さすがにこの件で税が重すぎることが問題視されたし、翌年からはいくらかましになったはずだ。戦が終わったあと、我々も自腹で支援はした。それでも辛い冬になったことは間違いあるまい」

そうなることが分かっていても、税は徴収されねばならなかった。見逃《みのが》せば国の根幹が揺《ゆ》らぐ。揺るがせないためには轍囲を攻めるしかなく、抵抗されれば殲滅するしかなくなる。驍宗は断固として轍囲の民を攻めるつもりはなかったが、戦が長引けば援軍が来る可能性が高く、そうなれば轍囲が根絶やしになることは避《さ》けられなかった。

「将来飢えると分かっていて開門するのは断腸の思いだっただろう。理は轍囲にある、と言って譲歩し続けた驍宗様の意を汲《く》んでくれたのだ」

勝てなかった轍囲と勝てなかった禁軍、どちらにとっても良いことは何一つなかったが、両者の間には絆《きずな》が生まれた。

「それでわざわざ主上がお出ましになるんですね」と、俐珪は言う。「しかし……それはいつごろの話なのですか？」

「さあ……」と、剛平は首をかしげた。「ずいぶん昔だ。少なくとも、あのとき殴りかかってきた連中はもうほとんど生きてはいないだろうし、おそらく、その子供も死んだほうが多いんじゃないか」

「だろう」と、項梁は苦笑した。「轍囲の者にとっては昔噺《むかしばなし》だ。だが、私たちはまだ生きていて、我《わ》が事として覚えているからな」

轍囲には特別な思い入れがある。危機を見過ごしにはできない。だからこそ、轍囲を土匪《どひ》から——そして戦禍《せんか》から守るために驍宗はわざわざ出向いてきた。

そして、その轍囲に向かう行軍のさなかで驍宗は忽然《こつぜん》と消えたのだった。

5

項梁《こうりよう》ら英《えい》章《しよう》軍は琳宇《りんう》に陣営《じんえい》を設けていた。霜元《そうげん》軍と共に驍宗《ぎようそう》が陣営に到着《とうちやく》したのは、三月始めのことだった。不毛な戦いを続けるうちに雪は融《と》け始めた。平野部、陽当《ひあた》りの良い斜面《しゃめん》では根雪が消え、土の色が覗《のぞ》いている。冬が長い文州《ぶん》にもようやく春が近付こうとしていた。

王となった驍宗自身は、自ら率いる軍勢を持たない。このときは禁軍《きんぐん》右軍から二師を割《さ》き、これを率いていた。——禁軍右軍とは即《すなわ》ち、阿選《あせん》軍だ。これから起こることを知る由《よし》もなく、驍宗は阿選の手勢二師五千兵を率いて琳宇にやってきたのだった。

「戦況《せんきょう》は」

陣営に到着するなり、驍宗は英章に問うた。項梁はその場に控《ひか》えていて、身の引き締《し》まる思いだった。英章の幕営に驍宗がやってくる——かつてはよくあったことだが、驍宗が登極《とうきょく》した以上、二度とあり得ないはずの光景だった。項梁自身も、自分の目の前に驍宗がいる、という状況は登極以来初めてだった。多忙を極《きわ》める驍宗は、泰麒《たいき》に子馬を渡した際、立ち会ってはいなかった。

驍宗は軍の中にあって、特筆するほど体格に恵《めぐ》まれているわけではない。抜《ぬ》きんでて異質なのは白髪と真紅《しんく》の眼、そして端厳《たんげん》とした佇《たたず》まいだ。

——お変わりになられない。

英章の説明に黙《だま》って耳を傾《かたむ》けている驍宗を見てそう思う。強《し》いて言えば、ほんの少し痩《や》せただろうか。戦場を離《はな》れたせいか肌の色も白んで、おかげで怜悧《れいり》な印象が増したように見える。

「とにかく安石《あんせき》の土匪《どひ》が東進するのを止めなくてはなりません」

英章は驍宗に地図を示す。琳宇の北西——文州州都である白琅《はくろう》と轍囲《てつい》の間にある安石の土匪が、白琅方面から攻めてくる州師《しゅうし》から逃《のが》れて東の轍囲方面へ向かっていた。

「轍囲南の象山《しょうざん》一帯にも焦臭《きなくさ》い動きがあって、豊沢《ほうたく》に土匪が集結しつつあるという情報もありますね」

「胡乱《うろん》な成り行きになったものだな。英章が手間取るのも無理はないか」

「非常に不本意です」

英章は拗《す》ねるように言った。驍宗はそれを笑って、

「癇癪《かんしゃく》を起こした英章が文州を焼き払《はら》わなかったことを良しとしよう」

そう言ってから、項梁らのほうを振り返り、

「お前たちにも慮外《りょがい》の苦労をかけた」

言いながら見渡した目が項梁の上に止まった。

「項梁、久しいな。無事だったか」

項梁は軽く跳《と》び上がった。

「はい、お陰様《かげさま》で」

「剛平《ごうへい》も無事だな」

驍宗は剛平に頷《うなず》き、師帥《しすい》たちに声をかけていく。さらには、
「俐珪《りけい》も無事なようで何よりだ。師帥になって初の遠征《えんせい》がこれでは、さぞ気疲《きづか》れしたことだろう」

当の俐珪は、声も出ないようだった。おそらく俐珪は、驍宗と直接相対するのは初めてだろう。にもかかわらず、自分を知っていてくれたのだ、という喜びに顔が赤らんでいる。しかし驚《おどろ》くにはあたらない。驍宗の部下を覚える能力は驚異《きょうい》的だった。実際に会ったことのある者なら、たとえ雑兵《ぞうひょう》でも忘れない。相対したことがなくても、見知った者に近しい兵卒は間違いなく覚えている。

「俐珪のみならず、我々は責務を果たしているだけなのですから犒《ねぎら》うには及《およ》びません。それより、これからどうなさいます」

苛立《いらだ》たしげに口を挟《はさ》んだ英章に、

「指揮官はお前だろう」

「笑えない軽口など聞きたくありません。禁軍は王の私兵です」

驍宗はふっと笑《え》んで、

「では、どうするつもりだったのか、と訊《き》こう」

「安石に駒《こま》を進めて東進を止《と》め、州師と東西から挟撃《きょうげき》したいのは山々ですが、安易に近付くと後背に象山を置く恰好《かっこう》になります。どうやら土匪は裏で連携《れんけい》している様子。なら

ば象山を背後にするのは愚策《ぐさく》かと」

「正しい」

「こちらの道は」と言って図面を示したのは、驍宗に同行してきた霜元だった。瑞州師《ずいしゅうし》左軍を束ねている。「安石側の街道に抜けているようだが」

「出るのは安石の西だ。みすみす連中を東に押し出すことになるし、そもそも安石の西は州師が押さえている。合流する意味がない」

「安石の東に抜ける方法は」

「いくつかあるが、大軍が移動できるほどの道はないね。どれもまだ雪が深いし、伏兵《ふくへい》のおそれもある。兵を小分けにするのは勧《すす》められない」

現場の状況《じょうきょう》から英章と項梁ら師帥が至った結論は、軍を豊沢に進め、そこで止めることだった。豊沢から轍囲までは二日の距離《きょり》、安石の土匪が轍囲に迫《せま》れば駆《か》けつけることは可能だった。問題は象山の土匪に焦臭い動きがあって、不用意に近付けば刺激して乱を招きかねないことだが、逆に軍が入ることで不穏《ふおん》な動きが一旦《いったん》収まる可能性もある。このところ疑っているとおり、土匪同士が裏で結託《けったく》しているとすれば、豊沢を押さえたことはすぐさま安石の土匪にも伝わるだろう。安石の土匪は轍囲に向かって動きにくくなるし、もしも安石に軍を引き寄せ、後背から象山の土匪が挟撃する計略があったとすれば、その手は通用しないことが伝わる。

英章の説明に、驍宗は首肯《しゅこう》した。明けて翌日、軍は豊沢に向けて動き始めた。項梁ら英章軍が先頭を請《う》け負い、俐珪率いる先遣隊《せんけんたい》を皮切りに、琳宇を出発する。山の麓《ふもと》に沿う街道を通って豊沢へと向かった。驍宗軍がそれに続き、後尾《こうび》を霜元軍が押さえる。そして異変が起こったのは、三日目のことだった。

雲の低く垂れ込める妙《みょう》に暖かい日だった。先頭を行く俐珪軍が土匪の急襲《きゅうしゅう》を受けた。狭隘《きょうあい》な谷筋にさしかかったところで、周囲の山稜《さんりょう》に潜《ひそ》んでいた土匪が前触《まえぶ》れもなく襲《おそ》いかかってきたのだ。土匪の数は多くなく、手強《てごわ》い布陣でもなかったが、地理的条件が悪く苦戦が予想された。報告を受けた英章が後続の驍宗に伝令を向かわせた。そしてそこで、驍宗の姿がないことが発覚したのだった。

周囲にいた士卒《へいし》に驍宗の行方《ゆくえ》を訊くと、行軍が始まっていくらも経《た》たず、あとから来る霜元と合流すると言って、護衛を従え行軍の列を離《はな》れてその場に留《とど》まったという。士卒はその言を受け、驍宗らを残して先行した。だが、そのあとに続いてやってきた霜元軍の士卒は、誰一人驍宗を見ていなかった。驍宗を護衛していたはずの選卒《せいえい》二十五騎《き》の姿も驍宗と同じく消えていた。

驍宗軍の兵卒を問い質《ただ》したが、彼らにも驍宗がいつ消えたのか分からなかった。街道脇《わき》に足を止めていた驍宗らを追い抜いていったはずだが、兵卒の証言はまちまちで、いつどのように姿を消したのか判然としない。もはや戦闘《せんとう》どころではなかった。

すぐさま土匪を俐珪軍に任せ、一帯において驍宗の捜索《そうさく》が為《な》された。陽が傾くころにはこの年初めてとなる雨が降り出し、乏《とぼ》しい光の中、余計に見通しを悪くした。雨量はさほどでもなかったが、絶え間ない雨が雪の上に残った痕跡《こんせき》を融かす。条件は甚《はなは》だしく悪かった。捜索は夜を徹して行なわれたが、驍宗の姿はもちろん、行方に関する手掛《てが》かりすら見つけることはできなかった。驍宗と共に消えた二十五騎の選卒も見つからなかった。ただ——驍宗の乗騎である計都《けいと》が、その翌日、ただ一騎で戻ってきた。

「戦況は」

深夜、自らの天幕に戻《もど》ってきた英章の問いに、剛平が、

「俐珪はここに。なんとか安全な場所まで後退できたそうです。一連の騒《さわ》ぎに便乗した跳《は》ね返りじゃないですか。大した敵ではなさそうだし、あとは旅帥《りょすい》に任せて大丈夫《だいじょうぶ》でしょう。時間の問題かと」

そう、と英章は呼び戻された俐珪に目をやって頷《うなず》いた。

「——それで？　乗騎の様子は？」

「怪我《けが》はないようです。気は立っているようですが、鞍《くら》も荷も無事のようだし、騎乗している最中に何かがあったわけではなさそうですな」

英章は鼻で笑った。

「当たり前だ。騎乗中に襲撃があったのなら、あの計都が穏和《おとな》しく陣に帰ってきて厩《うまや》に

戻ったりするものか」

「そんなに気性《きしょう》が荒いのですか？」と、俐珪が問うた。「そうは見えませんでしたが」

「気性が荒いというより、偏屈《へんくつ》なのだ——主《あるじ》に似て」

「英章様」

「本当のことだ」と、英章は交床《ねどこ》に腰《こし》を降ろして手を振《ふ》る。「計都は主上《しゅじょう》が捕《と》らえて馴《な》らしたんだ」

「そんなことが可能なのですか」

「できるんだ、あの方は。かといって、さすがに騎商のようなわけにはいかない。おかげで主上以外には扱《あつか》い難《にく》い。誰彼《だれかれ》構わず襲いはしないが」

「利口な生き物ゆえ」と、言ったのは霜元だった。「相手を見るのだろう。主上以外の人間の言うことを聞く気が端《はな》からない」

ふん、と英章は鼻を鳴らして、

「帰ってきたというより、驍宗様を捜《さが》しているんだろう、あれは。とりあえず心当たりの陣営に戻ってみたが、姿が見えないので苛立《いらだ》っている。驍宗様がどこかで乗騎を降りたことは間違いない。阿選軍の連中の証言からしても、御自身の意志でどこかに行ったことは確かなのだろうが」

「それなのだが」と、霜元が声を潜《ひそ》めた。「皆に英章の許《もと》に集まってもらったのには訳がある」

「内々に話があるというのは、それか」

霜元は頷いて、

「実は失踪《しっそう》前日の夜、主上は私の許を訪ねて来られて、密《ひそ》かに手勢を借りてゆかれた」

英章のみならず、その場の誰もが怪訝《けげん》そうな表情をした。

「直々に私を訪ねて来られ、内密で兵卒を借りたいと仰《おっしゃ》られた。理由を伺《うかが》ったが、答えてはいただけなかった。何も訊《き》かずに腕《うで》の立つ者を一人、天幕に呼んで欲しいと仰る。それを指揮官に、精鋭を十五人ほど貸して欲しい、と」

指揮官が霜元の天幕にやってくると、霜元すらも席を外させて何事かを指示した。驍宗の指示がどんなものだったのかは霜元にも分からない。

「指揮官が精鋭十五名を選抜《せんばつ》して、急遽《きゅうきょ》、三伍《ご》に編成したようだ。全員が乗騎を伴っていた」

霜元麾下《きか》の彼《かれ》らは、その夜のうちにいつとも知れず姿を消した、という。

「それきり戻っていない」

わざわざ手勢を借りていた以上、驍宗が密かに何かを行なおうとしていたことは確実だろう。そのために行軍の途中《とちゅう》で護衛と共に自ら隊列を離れたのではないか。それからどこへ何をしに行ったのか——驍宗が足を止めてから、いくらも経たずに姿を消したことは確実なように思われた。向かったその先で何らかの事故があったのか、あるいは土匪に襲撃されたのか。項梁らはそう推測して、大規模な捜索を行なった。そのさなか、鴻基《こうき》から愕然《がくぜん》とするような報がもたらされた。

白圭宮《はっけいきゅう》で蝕《しょく》が起こり、多数の国官が死傷した、という。

「なぜ天上で蝕が起こる！　あり得ないはずではないか！」

英章は当たり散らした。

「台輔《たいほ》や六官に大事はないのか」と、心配する霜元に、

「それが……台輔のお姿が見えない、と」

そんな、と誰もが口々に叫《さけ》んだきり声を失った。

「詳《くわ》しい事情が知りたい。至急、誰かを」

霜元が言うや否《いな》や、英章は吐《は》き捨てる。

「もうこちらに向かっている。詳しい状況が分かるまで、我々にできることはない」

それよりも急を要するのは驍宗だった。一報ののちも兵を挙げて捜索はなされたが、驍宗自身も、驍宗を警護していたはずの選卒《せいえい》の姿も発見することはできなかった。

王師は完全に浮《う》き足立っていた。状況を説明するため、霜元が鴻基に駆け戻っていった。驍宗の捜索に手間と時間を割かれ、肝心《かんじん》の土匪との戦況は完全に膠着《こうちゃく》してしまった。

そして鴻基から絶望的な報がもたらされた。――白雉《はくち》が末声《まっせい》を鳴いた、と。

つまり、驍宗はどこかで崩《ほう》じたのだ。

項梁はそのときの衝撃《しょうげき》をいまも忘れることができない。驕王《きょうおう》の搾取《さくしゅ》に荒《すさ》んだ国土、やっと新王を得て新しい時代に向かおうとした矢先、わずか半年でその王が斃《たお》れた。王宮からの泰麒が消えたという報《しら》せも絶望に追い打ちを掛《か》けた。この国はどうなるのだ、と暗澹《あんたん》たる気分になった。民《たみ》の嘆《なげ》きも甚だしかった。新王の時代に大きな希望を抱《いだ》いていただけに、崩御《ほうぎょ》の報せは文州の民を激しく意気消沈《しょうちん》させた。せめて亡骸《なきがら》を見つけて葬《ほうむ》りたいと、兵卒も民も総出で驍宗を捜索したが、発見することは叶《かな》わなかった。襲撃は土匪によるものと考えられたため、土匪は一気に仇敵《きゅうてき》になった。鴻基から臥《が》信《しん》軍が投入され、徹底的な掃討《そうとう》が行なわれた。ここに至ってようやく、文州の騒乱《そうらん》は一応の決着をみたのだった。

　しかしながら、現場の混乱は依然《いぜん》として甚だしく、しかもそのころ、承《じょう》州でも謀反《むほん》が起こるなど、同時に複数の事態が進行していた。中央からは細かく指示が飛んできて、軍は一師二師と分割されて行動することが増えた。その混乱のさなか、陣営に一羽の鳥が飛んできたのだ。

　李斎《りさい》からの報せだった。

　——阿選、謀反。

6

ふいに扉《とびら》を叩《たた》く音がして、項梁《こうりょう》は我に返った。

去思《きょし》や酆都《ほうと》に促《うなが》されるまま、語る物語にのめり込んで、すっかり夜は更《ふ》けていた。酆都が立って扉を開ける。李斎《りさい》が立っていた。

「どうなさいました」

「いや。明かりが見えて話し声がしたので。——台輔《たいほ》が眠《ねむ》れない御様子なので、温かい飲み物でも差し上げようかと」

「それなら、私が」

「構わない。私が用意するが——眠れずにいるならお前たちも」

有難《ありがた》く頷《うなず》き、堂《ひろま》へ出ると、ぽつねんと泰麒《たいき》が待っていた。

「ひょっとして、我々が煩《うるさ》かったのでしょうか」

「そういうわけではない。気が昂《たか》ぶっておられるのだろう。——お前たちもか？」

去思は昨夜、ほとんど寝る間もなかったが、一日の旅を終えたいまも気分が高揚《こうよう》して眠れる気がしなかった。

「文《ぶん》州で何があったか、項梁に聞いていたところです」

そうか、と李斎は頷く。昨夜、去思が慌《あわ》てて旅の準備をする間、李斎と項梁は泰麒を交え、明け方まで話し込んでいたようだ。李斎にも泰麒にも、もう分かった話なのだろう。結局、酆都がいそいそと火鉢《ひばち》の火を熾《おこ》した。湯を沸《わ》かし、厨房《だいどころ》に立って茶盆《ちゃぼん》を一揃《ひとそろ》い探してくる。

「――白雉《はくち》が末声《まっせい》を鳴いた、というのは間違《まちが》いだったんですね」

茶を淹《い》れながら酆都が訊《き》くと、李斎は頷いた。

「承《じょう》州へ向かっていた私の陣営《じんえい》に二声氏《にせいし》――白雉の世話をする官が逃《に》げ込んできた。この二声氏は、阿選《あせん》が白雉末声を捏造《ねつぞう》する瞬間《しゅんかん》を目撃《もくげき》していたんだ」

「それも偽王《ぎおう》――阿選の計略ですか」と、酆都は溜息《ためいき》をついた。「実際のところ、阿選はどういった人物だったのですか？　有能な将だという噂《うわさ》を聞いたことはあったと思うのですが。驕王《きょうおう》が崩《ほう》じられたあと、次の王ではないかとさえ言われていたと記憶《きおく》しています。事が露見《ろけん》するまで疑われていなかったのでしょうか」

李斎と項梁、そして泰麒が眼を見交わし合った。

「疑う者はいなかったと思う」と、答えたのは項梁だった。「少なくとも俺《おれ》たちは、李斎様から一報を受け取るまで、まったく疑っていなかった」

「私も同様だ」と、李斎は言う。「二声氏に会うまでは、まったく疑っていなかった。承州に行く前、友人が阿選に対して疑惑《ぎわく》を口にしていたが、それを信じるには至らなかった。阿選はそもそも驍宗《ぎょうそう》様と並び称《しょう》される将だった。軍事だけでなく、政治向きの能力もあり、情理を弁《わきま》え麾下《きか》の信望も篤《あつ》い。驍宗様も常に一目置いておられたし、それは麾下の我々も同様だった」

項梁もまた頷いた。

「我々の間でも、阿選の人望は厚かった。とても大逆を犯すような人物には見えなかったし、正直、いまも謀反《むほん》を起こしたというのが、信じられない」

「文州との繫《つな》がりはあったのですか？」

そう問うたのは去思だった。項梁は、

「分からない。表立って繫がりはなかったと思う。ゆえに文州と阿選を結びつける者などいなかったのだ。——そもそも、文州で土匪《どひ》の乱が勃発《ぼっぱつ》した当時、阿選は戴《たい》にいなかったしな。台輔に同行して国を離《はな》れていたから」

泰麒が頷いた。

「漣国《れんこく》に廉王《れんおう》をお訪ねしました。そのとき阿選が一緒《いっしょ》でした」

李斎は首肯《しゅこう》した。

「文州に派兵が決まる直前に、ようやく帰国したところだったんだ。——だからこそ、文州征伐《せいばつ》が決まったときにも、阿選軍の派遣《はけん》はまったく検討されなかった。それは主《しゅ》上《じょう》御自身が、禁軍《きんぐん》を派遣することで王が文州の安寧《あんねい》を第一に考えているのだと、文州の民《たみ》に知らしめることを望まれたせいでもあったのだが、同時に、帰国して間もない阿選を討伐軍《とうばつ》の候補から除外して考えるのが自然だったせいでもある。士卒《へいし》は国に残っていたとはいえ、長期の旅を終えたばかりの阿選に出陣の準備をさせても間に合うまいし、無理に間に合うよう急がせるのは酷《こく》だと、誰《だれ》もが当たり前のように考えていたからな」

「それまで、主上と阿選の不仲が囁《ささや》かれることもなかった」と、項梁は言う。「むしろ、表面上は非常に上手《うま》くいっていたとしか思えなかった。だからこそ李斎様からの一報があるまでは、誰一人、阿選を疑ってはいなかったんだ。だが、阿選の謀反だと分かった以上、主上を襲《おそ》った犯人は、主上と共に消えた阿選麾下の護衛たちで間違いないだろう。何らかの方法で主上を誘《おび》き出し、襲った。——が、しかし主上は崩じておられない。だとしたら連れ去られたとしか考えられないのだが、果たしてそれが可能なのだろうかと、英章様《えいしよう》と話したことがある」

驍宗の姿が消え、行軍は止まった。次いで大規模な捜索《そうさく》が行なわれた。当初は土匪の襲撃ではないかと思われていただけに、不審《ふしん》な人物、不審な荷物も徹底的に捜索した。これは軍の内部すら例外ではない。地均《じなら》しに荷運び——雑用をこなすため現地で一時的に雇用《こよう》された人夫もいる。その中に土匪が混じっていないとも限らない。驍宗が身に付けていたもの、あるいは凶行《きようこう》を示唆《しさ》するような武器を持った者がいないかまでが捜索された。

「にもかかわらず、そのようなものは一切、見つけることができなかった」

結局のところ、何が起こったのか、何一つ分からない、と項梁はいう。

「本当なら何が起こったのか、そこをこそ綿密に調べる必要があったのだろうが……」

しかしながら、文州に派遣された軍はその後、混乱を極《きわ》めた。驍宗を捜索する一方、霜元《そうげん》は事態を報告するため側近を連れて空行、鴻基《こうき》に戻《もど》る。同時に率いる将を失った阿選軍は師帥《しすい》の品堅《ひんけん》に率いられて鴻基に戻ることになり、代わりに土匪討伐のため鴻基から臥《が》信《しん》軍が派遣されてくることになった。臥信軍が投入されて、五月、文州の乱はいちおうの平定を見たが、それと相前後して承州辺境に乱ありとの報が入った。承州の地の利に明るい李斎軍が派遣されることになった。これを支援《しえん》するため、霜元は半数を率いて文州から承州へ向かうよう指示される。指示したのはすでに朝廷《ちょうてい》を牛耳《ぎゅうじ》っていた阿選だった。半月後、ちょうど李斎が承州に入ったころ——そして霜元が文州を発《た》ったころに、土匪掃討《そうとう》戦も一段落したということで臥信軍に帰還《きかん》命令が出る。ただし、文州安定のために半数を文州に残せ、という命令だった。

「ややこしいですね……」

途方《とほう》に暮れたように酆都が呟《つぶや》いた。だろうな、と項梁は苦笑した。

「実際はもっと錯綜《さくそう》していた。討伐だ、報告だ、支援だと、ちまちま軍を割《さ》いて右往左往させられていたからな。その場その場ではもっともらしい理由付けがなされていて、一応納得《なっとく》はするのだが、違和感はあった。だが、不満を言うほどではなかったんだ」

何もかもが後手に廻《まわ》っている、という批判はあったものの、可怪《おか》しいという声はなかった。しかし、六月に入って李斎から青鳥《しらせ》が届いた。

「気が付けば、鴻基に主上の麾下は巌趙《がんちょう》様のみ。しかもそのうち二師が他州に派遣されて鴻基に留《とど》まっていたのは三師のみだった」

青鳥が着いた直後には、鴻基から「李斎謀反」の報が飛んできた。承州に向かっていた霜元には李斎を討《う》つべく命令が下った。同時に文州に留まった英章にも同じく李斎を討つよう命令が下ったが、すでに彼らは阿選こそが黒幕であることを知っていた。このとき、臥信には帰還命令が下って文州を出発するばかりになっていた。

「李斎軍討伐に参加すれば良し、そうでなければ逆賊《ぎゃくぞく》だ、ということだろう」

阿選はむしろ、項梁らが反発して逆賊になることを狙《ねら》っていたのだと思われる。このころ、あからさまに「李斎に協力した夏官長《かかんちょう》」という噂《うわさ》が流れていた。夏官長の芭墨《はぼく》は李斎謀反に異を唱えた。これは李斎を庇《かば》うため——と言うよりむしろ、古参の麾下である芭墨が新参の李斎を唆《そそのか》したのではないか、という噂が流れていたのだ。だが当然、驍宗麾下は「芭墨黒幕説」を信じない。反発は必至だった。実際、手薄《てうす》になった首都防備のためという名目で、九州のうち瑞《ずい》州を除く余州《よしゅう》から州師の一部が移動していた。反抗して驍宗麾下が起《た》つのを鴻基で待ち構えていたのだろう。

「結局、我々英章軍と、霜元様、臥信様の残した麾下は文州で離散《りさん》した。徽章《きしょう》を捨てて文州を離れた……」

霜元自身も、率いた士卒とともに承州で姿を消した。首都防備のため呼び戻された臥信軍も鴻基に着いて一両日中に姿を消した、という。

「みんな無事なのでしょうか」

泰麒の問いに、項梁は答えられなかった。

「いずれも処刑されたという風聞は聞いておりません。ということは、どこかに潜伏《せんぷく》しているのだと思うのですが、全員が無事だったとは、残念ながら考えられません」

実際、承州で離散した李斎軍も、多くが殺されたと聞いている。

「英章がいまどこにいるのか、項梁にも分からないのですか？」

「残念ながら」

項梁たちは文州から散り散りになって離れたが、まったく無秩序《むちつじょ》に離散したわけではない。英章との連絡方法は確保しておいたし、かつての部下——項梁の麾下とも言える旅帥《りょすい》たちとの連絡網も作っておいた。だが、師帥たちと英章を繋ぐ要《かなめ》であった俐珪《りけい》との連絡が途絶えた。出身地に堅牢《けんろう》な地盤を持ち、最も安全に潜行できると考えられた俐珪だったが、どうやら不測の事態が起こったらしかった。英章の行く先もほかの師帥たちの行く先も俐珪だけが知っていた。俐珪の身に何が起こったのかは分からない。

「ただ、英章様が捕《と》らえられたり処刑されたという噂はありませんから、少なくとも俐珪の持つ情報が阿選に漏《も》れるような事態ではなかったのだと思われます」

それを幸いと言うべきなのかどうかすら、項梁には分からない。

「私の部下の旅師は三人が死にました。一人ずつ地下に潜《もぐ》れ、と指示してあったのですが、堪《た》えきれなくなったようです。三人は阿選に反旗を翻《ひるがえ》そうとして誅伐《ちゅうばつ》を受けました。もはや危険で、用意してあった連絡網には接触《せっしょく》できません。残る二人の旅師もそうなのだと思われます」

「ほかは？　――巌趙はその後、どうなったのでしょう？」

驍宗には、かつて将軍だったころに重用していた麾下が四名いた。巌趙、霜元、臥信、そして項梁が従っていた英章と。いずれも驍宗軍で師帥を務め、のちに王師の将軍になった。もう一人、驍宗軍には杉登《さんとう》という師帥がいたが、これは驍宗の麾下というよりは巌趙の麾下で、驍宗登極《とうきょく》後は巌趙軍の師帥を務めていた。

「処刑されたという話はありませんが、あれ以後、巌趙様をお見掛《みか》けした、という話を聞きません。巌趙軍は鴻基に留まっているようですが、将は別の人物らしい。更迭《こうてつ》されたことは確かだと思われますが」

巌趙の部下は杉登も含め、基本的に阿選軍に編入されたようだ。これを受け入れずに処刑された者、軍から逃亡《とうぼう》した者もかなりの数いたようだが、大多数は阿選軍に組み込まれて首都の防衛に就《つ》いているらしい。

「そうですか……」と、泰麒が呟くと、酆都が、

「王師六軍のうち、阿選軍と禁軍左軍を除く四軍が離散して、ついぞその後の消息を聞きませんね。少なくとも将軍はどなたも捕《つか》まってはおられない。ただ――」と言って、酆都は少し笑って李斎を見た。「李斎様は暗殺されておしまいなのではないかという噂がありました。御無事で何よりでございます」

李斎もこれには苦笑するしかないようだった。

「項梁たちが逸早《いちはや》く逃《に》げ出したのは英断だった、と言うべきだろうな。阿選は驍宗様の麾下が間違いなく目障《めざわ》りだったはずだ。そればかりでなく、鴻基に置けば自身が背後から襲われかねない。地方に置いても反抗勢力の核《かく》になって脅威《きょうい》となるおそれがある。恭《きょう》順《じゅん》を示したところで、巌趙のように良くて更迭、場合によっては私のように罪を捏造されて処刑されるのが落ちだったことだろう」

「そうなのでしょうね」と、泰麒は言って、「六官長は？　現在、どうしているか分かっているのでしょうか」

項梁は口を開いた。

「冢宰《ちょうさい》は亡《な》くなられ、天官長《てんかんちょう》は行方が分からなくなったと聞きました。――その後、どうなったのかは、残念ながら知りません。芭墨様は王宮を脱出したものの、委《い》州におい

て処刑されたと聞きました。冬官長《とうかんちょう》の琅燦《ろうさん》様は王宮に残っておられるはずですが、冬官長は解任され、巌趙様と同様、お姿が見えません。巌趙様、琅燦様は主上にとってお身内とも言える方々、ひょっとしたら人質としてどこかに囚《とら》われておいでなのかもしれません」

そうですか、と泰麒は小さく声を落とした。巌趙、琅燦は泰麒とも親しかっただけに胸が痛むのだろう。

「ほかの消息は、残念ながら分かりません。少なくとも現在の王朝の中にはいないようです。ただし、春官長《しゅんかんちょう》の張運《ちょううん》だけは王宮にあることが分かっています。いまは冢宰に」

はっとしたように泰麒は顔を上げ、眉《まゆ》を顰《ひそ》めた。

「張運殿は驍宗様の麾下では……」

「ありませんね」と李斎が答えた。「先代の王——驕王の時代からの官です。特に重用されていたわけではないが、堅実に働いてきたし、そこを見込んで驍宗様が抜擢《ばってき》した格好になるのですが」

「阿選の側についても不思議はないか……」

ひとりごちる項梁に、

「あるいは名目だけの冢宰なのかもしれない。なにしろ王宮のことは分からない」

項梁は頷《うなず》き、

「あとは——正頼《せいらい》様でしょうか。たしか、鴻基に」

泰麒は項梁を真っ向から見た。

「無事なのですか？」

正頼は瑞州令尹《れいいん》で、同時に泰麒の傅相《きょうし》だった。泰麒にとってはもっとも親しかった臣下だ。

「……無事と言えるかどうか。正頼様は、阿選が玉座に就《つ》く前、混乱に乗じて国庫の中身を隠匿《いんとく》したと言われています。このため、阿選に捕らえられ、それは厳しい詮議《せんぎ》を受けていると聞きました」

ひょっとしたら今ごろは処刑されているかもしれない——その言葉を、項梁は呑《の》み込んだ。泰麒の顔色を見ると、とても口にはできなかった。

「そうですか……」

泰麒の表情には安堵《あんど》の色はなかった。項梁が言わなかった言葉を察したのだろう。

「——惨憺《さんたん》たる有様ですね」

呟いたのは鄷都だった。驍宗麾下の将軍たちと官僚《かんりょう》たち。そのほとんどが姿を消した。阿選は完膚《かんぷ》なきまでに驍宗の王朝を潰《つぶ》したのだ。

——だが、ここまであからさまなら民《たみ》にも分かる。阿選こそが位を盗《ぬす》んだのだ、と。

当初、驍宗の不在を埋《う》める、という形で位に就いた阿選は、支持もあったし信じられてもいた。だが、次第《しだい》に疑惑《ぎわく》が広まる。まずは瑞雲観《ずいうんかん》が疑念の声を上げ、その瑞雲観が滅《ほろ》ぼされると、阿選の簒奪《さんだつ》は明らかになった。当然のように糾弾《きゅうだん》の声が上がり、反発する勢力が現れたが、どれも成功しなかった。

経緯《けいい》が思い出されて、去思は震《ふる》えた。いまになってもあの夜の恐怖《きょうふ》と怒《いか》りが忘れられない。さらにいっそう怒りに拍車を掛けるのは、そこまでして位を盗んでおきながら、阿選が何もしていない、ということだ。

「なぜ阿選は、民を捨て置くのでしょう」

去思は思わず言葉を漏らした。

「それほど周到《しゅうとう》に位を盗んでおきながら、なぜ政《まつりごと》を行なわないのです」

困惑したように、李斎と項梁が顔を見合わせた。

阿選が即位した当初は、まだしも何かを行なおうとしていたように見えた。驍宗が即位はしたものの、そこまでの戴は驕王の専横とその後に続いた約十年の空位で困窮《こんきゅう》していた。もともと戴は気候の恵《めぐ》みに薄《うす》い土地だ。特に北方では冬、夏の間に貯《た》め込んだものを食《く》っていくしかない。国からの支援が滞《とどこお》れば、たちまち民は飢《う》える。驍宗は積極的に地に恵みを施《ほどこ》そうとしていたし、国を立て直そうとしていた。阿選もそれを引き継《つ》いだように見えたが、そうやって国が国として機能したのは一年にも満たない。積極的に民を虐《しいた》げるわけではない――だが、何の施しもない。各地はそれぞれが府第《やくしょ》の思惑によって統治され、国がこれを指揮指導している形跡《けいせき》はまったくなかった。完全な放置だ。

「実は丈《じょう》将軍は……もはや玉座にいないのでは、という噂も聞きましたが」

鄷都が言ったが、これにも誰もが困惑した表情を浮かべただけだった。

「その噂は俺《おれ》も聞いたことがある」と、項梁は言った。「阿選はとうに討たれて、いまは玉座に誰もいない、のだと」

「そんなことがあり得るのですか？」

鄷都の問いに、李斎が首を横に振《ふ》った。

「束ねる何者かの存在なくして、朝廷が機能できるとは思えない」

「機能できないからこそ、国は何もできないでいるのでは？」

「そういう存続の仕方もできないと思う。要の存在をなくせば、次に起こるのは官による勢力争いだ。己《おのれ》の権勢を伸《の》ばそうとする者たちが熾烈《しれつ》な抗争を起こす。朝廷は瓦解《がかい》し、もっと無秩序な状態になる」

李斎は考えるように言って、そして改めてもう一度首を横に振った。

「いや……いまの状態で朝廷が瓦解したとは思えない。とりあえず政の秩序だけは保たれているからな。最低限の保安は維持《いじ》されているし、租税の徴収《ちようしゆう》も行なわれている。反抗は一切、許されない。国という形を維持しようとする力は働いている。だが——民に対する救済はない。」

窓の外では、か細く虫が鳴いていた。夜ごとに肌寒《はださむ》さが増す。虫の声もじきに聞こえなくなるだろう。霜《しも》が降り、雪が降り——そして本格的な冬が来る。戴の民にとっては生死を決する冬が。

去思は東架《とうか》の人々を思った。毎冬ごとに死者が出る。冬に備えて蓄《たくわ》えても、毎年、備《び》蓄《ちく》が春まで保《も》つかどうかはぎりぎりの線だ。去思が一人旅に出て、園糸《えんし》と栗《りつ》の親子が増えた。誰もが飢えずにこの冬を乗り越えてくれればいいが——。

翌朝、一行は世話をしてくれた女に見送られ、隠《かく》れ里のような小里《しょうり》を発《た》った。鄷都はできるだけ目立たぬよう、細心の注意を払《はら》って道を選んでいた。閑散とした道をひたすらに歩いて、その日の夕刻には寂《さび》れた街に辿《たど》り着く。街に入る前、泰麒は足を止めて背後を振り返り、空を見上げた。

そんな泰麒に、

「どうなさいました」と、李斎が声をかけた。

「街の門は、夕刻には閉じるんですよね？」

「そうです。閉じたら基本的には朝まで開きません」

「その夕刻というのは時間が決まっているんですか？　それとも日没《にちぼつ》のことですか？」

「日没ですよ。暦《こよみ》に書かれた日出と日没の時刻に従っています」

そう、と頷いて泰麒は視線を李斎から、再び暮れゆく空に向けた。秋晴れの空が茜色《あかねいろ》に染まって秋らしい興趣《きょうしゅ》を見せている。

「――何か？」

「これから、一日に旅することのできる距離《きより》も減っていきますね……」

呟《つぶや》くように言った泰麒の声を秋風が攫《さら》っていく。辿り着いた街は北容《ほくよう》、閑散とした小さな街では、鄷都の予告通り馬が待っていた。

四章

1

一行は一泊で北容《ほくよう》を離《はな》れ、粛々《しゅくしゅく》と旅を続けた。さらに二日後には項梁《こうりょう》のため、狡《こう》という騎獣《きじゅう》が用意された。巨大な犬に似ているが、全身に豹《ひょう》のような模様があり、牛のように曲がった短い角がある。辿《たど》り着いた舎館《やどや》でそれを引き渡《わた》され、項梁は驚《おどろ》いた。

「こんな良い騎獣を……」

軍の空行師《くうこうし》でもよく見掛《みか》ける。富裕《ふゆう》な人々が見栄《みえ》のために持つ騎獣ではなく、武人が実用のために持つ騎獣だった。しかもこの狡は良く馴《な》らされていた。しばらくは折り合いをつけるための時間が必要だろうが、それを過ぎれば良い乗騎になってくれるだろう。これほどの騎獣となると、どれだけの値がしたことか。

「有難《ありがた》いより、申し訳ない」

項梁と共に李斎《りさい》が謝辞を述べると、

「何を仰《おっしゃ》います」

そう酆都《ほうと》は言ったが、すでに戴《たい》に入る荷が止まっていることは、項梁も知っている。

黄海《こうかい》から騎獣を運ぶ者も例外ではない。戴の運気が傾《かたむ》き、妖魔《ようま》が湧《わ》くようになったのと同時に妖獣もまた湧くようになり、それを捕《と》らえて騎獣に仕立てている者もいるようだが、これは微々《びび》たる数だろう。購《あがな》う騎獣が底をついて、騎商《きしょう》は廛舗《みせ》を畳《たた》む例が多いという。狡のような良い騎獣を手に入れるためには、かなりの苦労があったろう。

「よくこんな騎獣が、しかもこの短期間に見つかったな」

感心しきりな李斎に、

「我々は朱旌《しゅせい》と親交がありますので」

酆都はそう応じた。

「朱旌も騎商も大きく括《くく》れば黄朱《こうしゅ》といって、同族のようなものですから。そして、ともに諸国を流浪《るろう》する神農《しんのう》と朱旌は何かと近しいのです。もっとも、冬官府《とうかんふ》や道観寺院《どうかんじいん》と縁《えん》が深く、社会に根を降ろす我々の『表』に対し、国に所属しないままの朱旌は『裏』にあたるのですけど。それでも同じく諸国を遍歴《へんれき》する者同士ですからね。互《たが》いに情報を交換したり、助け合ったり」

「それにしても今時こんな——。昨日の視養《しよう》といい」

昨日着いた街では、視養が届いていた。視養とは騎獣——即《すなわ》ち妖獣に与える餌《えさ》だ。基本的に騎獣は雑食性で、飼葉《かいば》や雑穀でも養うことができるし、ものによっては石で養うことすらできるが、生肉が絶えると体調に影響がある。だが、行軍の最中など、それが手に入らないことも多い。それに代わるのが視養だった。特殊《とくしゅ》な妖《あやかし》の肉を複雑な手法で乾燥《かんそう》させたものらしいが、軽く嵩張《かさば》らないので軍では重宝していた。ただし、視養を作ることができるのは冬官府に限られていて、市場に出回るような性質のものではない。皆無《かいむ》ではないが、手に入れるのは非常に難しいとされていた。それをわざわざ届けさせてくれたのだ。泰麒《たいき》の騎獣に生肉は与えられない、と言って。

「視養は騎商から譲《ゆず》ってもらったんですよ。あれは一般的には冬官府からしか手に入らないのですが、実は騎商も所有する騎獣を養うために視養を作っているんです。そもそもは黄朱の技術が冬官府に移されたものなんだそうですよ。騎商は視養を売ってはいないのですが、そこは馴染《なじ》みということで」

腥《なまぐさ》なものを嫌《きら》う泰麒を案じて、とらのためにわざわざ取り寄せてくれたのだった。

「神農はすごいな」

李斎が言うと、そうですか、と酆都は事もなげに笑った。だが実際のところ項梁も、一緒に旅をしてみて、神農の機動力と情報量の多さに驚かされた。

――こんな連中だとは思ってもみなかった。

項梁にとっても神農は、子供のころから馴染みのある人々だった。ただし、項梁の知る神農とは、季節季節に里《まち》へやってきて薬を売ってくれる行商人の一種でしかなかった。子供にとっては珍《めずら》しい話と他愛《たわい》もない玩具《おもちゃ》をくれる人、大人にとっては季節の目安であると同時に、健康上の相談に乗ってくれる人々だ、という程度の認識だった。

「とんだ認識不足でした」

落ち着いた舎館《やどや》で食事を摂《と》りながらそう言うと、李斎が頷《うなず》いた。

「私もだ」

李斎と泰麒が借りた一室だった。基本的に鄷都が用意してくれる宿は、瑞雲観《ずいうんかん》の支援者の家か舎館に限られている。舎館は概《がい》してこぢんまりした中の下から下の上の部類だったが、事前に神農が采配《さいはい》してくれて、人目を気にすることなく落ち着け、食事や身のまわりのことや騎獣の世話なども行き届いていた。

「──同時に、なるほど、と思ったな」

「なるほど？」

項梁が問い返すと、

「驍宗《ぎょうそう》様は朱旌を重用なさっていた。たぶん、朱旌も神農のようなのだろう？　だからだったんだろうな」

「ああ──そうか。それは、なるほど、ですね」

「だろう？　そう言えば、臥信《がしん》もそうだったな。臥信は朱旌とも神農とも親しかった」

「そうだったんですか。道理で、臥信様は情報集めがお得意だった」

「妙《みょう》に細かい情報を持っていて、とんでもない策を取るんだ」

そう言って李斎が笑うと、酆都も笑う。

「朱旌と神農がついていれば、噂話《うわさばなし》だけは売るほど手に入りますからね」

だろうな、と言ってから、李斎は、

「——そうだ。朱旌は驍宗様の行方《ゆくえ》について、何か噂してはいないだろうか」

あいにく、と酆都は表情を曇《くも》らせた。

「文州《ぶん》にお着きになって以来の消息は聞きません。ここまでまったく消息がない、というのも妙な話だと、神農も朱旌も申しております」

「麾下《きか》の消息は？」

「追われているらしい武将をどこそこで見た、という噂ならば何度か聞いたことがございますが、それがどういった人物なのかは分かりません。それどころか、本当にあったことなのかすら判然としません。皆様、よほど巧《うま》く隠《かく》れておいでなのでしょう」

「隠れているのか——匿《かくま》われているのか」

李斎の言に酆都は首をかしげた。李斎は、

「英章《えいしょう》にしろ霜元《そうげん》にしろ、噂もないほどに隠れおおせているのは、本人たちの力量にのみ負うものではないだろう、ということだ。項梁のように単独で放浪していればともかく、どこかに拠点を置いて隠れ住むのであれば、周囲の協力は不可欠だろう。心ある民《たみ》が巧く匿ってくれているのだ。——東架《とうか》の例のように」

「とはいえ」と、項梁が口を挟《はさ》んだ。「数が集《つど》えば必ず噂になる。よほどばらばらに潜《せん》伏《ぷく》しているのか……」

鄷都は釈然《しゃくぜん》としないふうだった。

「しかし、四軍でございますよね？　それだけの大人数が、ばらばらとはいえ市井《しせい》に溢《あふ》れて、隠れおおせるものでしょうか。将軍様たちには、いずれ阿選《あせん》を討《う》ちたい、という思いもおありなのではないのですか？　だとしたらある程度の組織は維持《いじ》していないと……」

「それはそうなのだが」

「だとすれば、維持のためには資金も必要です。その資金はどこから？」

李斎は考え込《こ》んだ。

「所領にはそれなりの資産があるが……少なくとも私のものは国に差し押さえられているる」

「李斎様は謀反人《むほんにん》ということになっていますからね」と、項梁は言う。「犯罪者という体裁《ていさい》なので逸早《いちはや》く差し押さえることが可能だったのでしょう。私の所領も脱走《だっそう》の罪で没《ぼっ》収《しゅう》されましたが、その前に資産だけは逃《に》がすことができました」

「覚悟《かくご》のうえで離散《りさん》した士卒《へいし》は資産を逃がす余裕があったか……」

「ぎりぎりでしたし、とても全部というわけにはいきませんでしたが。あとは国帑《こくど》——

でしょうか。どうやら正頼《せいらい》と結託《けったく》して臥信が密《ひそ》かに持ち出したようですから」

項梁が言うと、泰麒が不思議そうに首をかしげた。

「国帑——というのは、国庫にある国の財産のことですよね？　それを臥信一人で密かに持ち出すことなどできるのですか？」

問われて項梁は、

「ああ——。そうですね、もちろん可能です。国帑の大半は穀物であり、ほかも鉱物や特産物などの物資がほとんどなのですが、これらのものは国の庫《くら》の中に入っているわけではありません。一部は地方の庫の中に備蓄《びちく》されていますが、大部分は市場の業者の手に渡っているのです。業者は物資を預かり、証書を発行し、国からの要請《ようせい》があったときには物資か金銭の形で国に戻《もど》す。つまり、国における国帑というのは、その出入りを記した帳簿《ちょうぼ》と証書なのです」

「ああ、それで……」

「証書がなければ国は業者に支払《しはら》いを要求できない。強権を発動して出せと脅《おど》そうにも、肝心《かんじん》の帳簿がなければどこにどれだけの財が預けられているのか分からない。これを持ち出されて隠匿《いんとく》されてしまうと、阿選は財政を借金か、強制的に徴収《ちょうしゅう》——収奪《しゅうだつ》した物資か、新たに入った税収で賄《まかな》うしかありません」

鄷都は頷いた。

「阿選は大変な借金を余儀《よぎ》なくされたようですね。もともと驕王《きょうおう》時代からの借財が嵩んでいますから、困窮《こんきゅう》したことは確かなようです。おかげで主上に与《くみ》する官僚《かんりょう》は処刑するか追放するかして、その空席をほとんど埋《う》められていない。重い税を課し、この徴収に協力的でない地方は国からの援助を切られてしまった」

そもそも戴は、冬の期間を公《おおやけ》からの援助頼《だの》みで暮らしている。地方はたちまち困窮した。

「そのせいでしょう、藍《らん》州、馬《ば》州と凱《がい》州の州侯《しゅうこう》は、早々に諸手《もろて》を挙げて阿選陣営《じんえい》に下りました。委《い》州、承《じょう》州の州侯は処刑されて阿選の麾下から新たな州侯が派遣《はけん》されています」

「垂《すい》州は病んだと聞いたが」

「と、私も聞いています。同様に、文州、江《こう》州の州侯も病んでおられる。戴の九州――ここには阿選に反抗する者はおりません」

やはりそうか、と李斎は呟《つぶや》いた。項梁も密かに溜息《ためいき》をつく。頼りにできる勢力はどこにもない――分かっていたことだが、やはり事実なのだと改めて確認すれば気が塞《ふさ》いだ。

「各州の官吏《かんり》も、表立って否定的な態度を取る者は処刑されるか更迭《こうてつ》されるかしてしまいました。それを恐《おそ》れ、逸早く位を捨てて逃げ出し、市井に紛《まぎ》れて姿を消した者も少なくありません」

それでも心ある官吏の全《すべ》てが逃げ出したわけでもなければ、狩《か》られたわけでもない。国の端々《はしばし》には、阿選の許《もと》に下りつつ、なんとか民を救おうと踏《ふ》み留《とど》まる者もいた。戴の民は彼らの慈悲《じひ》に縋《すが》って生きている。

「ですがそれも、年々先細りに痩《や》せてきています。天の運気も傾いている。妖魔も出る。恬《てん》県も昨年の冬、ずいぶんと民の数を減らしました……」

酆都の言に、沈痛《ちんつう》な沈黙《ちんもく》が降りた。

2

去思《きょし》は臥室《しんしつ》に退《さが》ってからも、憂鬱《ゆううつ》な気分を振《ふ》り払うことができなかった。去思らは懸《けん》命《めい》に戴《たい》を支えてきたし、ほかにも同様の人々はいるだろう。だが、市井《しせい》にいる去思らにできることは限られている。根本的には、国政が改められなければ民《たみ》が救われることはない。

臥室の空気は寒々しかった。火が欲しい頃合《ころあ》いになった。このまま無為《むい》に冬を迎《むか》えるのだろうか。どれだけの民がこの冬を生き延びることができるのだろう。

「……阿選《あせん》はとても強大ですか?」

去思は窓の外の暗がりを見ながら誰《だれ》にともなく問うてみた。これに対する答えはなく、振り返ってみれば鄷都《ほうと》は首をかしげ、項梁《こうりょう》はむっつりと押し黙《だま》っている。

「どうにもならないほど強大なんでしょうか」

重ねて問うと、項梁が憮然《ぶぜん》と頷《うなず》いた。

「阿選は現在、九州を支配しているからな。実質、阿選が王だ。王の権力は絶大だと言わなければならない」

「権力もあるし、兵力もあるわけですからね……」

鄷都が溜息《ためいき》まじりに呟《つぶや》いた。

「そういうことだな」

「兵力も大きいですか？　王師《おうし》の兵の多くが離散《りさん》したあとでも？」

「もちろんだ」と、項梁が答えた。「通常ならば鴻基《こうき》に在るのは王師六軍。いずれも黒《こく》備《び》」

「黒備？」

去思が首をかしげると、

「軍として最高の備えだ。一軍五師《し》一万二千五百兵、これが黒備だ。禁軍《きんぐん》三軍に瑞州師《ずいしゅうし》三軍、いずれも黒備が基本だが、これは平時であればこそ叶《かな》う。さすがの阿選もこれだけの兵力は集められていないだろう。実質がどれだけなのかは分からないが——」

項梁が言ったところで、鄷都が口を挟《はさ》んだ。

「黒備二軍と黄備《こうび》四軍と聞き及《およ》んでいます」

ほう、と項梁は感心したような声を上げた。

「さすがは神農《しんのう》だ。何でも知っているな」

滅相《めっそう》もない、と酆都は慌《あわ》てたように顔の前で手を振って、

「内実までは分かりませんよ。公《おおやけ》になっている数字がそうだ、というだけです」

へえ、と感心しながら去思は、

「黄備、とは？」

「通常は三師七千五百の備えを言う。その時々、采配《さいはい》する者によって構成は変わることがあるが、七千五百は動かない。これは一般に、平時の国で治安を維持《いじ》するために必要な数だと言われている。つまり、争いも災害もない平穏《へいおん》な時代なら一軍は七千五百あればいい、ということだ。だから麒麟《きりん》の色を冠《かん》して黄備、と言うらしい」

実態は時と場合によって様々だが、概《がい》してこれを規範《きはん》として国は動いている。

「一万二千五百が二軍、七千五百が四軍……」

去思は頭の中で計算する。総じて五万五千。

「たいへんな数ですね」

「どう評価するかは難しい。本来は七万五千の組織だから、五万五千は少ない、とも言える。ただ、軍というのは、人間が武器を持って集まればそれで軍として成り立つ、と

いうものではない。兵卒というのは戦《いくさ》の専門職なのだ。かつては六軍がいた。だが、その六軍のうち四軍が離散している。つまり五万人の兵卒が消えたことになる。たとえ三万人の民を掻《か》き集めて武器を持たせても、それは兵卒ではないし、軍とは言えない。そこを考えると、よくぞ黄備とはいえ四軍を揃《そろ》えたものだ。その意味では、たいへんな数だ、と言える」

そういうものなのか、と去思は思った。

「離散せずに残った阿選の一軍、そして巌趙《がんちょう》の一軍は鴻基に温存されている。その後の誅伐《ちゅうばつ》による戦闘《せんとう》で数が減じたといっても、減ったぶんは補強されているはずだし、黒備二軍の正体はこれだろう。残念ながら離散した我々四軍からも阿選に下る者はあっただろうし、黄備四軍の何割かはこれだろうと想像できるが」

言って項梁は眉《まゆ》を顰《ひそ》めた。

「それでは絶対的に足りないはずだ。それをどこから――」

「他州からだと思われます」と、酆都が再び口を挟んだ。「主上《しゅじょう》の出身地である委《い》州、李《り》斎《さい》様と関わりの深い承《じょう》州、この二州には通常通り三軍がありますが、ほかには実質二軍しかありません。阿選が王師に組み込んだと聞いています」

「そういうことか」

戴国九州、このうち瑞州は宰輔《さいほ》の所領であり、瑞州師は王師の中に含まれる。残る八州のうち委州、承州を除く六州から各一軍が集められたということか。

「六軍増えた、ということですか？　ですが、阿選の軍で新たに増えたのは四軍だと」

去思がそう言うと、項梁は頷いた。

「その六軍が四軍相当だった、ということだろうな。集められた六軍の中には、阿選に使われることを良しとせずに脱走した師旅《ぶたい》もあるだろうし、その後の討伐や災異で人員が減った、ということもあるだろう。特に南方における妖魔《ようま》の跋扈《ばっこ》は深刻なわけだが、それ以前に戴は、驕王《きょうおう》の治世末期から困窮《こんきゅう》していたんだ。王師こそ黒備六軍が揃っていたが、余州ではとても最大規模の軍は維持できていなかった。平時や懐《ふところ》の苦しいときには黄備三軍が州師の基本だが、実際のところ、それを割り込んでいた州も多かったと聞く」

なるほど、と頷き、そして去思は考え込んだ。そう——南方には多数の妖魔が湧《わ》いているのだ。妖魔によって消えた街が幾つもある、という噂《うわさ》も耳にしていた。ならば南方の垂《すい》州、凱《がい》州にこそ三軍が必要なのではないか。そこを二軍に減じても、鴻基の兵力、委州、承州の兵力は減らせない。——これが偽王《ぎおう》という邪《よこしま》な存在が背負う宿命だった。同時に、偽王によって支配される国の民《たみ》が否応《いやおう》なく背負わされる苦難でもある。

鴻基を守る五万五千の兵力。

「では……阿選を倒《たお》すには、最低でも五万五千の兵力が必要なのですね……」

恬《てん》県の民が守り抜《ぬ》いた道士たちはわずかに百人余。生き残った民を併《あわ》せても二千に満たないだろう。少ないとは分かっていたが、戴を救うには微々《びび》たる数と言わざるを得ない。

項梁は驚《おどろ》いたように──同時に面白《おもしろ》そうに去思を見た。

「阿選を倒す？」

去思もまた驚いて項梁を見返した。

「倒さないのですか？」

項梁が苦笑するような笑《え》みを浮《う》かべて、去思は訳も分からずに恥《は》じ入った。どうやら自分は思慮《しりよ》の足りないことを言ったらしい──。

「済みません、その……」

「いや」と、項梁は首を振った。「去思を莫迦《ばか》にしたわけではない。あまりにも正論で、なのに不意を突《つ》かれた自分が嗤《わら》えただけだ」

項梁は言って真顔になり、少しの間、何かを思い巡《めぐ》らせているようだった。やがて、重々しい調子で口を開いた。

「無論、阿選は倒さねばならん」

去思は小さく頷いた。

「だが、それは容易《たやす》いことではなく、一朝一夕《いっせき》にできることでもない。まず、鴻基を守るのは五万五千の兵力、しかも鴻基は堅牢《けんろう》な郭壁《かくへき》と城壁《じょうへき》、凌雲山《りょううんざん》という堅固なもので支えられている。城を攻めるには普通、相手方の三倍の兵力が必要だ」

去思は口を開けた。

「——三倍」

「ということは、十六万五千の兵力が必要だ、ということだ。さっきも言ったように、兵力というのは武器を持った人間の数のことではない。たとえば去思にこの中の一人になってもらおうと思えば、一人前の兵士にするべく訓練を施《ほどこ》す必要がある」

「……はい」

去思は長らく、東架《とうか》を守るために棍棒《こんぼう》を握《にぎ》って戦ってきたが、自分がおよそ兵卒と呼べるだけの技量を持たないことは了解できた。実際、李斎と項梁の二人に対し、東架の者たちはまったく歯が立たなかったのだから。

「十六万の全てが訓練を要するわけではないとしても、全員の足並みが揃うようになるまでの時間は必要だ。つまりは、それだけの人数を訓練から戦が終了するまでの期間、食わせなくてはならない。武器を揃え、食糧《しょくりょう》を集めるだけでも莫大《ばくだい》な資金が要《い》る」

それはそうだ、と思い、去思は改めて恥じ入った。思慮の足りないことを申しました、と言おうとしたとき、項梁はさらに続けた。

「——だが、実際のところ、これは全くの不可能事ではない」

「不可能ではない——可能ですか？　それだけの人とお金を集めることが」

「可能だ。主上さえいてくだされば」

去思は、はっと息を呑《の》んだ。

「主上が起《た》ち、阿選を偽王として糾弾《きゅうだん》する。こちらには台輔《たいほ》もおられる。正当な王がどちらなのか、誰《だれ》の目にも明らかだ。ならば人も金も必ず集まる。十六万五千の兵力は決して不可能な数字ではない」

「……はい」

「だが、阿選がそれを見逃《みのが》してくれるだろうか」

ああ、と去思の横で酆都が呻《うめ》いた。項梁は頷く。

「起つ、ということは、所在を明らかにし、公に声を上げる、ということだ。ならば主上が起たれた瞬間《しゅんかん》、兵が集まる猶予《ゆうよ》など与えず阿選は攻めて来るだろう。つまり、主上が起たれるときには、阿選を迎《むか》え撃《う》つだけの態勢が整っていなければならない」

「それは、どれほどの規模なのでしょう」

「状況《じょうきょう》による。鴻基では、鴻基と王宮を守るためだけに最低でも二軍が必要だと言われていた。王師には機動力の高い空行師《くうこうし》も多い。兵の練度も高いし、士気も高い。それでも黒備二軍は絶対に必要だ。主上が起てば、阿選は主上の居場所に兵を寄越《よこ》すだろうが、このとき、鴻基を空にはできない。黒備二軍は絶対に残す必要がある。すると、主上を攻めるために用いることのできるのは黄備四軍だということになる。これに必ず勝つためには同数では足りない。できれば倍欲しいところだ」

「六万……」

「ただし、そこに城があれば必要な数はさらに減る。相手は黄備四軍だから、堅牢な城がありさえすれば一万の兵でなんとか阿選を撃退できるだろう。理想を言えば州侯城《しゅうこうじょう》だが、ある程度以上の規模であれば郡城や郷城《ごうじょう》でもいい。しかし——では、阿選は主上が城を落とし、一万の兵を集めるまで黙《だま》って見ていてくれるだろうか？」

あっ、と去思は声を上げた。項梁は沈痛《ちんつう》な表情で頷いた。

「実際のところ、兵と物を集めるにはいまでも充分《じゅうぶん》なのだ——台輔がおられるのだから。台輔が東架において立場を公にされ、阿選を糾弾し、主上を救えと命じられれば、兵も物もいくらでも集まる。だが、声を上げた瞬間、阿選が飛び掛《か》かってくるだろう。しかも、これまでそうだったように、東架はもちろん恬県のほとんどがあの豺虎《けだもの》の牙《きば》にかかることになる。反意ある勢力があることを阿選に悟《さと》られてはならない。城を手に入れ阿選を迎え撃つだけの勢力ができるまでは、絶対に阿選に存在を感づかれてはならないのだが、阿選の目から隠《かく》れおおせる程度の勢力が、果たして城を落とすことなどできると思うか？」

「無理です……」

去思の声は震《ふる》えた。恬県程度の規模でも、いつ阿選の目に留まるかと戦々恐々《きょうきょう》としていた。道士の数はわずかに百人余、あとはそこにいて当然の民だ。それでも油断して良い規模ではなかった。

「恬県でも安全とは言えませんでした。そして、恬県程度の勢力で落とせる城など、ただの一つもないでしょう」

項梁は頷いた。

「つまりは、不可能なのですか？」

去思は訊《き》いた。数が集まれば阿選の討伐を受ける。阿選の目から隠れおおせる勢力では阿選に対して何もできない。つまり阿選は倒せない、ということなのだろうか。——戴の苦難は終わらない、と？

「無勢で多勢を倒す、という話があるな。わずか一万の兵力で五万の兵力が結集した城を落とす——などという。ほとんどは創作だが史実に基づくものもある。だが、それは極《きわ》めて稀《まれ》なことだから物語として成立するんだ。実際には、ほぼあり得ない」

「城を落とすには三倍の兵力が必要？」

「必要だ。装備が良ければ少しばかり加勢もできるが、逆転するほどのことじゃない。戦場というのは、極めて無機的にできている。騎兵の兵力は平地では歩兵の何倍、空行師なら歩兵の何倍、背後に城があれば師旅《ぶたい》の兵力は実数の何倍と見做《みな》す、と細かな計算式がある。その結果、兵力が勝《まさ》るほうが勝つ」

去思は俯《うつむ》いた。

「計算式通りに行かないこともあるが、そういう場合はたいがい、双方の兵力の見積もりを誤っている。あるいは変数に対する読みが足りない」

「変数？」

「たとえば気象、第三者の存在、兵卒の気持ちの問題……山ほどあるな。だが、どれも兵力の差を根底からひっくり返すほどのことじゃない。数の多いほうが勝つ。数が同じなら強い武器を持つほうが勝つ」

「そんなものなんですねえ」と、酆都が溜息《ためいき》をついた。「よく、気迫《きはく》で負かすなんて言うでしょう」

「ないな」と、項梁は笑った。「軍同士の戦いに気迫はあまり関係ない。一対一の現場なら、気迫で相手が怯《ひる》む、ということはあるが。相手が逃げてくれれば戦わずに済む。だが、気を強く持って必死になれば不利な状況も突破《とっぱ》できる、などというのは嘘《うそ》だ。がむしゃらに手足を振《ふ》り廻《まわ》したところで、遠方から弓で射かけられれば死ぬ。一矢《いっし》なら振り廻した手足に当たって逸《そ》れる、などという僥倖《ぎょうこう》もあるだろうが、二矢三矢があれば必ず当たるし、最低でも二矢は必ずある」

「精神論には意味がないですか」

「動じないほうが有利だ。相手も状況もよく見えるからな。さらに武器には間合いというものがある。相手の武器の間合いのほうが広いとき、間合いの中に踏み込むのには胆力《たんりょく》がいる。そういう意味での精神の強さは必要だ」

基本は、と項梁は冷静に言い添《そ》えた。

「相手の攻撃を受けないことだ」

「そりゃまあ、そうでしょう」

「どんなに気を強く持っても、攻撃が当たれば負ける。相手の棒が当たる。すると痛みで集中力が落ちる――」

「でしょうね」

「……などという単純な問題ではないんだ。まず、当たれば必ず弾《はじ》かれる。姿勢は崩《くず》れるし、立ち位置も動かされる。集中していると意外に痛みは感じないことが多いが、それでも腕《うで》を負傷すれば腕を動かす速度も威力《いりょく》も下がる。痺《しび》れて武器を取り落とすこともある。しかも腕を負傷したとき、身体《からだ》の全《すべ》てがこの負傷に対応しようとする。つまり、影響《えいきょう》は全身に出るんだ。負傷したのは腕なのに、肝腎《かんじん》の腕は痛みを感じず、なぜか足が縺《もつ》れる、ということもある」

実際、と項梁は苦笑した。

「妙《みょう》に足が重い、そう思って検《あらた》めたら肩に矢が刺《さ》さっていたことがある」

「ははあ」と鄷都は眼を白黒させる。「実話でしたか」

「どうもいつもの間合いに切っ先が届かないな、とは思っていたんだが、まさか負傷しているとは思わなかったんだ」

「当たった衝撃《しょうげき》は感じなかったんですか？」

「何かが当たったのは分かっていた。後ろから身体を前に突かれたからな。乱戦の中だったから、拳《こぶし》か何かが当たったんだろうと思っていたんだ。そうしたら矢だった」

「それは災難でしたね」

言われて項梁は苦笑する。

「間違《まちが》いなく災難だな。抜いてみたら味方の矢だった」

「それは酷《ひど》い」

笑う鄷都らを去思は力なく佇《たたず》んで見ていた。妙に重い手足、頭では別のことを考えていた。――戦場の無機的な力学。

数が絶対ならば、去思らは勝てない。

戴は救われない、ということではないのだろうか。

「個々の戦いで気迫のあるほうが有利なら、それが集まった軍同士の戦いでも気迫のあるほうが有利だという話になりませんか？」

鄷都の問いに、

「それを士気と言うんだ。士気の高い軍隊のほうが、士気の低い軍隊よりも有利だ。そういう差はもちろんあるが、兵力の差をひっくり返すほどのことではないな」

項梁はそう言ってから、

「多勢に無勢では絶対に勝てない。芝居では十数人を相手に一人の剣客《けんかく》が大暴れする、などという場面があるが、実際の戦闘ではそういうことは起こらない」

「けれど」と、去思は声を上げた。「私たち――東架の者たちは」

「待ってくれたからな」と、項梁は笑った。「確かにあれも多勢に無勢の状況だったが、東架の者たちは戦慣《いくさな》れしていない。二人が打ち合っていると、側杖《そばづえ》を食うんじゃないか、自分の振った棒を仲間に当ててしまうのじゃないかと恐《おそ》れるから踏み込めない」

「ああ……そうか」

「数の上で相手を凌駕《りようが》する、それが絶対の基本だ。芝居とは違って、前の敵を相手にする間、周囲の敵は待ってくれない。一人と打ち合っている間に必ず脇《わき》や背後から突っ込んでくる。腕が上がればそれもなんとか凌《しの》げるようになるが、数の多いほうが有利だという法則は動かない」

「慣れればなんとかなりますか」という酆都の問いに、

「そこは場数だ。場数を踏めば眼が慣れてくる、ということはある。間合いも読めるし、相手の動きも予測しやすい。だからこそ、戦の専門職である兵卒というものが成り立つんだ。訓練も含め、兵卒は踏んでいる場数が違う」

　去思は一人、頷《うなず》いた。――つまりは、兵卒が必要だ、ということだ。阿選を倒《たお》すには、それに見合うだけの数の、技量を持った兵卒が必要になる。だが、王師は離散《りさん》している。これを集めるには驍宗《ぎょうそう》なり泰麒《たいき》なりが立って立場を公《おおやけ》にする必要があるが、これだけは絶対にできない。ほかに兵は――。

　思い巡《めぐ》らせて去思はふと、

「州侯の協力さえあれば……」

　項梁は頷いた。

「それが順当な方策だろう。州侯の協力さえ得られれば、城と兵は自動的に手に入る。台輔がおられる以上、本来、それも不可能ではない。台輔が協力を乞《こ》えば、心ある州侯はこれに応じるだろう。普通、偽王が立って余州がこれに恭順していると言っても、真実、全ての州侯が偽王に与《くみ》することは稀だと思う。義憤《ぎふん》もあれば反発もあるだろう。本意を枉《ま》げて偽王に恭順の意を示している勢力はあって当然だ。ならば台輔の存在があれば説得はできる。だが――この国には妙な病があるのだ」

「病んだ州侯に、台輔への協力は期待できませんね」と、酆都が応じた。「しかも、州侯の中に台輔に協力するお方が出たとしても、その州侯が病むことも……」

「では、方策はないということに」去思は声を上げた。「戴を救う方法はない、ということになりませんか」

　項梁は頷かなかったが、

「……遠い」

　去思は道服の膝《ひざ》を握《にぎ》った。あまりに遠く、そこに至る道さえ見えない。では、何の希望もないこととどう違うのだろう。じきに冬がやってくるというのに。

「遠いことは確実だが、俺《おれ》は諦《あきら》めない」

　きっぱりと項梁が言って、去思はその顔を見返した。

「台輔も李斎様も諦めておられない。──主上をお捜《さが》しする。それが戴を救うことに繋《つな》がると信じる」

「どんなに遠くても」と、鄷都が明るい声で去思に言った。「前に進めば進んだぶんは近付くんだ。──なあに、台輔と李斎様が前向きに臨《のぞ》んでおられるんだ、何か胸に期するところがおありなのかもしれないぞ」

　あまりにも暢気《のんき》な調子に、去思はほっと息を吐《は》いた。──そう、絶望して取りかかっても良いことなど何もない。まず最初に必要なのは、希望を失わないことだ。己《おのれ》にそう言い聞かせて、去思は頷いた。

3

項梁《こうりょう》に騎獣《きじゅう》が与えられて、李斎《りさい》と泰麒《たいき》の三者は酆都《ほうと》と去思《きょし》を置いて道を先行するようになった。街道を遠目に見ながら山野を空行し、目的地の一つ手前の里《まち》の周辺で、馬でやってくる酆都らを待ち受ける。

立ち止まっていると、どうしても時間を空費している気がする。——項梁は、そこはかとなく焦《あせ》りを感じざるを得なかった。だが、もっともそれを気にしたのは、意外にも鷹揚《おうよう》そうに見える泰麒だった。

「酆都と去思を騎獣に乗せて行くわけにはいかないのでしょうか」

項梁は苦笑した。項梁が騎獣を得て以来、同じようなことを毎日のように問われる。いつもはもっと迂遠《うえん》な訊《き》き方だったが、今日はずいぶんと直截《ちょくさい》だった。

「酆都も去思も騎獣には乗れません」

「とらと飛燕《ひえん》なら乗せてくれると思います」

「騎獣に負担ですよ」

「休み休み進めば？　それでも馬を待つより早いのでは」

「それは、そうですが……」

「そうすれば街道を離《はな》れて一気に距離《きょり》を稼《かせ》ぐことができます」

項梁はこれには控《ひか》え目に首を振《ふ》った。

「申し訳ありませんが、街道を離れることはできないのです。街道を逸《そ》れてしまうと宿を使うことができなくなりますから」

「ならば近道はできませんか？　山を迂回するより、一気に飛空して山を越《こ》えたほうが早いのではないでしょうか」

そんな無茶な、と項梁は言いたかったが、そのまま言葉にするのは躊躇《ためら》われた。項梁の困惑《こんわく》を察したように李斎が、

「そんな無茶を仰《おっしゃ》るものじゃありません。項梁が困っています」

「無茶、ですか？」

「郎君《わかさま》は一気に飛空して山を越えろと仰る。ですが、どの方向に飛べばいいのか、どうやって知ればいいのです？」

「地図では？」

李斎は苦笑した。

「郎君がお生まれになった蓬萊《ほうらい》には、それはそれは正確で精密な地図があったそうでございますね。けれどもこちらには、そんな地図など存在しないのです」

民間に流布《るふ》している地図は概《おおむ》ね、位置関係も距離も大雑把《おおざっぱ》なものだった。街道に沿っ

成は用の上以れそ、がるなはには安目る知をかるかか日何にでまこそ、りあが街なんどて
さない。府第《やくしょ》が地籍《ちせき》を管理する地図は、相当に精密な測量に基《もと》づいているが、これは農

地や居住地だけを書き込んだもので、府第ごとに作成管理されているうえ、人の住まな
い山野についての記載《きさい》はないに等しい。軍では戦《いくさ》に際して地勢を書き込んだ精密な地図
を作ることがあるが、場所が極《きわ》めて限られており、必要に迫《せま》られなければ更新《こうしん》されるこ
ともなかった。

「仮にもしも、正確な地図があったとしても、自分がその地図上のどこにいるのか、ど
うやって知ればいいのです？」

街にいれば、少なくとも当該《とうがい》の街にいることだけは分かる。だが、街を離れてしまえ
ば、自分がどこにいるかを知る方法などないのだ。どれほど正確な地図があっても、自
分の現在地が分からなければ、活用しようがない。

「では――目で確認するのは？　空から見れば遠くまで見通しが利《き》きませんか？」

「平地ならば、かなり遠くまで見通すことはできます。けれども山や森があれば、その
陰《かげ》に隠《かく》れてしまう」

太陽や星を頼《たよ》りに測量する方法がないではないし、軍ではそれを使ったりもするが、
これは精密な地図が存在するか、地図そのものを作りながら進むことが大前提になる。

「目的の街に行くには、通過する街を数えながら街道に沿って辿《たど》り着くしかないのです。

街道そのものは使わなくても、見える範囲内にいなければ、道を失ってしまいます」

黙《だま》り込んでしまった泰麒に李斎は微笑《ほほえ》む。

「道を離れてしまったほうが早いのではないか、というのは陥《おちい》りがちな過《あやま》ちです。真《ま》っ直《す》ぐ北に進めばいいと分かっていても、土地の起伏《きふく》や樹木などの障害があるから、真っ直ぐには進めない。一旦《いったん》、居場所が、目的地とを結ぶ直線の上からずれてしまうと、そこからいくら北に進んでも目的地には着けません」

実際には方向感覚を維持《いじ》すること自体が難しい。指南針《じしやく》でもあればともかく、そうでなければ人は方角を簡単に見失う。方角が分かっていても樹木があれば避《さ》けねばならない。崖《がけ》があれば迂回せねばならない。川があれば渡《わた》ることのできる場所を探さねばならない。単純に斜面《しやめん》を登り降りするだけでも、人はどうしても足場の良い場所を辿るから、真っ直ぐには進めない。小刻みに蛇行《だこう》を繰《く》り返すうちに容易《たやす》く方角を誤ってしまう。

「騎獣で飛空すれば一目瞭然《りようぜん》だろう、と思うことも、やはり陥りがちな過ちです。樹木や段差に進路を妨《さまた》げられることはありませんが、山がありますから。山の向こうは見通せないし、高い峰《みね》は迂回せねばならない。ことに複雑な地形の山では、迂回を繰り返すうちに自分の位置を見失ってしまいます。そして正しい自分の位置が分からなければ、方角が分かっても目的地には辿り着けない」

かといって山を見降ろすほど高度を上げれば、地上に何があるのか見極めることができなくなる。周囲に森が迫った里《まち》などは、森に溶け込んで消えてしまう。

「雲海の上ならば指南針などを頼りにして進むことができますし、実際、我々もそうやって慶《けい》から戻《もど》って参りました。ですがそれが可能だったのは、騎獣が陸地を嗅《か》ぎ分けることができるからです。方角さえ示せば、騎獣は勝手に陸地を探します。雲海の上にある陸地は凌雲山《りょううんざん》に限られているのだから、飛んできた距離と方角、雲海越《ご》しに見える地形で、そこがどの山なのかは推測がつく」

「では、どこかの凌雲山から雲海に出て、一気に文《ぶん》州まで行けば……」

李斎は首を振った。

「文州東部には瑤山《ようざん》という凌雲山がありますが、瑤山には地上に降りる道がありません。しかも雲海の上に街はない。陸地そのものが少ないのです。去思と酆都を乗せて雲海を行くなら小刻みに騎獣を休ませてやる必要がありますが、その休む場所そのものがありません。休まず二人の人間を乗せ、文州へ一気に飛ぶほどの能力は飛燕にはありません」

李斎はそう言ってから、慰《なぐさ》めるように、

「台輔《たいほ》は本性《ほんせい》が麒麟《きりん》ですから、お身《み》が軽くてらっしゃいます。ですからいざとなれば、私と一緒《いっしょ》に飛燕に乗っていただければ、必ずしも不可能ではないでしょう。とらは利口ですから、酆都と去思を乗せてくれると思います。けれどもそれは非常時の手段です。

私たちはただ文州に行くだけでなく、道々で情報を集めなければなりません」

はい、と恥《は》じ入るように泰麒は俯《うつむ》いた。


泰麒はようやく先を急ぐことを諦《あきら》めたようだったが、今度は二人を待っている間、里に入りたがった。この日、項梁らは山野に騎獣を隠して近付いてみたが、里閭《もん》こそ開いていたものの、里に入ることはできなかった。

「それだけ暮らし向きが苦しいのですね……」

泰麒はそう、悲しむように言う。

「そう額面通りに受け取ることはございませんよ」と、李斎は慰めた。「たとえ余剰《よじょう》があったとしても周囲の里が里閭を閉ざせば、一箇所《かしょ》だけ開けるというわけにはいかないのです。行き場を失《な》くした民《たみ》がそこに群がることになりますから」

泰麒は頷いたが、それはそれで民が不憫《ふびん》に思えるようだった。

「もう恬《てん》県を出ましたし、このあたりの民は東架《とうか》あたりの里ほどに困窮《こんきゅう》しているわけではないでしょう。ただ、そろそろ朝晩、冷え込むようになってきましたから。どこも冬に備えて気持ちが内向きになっているのだと思いますよ」

泰麒はこれにも頷きながら、たったいま追い返されたばかりの里閭を振り返った。門《もん》扉《ぴ》は開いているが、里の者が控えていて中には入ることができない。見えない壁《かべ》で閉ざされた里閭のすぐ内側では、痩《や》せた子供が二人、地面に坐《すわ》り込んで石畳《いしだたみ》に白墨《はくぼく》で絵を描《か》いていた。そばには子供たち以上に痩せた老人が一人蹲《うずくま》り、背子《うわぎ》の衿《えり》を掻《か》き合わせて、遊ぶ子供たちを見守っている。具合でも悪いのか、妙《みょう》に黄ばんだ濁《にご》った眼をしており、顔も土気色だった。

少しの間それを見つめてから、泰麒は李斎を振り返った。

「けれども、彼らが困っていることは間違いないように見えます。せめて薬か、滋養《じよう》のある食べ物を買い与《あた》えることはできませんか？」

李斎は首を横に振った。

「いけません。——耐《た》えがたいことでしょうが、自重なさってください。施《ほどこ》しをすれば記憶《きおく》に残ってしまいます」

「ですが……」

「よもや我々の素性にまで気付くことはないでしょうが。しかし、施しなどすれば、余《よ》裕《ゆう》があると思われるばかりでなく、それだけ人が好《よ》いと思われてしまいます。中にはそれを、与しやすしと受け取る者もいるのです」

泰麒は困惑したように黙り込んだ。

「余裕のある旅人たちは、小さな里に宿を求めるものではない、と言っています。小さな里は困窮のあまり、旅人を襲《おそ》うことがあるので」

泰麒は無言で李斎を見る。

「こういう話を聞けば、いっそうお辛《つら》いでしょうが。……付け入る隙《すき》さえ見せなければ、どんなに困窮していてもあえて罪を犯そうとは思わないでしょう。無駄《むだ》に罪を作らないためにも、ここは御辛抱《ごしんぼう》くださいい」

「……はい」

意気消沈《しょうちん》したように泰麒が答えたとき、項梁が口を挟《はさ》んだ。

「できるだけ目立たないに越したことはございません。下手に記憶に残ると、何かあったときには、覚えていた彼らにも危険が及びますから」

分かりました、と泰麒はようやく頷いた。それを確認して、李斎は泰麒に倣《なら》って背後を振り返る。無心に絵を描いている子供たちは、哀《あわ》れを催《もよお》すのに充分《じゅうぶん》なほど肩の厚みが薄《うす》かった。そばに蹲る老人の顔色を見ても、里閭を守る里の者を見ても、この里が食うに困っていることは確かなように思われる。

――実りのあるはずのこの季節に、すでにそれほど困窮していて、この冬を無事に越せるのだろうか。

子供たちの行く末を想像すると、暗澹《あんたん》たる気分になった。麒麟である泰麒が胸を痛めるのはあまりにも当然のことだろう。

憂鬱《ゆううつ》そうに黙り込んでしまった泰麒を連れて乗騎のそばに戻り、鄷都と去思が追いつ

くのを待った。ほどなくして追いついてきた鄷都らは、その場の空気を読んだのか、

「お待たせしました。——何かありましたか？」

そう訊《き》いてきた。李斎が事情を説明すると、苦笑する。

「確かに目立たないに越したことはありませんが、そうまで用心することもないでしょう。第一、皆さんの身なりを見れば余裕のあることなど一目瞭然ですよ」

そう言ってから、

「少しお待ちいただけるなら、私がひとっ走り行ってきましょう。丹薬《たんやく》を商《あきな》うという名目で訪ねて、薬を置いてまいります」

「大丈夫《だいじょうぶ》なのか？」と、項梁は問うた。「神農《しんのう》には庭場《にわば》があるだろう」

「褒《ほ》められたことではありませんが、足りない薬を補うぶんには問題ないでしょう。ここを庭場にする神農には、短章《たんしょう》様が報《むく》いてくださいますよ」

大らかに言って、一人馬を走らせ、少しして駆け戻ってきた。

「……大丈夫でしたか？」

真っ先に泰麒がそう声をかけたのは、李斎らが脅《おど》したせいで鄷都の身を案じたからだろうか。当の鄷都はほがらかに笑い、

「もちろんです。子供たちは家に戻《もど》ったようですが、爺《じい》さんは坐り込んでいました。確かに体調を崩《くず》していたようです。薬を勧《すす》めたら金がないと言うので、代金はいいからと

言って薬を置いてまいりました。ほかにも不足があるというのを、門番に託《たく》しておきましたよ。皆、とても喜んでいました」

よかった、と泰麒は呟《つぶや》く。

「今年の収穫《しゅうかく》は夏の長雨で実る前に腐《くさ》ってしまったのだとか。ただ、このあたりを治める郷長は心根の良い御仁《ごじん》らしく、冬までには最低限のものを送ると言ってくれているそうです」

「それを聞いて安心しました。酆都、ありがとうございます」

「いえいえ」と、酆都は笑う。「私はそのためにこの荷を背負っているんですから」

そう明るく言って、酆都は先に立って街道を進みながら背負った笈筺《にもつ》を示した。

「ですが、施しては商売にならないでしょう」

「商売をしない日があってもいいでしょう。私にだって休みは必要ですからね」

酆都の人を食った言いぐさに、泰麒は少し笑った。

「神農の方は、みんなそんなふうなのですか？」

「さあて。人それぞれでしょうか」

笑って言ってから、酆都は改めて穏《おだ》やかな笑《え》みを浮かべた。

その翌日、一行が辿《たど》り着いた街では舎館《やどや》に泊《と》まることができなかった。ついに東架の人々の手の及《およ》ぶ範囲を外れたのだ。

「騎獣も休めるような宿となると、どんな目があるか分かりません。ここからは去思を頼って道観《どうかん》に宿を求めたほうがよろしいでしょう」

鄷都の言に従い、去思がこの街の道観を訪ねた。淵澄《えんちょう》が持たせてくれた文《ふみ》も功を奏して李斎らは道観の中に迎《むか》え入れられたが、道士たちの対応は冷ややかだった。言外に、騎獣を連れ歩くほど裕福そうなのになぜ舎館に行かない、と責める気配を滲《にじ》ませる。

「……申し訳ありません」

去思は恥じ入る様子だったが、これは去思の責任ではないし、ましてや道観の責任でもない。この街で最も大きいというその道観は、明らかに困窮していた。公《おおやけ》からの補助は得られず、道観を支えてきた民には道士たちを支える余裕がない。

鄷都が励《はげ》ますように明るい声を上げた。

「明日は磧杖《せきじょう》まで参ります」

磧杖はこの近辺にある最も大きな街だった。江《こう》州から文《ぶん》州へ向かう大街道と、同じく江州から瑞《ずい》州に向かう大街道との交点にある。

「そして磧杖を出れば道は登る一方で、これを登り詰《つ》めれば文州です」

言って、鄷都は笑った。

「我々は着実に進んでいるんです」

4

碩杖《せきじょう》で宿を求めたのは、街外れにある大きな道観《どうかん》だった。碩杖はさほどに困窮《こんきゅう》していないのか、道観は威厳《いげん》をもった佇《たたず》まいを維持《いじ》しており、方丈《ほうじょう》は丁寧《ていねい》で好意的だった。充分《じゅうぶん》に歓待《かんたい》を受け、安堵《あんど》して目覚めた翌朝、臥室《しんしつ》で李斎《りさい》は身支度《みじたく》を調《ととの》える。以前と変わらぬ速度で身支度を終えた自分にほんの少し笑った。慶《けい》にいたころには、何をするにも手間取った。——だが、慣れるものだ。

項梁《こうりょう》が付き合ってくれるので、剣《けん》の扱《あつか》いにも慣れてきた。剣技はもともと身に染《し》みついているから、左手で使う感覚を覚えれば思ったよりも上達が早い。

——前に進んでいる。

小さな満足感を覚えながら、対面する臥室の扉《とびら》を叩《たた》いた。

「おはようございます」

声をかけたが返答がない。旅に疲《つか》れているのだろうと思いながら扉を開けた。よほど疲れているようなら、今日は休ませたほうがいいのだろうか、と思案しながら。

しかし、扉を開けきってみると臥牀《しんだい》は空だった。きちんと衾褥《ふとん》が整えてあり、臥牀の周囲も片付いている。では、もう起きてしまったのか。慌《あわ》てて堂《なかのま》に戻り、走廊《ろうか》に出た。

ちょうど年若い藍衣《らんえ》の道士が通りかかったので、連れを知らないか声をかけた。

そのふっくらと善良そうな道士は明るく答えた。

「お連れ様なら明け方にお発《た》ちになりました」

え、と李斎は声を上げた。道士の言葉の意味が分からなかった。

「発った——？　それはどういうことだ」

道士はきょとんと眼を見開く。

「ええと、出発なさいましたけど。夜明けの開門と同時に街を出ると仰《おつしや》ったので、そのように案内させていただきました」

「そんな、莫迦《ばか》な」

啞然《あぜん》とした李斎に気拙《きまず》いものを感じたのか、

「夜明け前に私共をお呼びになって、一足先に発つと仰ったんです。ですから、騎獣《きじゆう》を用意させていただいて、お見送りしましたけれど……」

「あり得ない！」

語気荒《あら》く李斎が言うと、道士は表情を強張《こわば》らせて身を縮めた。

——泰麒《たいき》が一人で行動するなどあり得ない。もしも本当に道観を出たというなら、それは泰麒の意志ではあるまい。李斎は無意識のうちに剣に手を掛《か》けていた。

「連れは、どこへ行った」

「ですから……」

　道士の表情はいまや怯《おび》えに変わっていた。李斎が足を踏《ふ》み出したとき、李斎様、という声が聞こえた。目をやると、血相を変えた去思《きょし》が走廊《かいろう》を駆《か》け付けてくるところだった。

「李斎様、お待ちを」

　去思は若い道士と李斎の間に割って入り、背中で李斎を押し止《とど》めるようにして道士に向き直った。

「済みません。こちらでちょっと手違《てちが》いがありました。あなたに責任はありません。どうか気を悪くしないでください」

「去思」

　李斎を目線で押し止め、去思は道士にもう一度詫《わ》びて、行くように促《うなが》した。そそくさと逃《に》げていく道士を見送り、李斎を部屋へと押し戻す。

「どういうことだ」

　去思は後ろ手に堂《なかのま》の扉をぴったりと閉めた。

「台輔《たいほ》はお発ちになりました」

「どういうことだ、と言っている！」

「夜明け前に私を起こされまして、別行動を取ると仰ったのです」

「そんな——無茶な」

行方《ゆくえ》を探さなければ、そう思って身動きした李斎を去思は押し止める。

「台輔からの御言葉です。追ってくることは許さない、と」

「なぜだ！」

どうしてそんな無茶を。李斎は驚《おどろ》いていたし、混乱していた。これから驍宗《ぎょうそう》を捜《さが》しに行く。日一日と目的に向かって近付いているというのに、なぜ唐突《とうとつ》にこんな勝手を。

「危険だ。──お捜しする」

李斎の言に、去思は背中を扉に当てて首を横に振った。

「きっと李斎様は、何がなんでも捜すと言われるだろうと仰っていました。だから、必ず止めてほしいと、私に託《たく》して行かれたのです」

「去思」

「自分を捜して時間を無駄《むだ》にしてはならない、と仰っていました。真《ま》っ直《す》ぐ文州に向かい、驍宗様をお捜しするように、と」

去思が揺《ゆ》すり起こされたのは、夜明け前──それも夜明けまでずいぶんと時間のある頃合《ころあ》いだった。目を覚ますと泰麒が枕辺《まくらべ》に立っていた。すでに旅装を整えていた。申し訳ないが、夜明けと同時に街を出たい、そのように道観に言って門を開けてもらいたい、と言った。

去思もまた驚いた。そんな危険なことをさせられるはずがない。李斎だってそんな危険は許さないだろう。去思は止め、泰麒が頑《がん》として頷《うなず》く様子がないのを見て取ると、せめて李斎に相談させてくれと頼《たの》んだ。だが、それもきっぱりと断られた。

「李斎には知らせないでください。李斎は絶対に止めますから」

「当然のことでございます」

泰麒は少し笑った。

「李斎にとって私は、いつまで経《た》っても十の子供なのです」

「そういう意味ではないと——いえ、そうだとしても、やはりお一人でお発ちになるなど、黙認できるはずがありません」

「心配しないでください。自分の立場は理解しています。私の存在を東架《とうか》の方々がどんなに喜んでくれたかも身に滲《し》みて覚えています。決してむざむざと捕《と》らえられたり殺されたりするようなことはありません。それがどれほど皆さんにとって惨《むご》いことかはよく分かっていますから」

しかし、と去思は言ったが、それ以上、何をどう言えばいいのか分からなかった。

「お願いです、去思。私にはどうしてもやらなければならないことがあります。確かに自分の身一つ、満足に守る術《すべ》もありませんが、幸い、私には騎獣がいます。何があっても必ずとらが逃がしてくれますから」

泰麒は言って、とても利口なんですよ、と微笑《ほほえ》んだ。

「台輔、ですが……」

去思は口籠《くちご》もり、

「せめてどこに何をしに行くのかお教え願えませんか」

「それはいまは言えません。──いえ、正確には、どこに行けばいいのか、どうすればいいのかは、私にも確《しか》とは分かっていないのです」

「そんな」

「では、こう言えば理解してもらえますか。──天がお命じになるのです」

去思は息を呑《の》んだ。

「天が行けと命じておられる。私は行かねばなりません」

それはどういうことなのか、本当に言葉通りの意味なのか、問いたいことはたくさんあったが、麒麟《きりん》である目の前の人物に天を引き合いに出されると、去思にはもう、そのどれもを口にすることはできなかった。それで、

「分かりました」と、頷いた。「けれども、とてもお一人ではお出しできません。どうか、私を──」

言いかけて、去思は思い直した。

「いいえ、せめて項梁をお連れください。項梁なら台輔をお守りできるでしょう。それを受け入れてくださるのでしたら、李斎様にはお知らせせず、道観を出られるよう手配

いたします」

泰麒は少し考えるように首を傾《かたむ》け、すぐに頷いた。去思はすぐさま臥室《しんしつ》を出、隣《となり》の臥室へと飛び込んだ。揺すり起こすまでもなく身を起こした項梁に、手早く事情を説明する。項梁もまた驚き、慌《あわ》てて飛び起きて泰麒を説得しようとしたが、やはり天を引き合いに出されると、それ以上を言うことはできなかった。

「お供します。少しの間、お待ちください」

心を決めたように言って、すぐさま身支度《みじたく》を整えた。その間に去思が道観の者に指示して騎獣を連れてこさせ、大門を開けさせたのだった。

――そう去思が説明すると、李斎は力を失《な》くしたように椅子《いす》に坐《すわ》り込んだ。

「……項梁は一緒《いっしょ》なのだな？」

「はい。もしも何かあれば道観か神農《しんのう》を通して連絡をすると仰っていました。何かがなくとも、折を見て連絡するから心配しないように、と」

「心配するな、か……」李斎は呟《つぶや》いて苦笑した。「無理を仰る」

去思は無言で頷いた。心配しないでいることなどできるはずがない。

「ただ、項梁が一緒なら心強い。よく気が付いてくれた」

「いいえ。本当はお止めできると良かったのですが……」

李斎は低く笑う。

「……こうとお心を決めた台輔をお止めできるものではない。……そうだな、確かに泰麒はもう十の子供ではないんだ……」

　言ってから、李斎は苦笑するように去思を見た。

「台輔に最初にお目に掛《か》かったのは、十のころだったんだ。そのあと阿選《あせん》に追われて蓬《ほう》莱《らい》に流されておしまいになり、やっと戻って来られた。台輔はもう子供ではない——頭では分かっているのだが」

　慶でも同じように説得されて、泰麒を戴《たい》へと連れてきた。李斎にも止められなかった。去思が止められなくても当然というものだろう。

「取り乱して済まなかった」

　いいえ、と去思はようやく安堵したように息を吐《は》いた。出発の準備をします、と言い置いて部屋を出て行く。李斎が一人、物思いに沈《しず》んでいる間に諸々《もろもろ》整えてくれたのだろう、しばらくして戻ってきたときには心得た様子の鄷都《ほうと》を伴い、三人分の朝食を携《たずさ》えていた。

「驚かせて済まないな」

　李斎が鄷都に言うと、

「項梁が一緒ですから、大丈夫《だいじょうぶ》でございましょう。我々は命じられた通り、時間を無駄にせず文州へ参りましょう」

　そう、落ち着いた口調で答えた。

5

李斎《りさい》らは磧杖《せきじょう》を出、予定通り街道を真《ま》っ直《す》ぐに北上した。

もはや身の安全を図《はか》るべき泰麒《たいき》はいない。とはいえ李斎は騎獣《きじゅう》を連れていて目立つうえ、そもそも驍宗弑逆《ぎょうそうしいぎゃく》の犯人ということになっているから、周囲の視線は気にせざるを得ず、大手を振《ふ》って街道を往《ゆ》く、というわけにはいかなかった。相変わらず宿を出ると、去思《きょし》や酆都《ほうと》と分かれ野山を目立たぬよう飛んで先行する。

一人の旅に不安はなかったが、日に日に気鬱《きうつ》は深まった。去思や酆都といれば先の目的に心を向けて余計なことは考えずに済む。だが、目的地に近い山野で一人、道が混《こ》み合う夕暮れを待っていると、鬱々とものを考えざるを得なかった。

最も気がかりなのは、泰麒がどこへ行ったのか、ということだった。いまごろどこで何をしているのか、無事に旅ができているのだろうか。不安に追い打ちをかけるのは、泰麒が慶《けい》を出るときに景王《けいおう》から貰《もら》った旌券《りょけん》を置いていったことだ。李斎が預かったままのそれを、泰麒は所持して行かなかった。いざというときには身を守ってくれるはずのもの——それがなくて、本当に大丈夫《だいじょうぶ》なのか。

大丈夫なはずだ、項梁《こうりょう》が一緒なのだから。

項梁も李斎と同じく叩《たた》き上げの士卒《へいし》だ。暗器《あんき》の遣《つか》い手として高名だったし、いまは刀《とう》剣《けん》も持っている。草寇《おいはぎ》や災害や妖魔《ようま》の襲撃《しゅうげき》も、項梁がいれば大した危機にはなるまい。言い聞かせても不安は残った。そもそも泰麒には土地勘《とちかん》がない。ほとんど戴《たい》のことを知らないと言ってもいい。胎果《たいか》として生まれた泰麒には、こちらの世界の常識もない。そのせいで何か困ったことになってはいないだろうか。李斎がそばにいれば、そのあたりの事情は充分《じゅうぶん》に呑《の》み込んでいるから助けることができるが、項梁は果たして、そこにまで思い至るだろうか。

そんな心配までする自分を、李斎は莫迦《ばか》げている、と思う。分かっている――これは、心配のための心配なのだ、と。要は無条件に目を離《はな》すことが怖《こわ》いのだ。貴重な宝を路上に放置はできないように、目の届かないところに行かせてはいけない、という気がしている。握《にぎ》りしめていなければ不安で、その不安を正当化するために手を放したら起こるかもしれない不都合を探して数え上げている。

そんなだから、泰麒は事前に李斎に相談できなかったのだ。

それを承知していてもなお、言ってくれればよかったのに、とは思う。黙《だま》って姿を消す前に、どういう理由で何を目的に別行動を取るのか、説明してくれていれば。だが、それをされても李斎は決して納得《なっとく》しなかっただろうことを、自分でも分かっていた。どんなに説得されても、絶対に泰麒を行かせたりはしなかった。だから泰麒は、何も言わずに姿を消したのだ。

泰麒を信じて手を放さなければ。泰麒と項梁なら大丈夫だと信じなければ。もはや李斎には泰麒の居場所を知る術《すべ》もなく、追い掛《か》ける術もないのだから、心配などするだけ無駄だ。こうしている間に、考えなければならないことは山ほどある。

そう思いながらも、思考は泰麒の周囲を離れない。

──天が命じる、とはどういう意味だろう。

泰麒は麒麟《きりん》だ。存在は天に直結している。その内実を李斎などが窺《うかが》い知ることは不可能だが、麒麟は確かに天と通じているのだと思う瞬間《しゅんかん》がある。

せめてそれだけでも説明していってくれていれば。

李斎は何かに裏切られたような心地がする。泰麒に裏切られた、という意味ではない。強《し》いて言うなら、自分の期待に裏切られた、と言うべきだろうか。

驍宗を探す手掛かりは──細いとはいえ手の中にある。手掛かりを手にし、戻ってきた泰麒を手にしたとき、漠然《ばくぜん》と感じた希望のようなもの。それに裏切られた感じがするのだと思う。これで戴は救われるのだ、と思ったが、現実はそんなに容易《たやす》くなかった。諸国の王の協力があってさえ、戴の救済は難しい。難しいと承知して戴に戻ってきて、最初に東架《とうか》の人々に会い、やっと何かが動き始めるのだと思ったが、実際に動き出したいまになって、どこか躓《つまず》いた感じがしていた。

それは道観《どうかん》の多くが、さほどに李斎らに協力的ではないことも影響しているのかもしれなかった。恬《てん》県を離れて以来、宿は道観が頼《たよ》りだったが、どの道観も決して李斎らを歓迎はしていない。邪険《じゃけん》にされるわけではないのだが、温かく犒《ねぎら》われるわけでもなければ、励《はげ》ましも支援《しえん》もない。積極的に何かを協力しようという者もいなかった。もちろん、道観は李斎らの素性《すじょう》も目的も知らない。淵澄《えんちょう》から「頼む」と言われただけでは、協力のしようもないだろう。ましてやどこの道観も自分たちが生きるので精一杯だ。李斎らは負担をかけるだけ、拒《こば》めない客人でしかない。

——分かってはいるのだが。

日程を一日分こなすたびに、疲労《ひろう》は溜《た》まる。通り過ぎる街々が荒《すさ》んでいる様子が目に入る。倦《う》んだ顔をした荒民《こうみん》、里閭《もん》を閉ざした里《まち》、崩《くず》れて手当てされる様子もない廬《むら》や、閑地《かんち》に無数に並ぶ墓や。朝晩が冷え込むようになり、陽《ひ》も短くなったことが、否応《いやおう》なく気分を塞《ふさ》がせていく。

すでに李斎は江《こう》州を歩き詰《つ》め、文《ぶん》州との境に到達《とうたつ》していた。目の前にある比較《ひかく》的大きな街、その背後に聳《そび》える山を登った先が文州だった。李斎は確実に目的地へと近付いている。にもかかわらず、希望に近付いている感じがしない。

なんとなく躓いた感触《かんしょく》がある。その最たるものが泰麒の不在だ。

泰麒は何を考え、どこへ行ったのか——。

6

　――消えた命はどこへ行くのだろう。

　黄昏《たそがれ》の中、思いながら彼《かれ》は屈《かが》み込んだ。

　彼の目の前には白銀の木が慎《つつ》ましく枝を広げていた。四方を建物に囲まれた小さな院子《なか》、その中央に立つ白銀の木。彼は地へ向かって垂れた枝の下に膝《ひざ》を突《つ》いた。彼の膝先には薄《うす》い壊《こわ》れ物のような破片が散らばっている。

　今日の昼間まで、この破片の中には命が宿っていた。白銀の木――里木《りぼく》が与えてくれた新しい命だった。さらに一年前、若い夫婦がこの木の枝に帯を結んだ。ほかならぬ彼自身がそれを許した。

　彼はこの里《まち》の閭胥《りよしよ》だった。閭胥とは普通、その里の最長老が就《つ》くものだが、彼は長老どころかまだ三十にもならない。前職の閭胥が死亡して、彼がその跡《あと》を継《つ》いだ。それは彼がそもそも孤児《こじ》で、ずっと里家《りか》の世話になってきたからだった。

　閭胥は里祠《りし》を司《つかさど》り、里祠に祀《まつ》られる里木を管理する。同時に里家の主《あるじ》となる。彼は若かったが、里の中で里祠や里家の務めを最も良く理解していた。ずっと死んだ閭胥の手伝いをしてきたのだから。――そんな彼が、最初に子を願うことを許可したのが幼馴染《おさななじ》みの夫婦だった。

彼の住む里は貧しい。山峡《やまかい》に置き去りにされたような寂《さび》しい里だ。しかもこの近隣《きんりん》には、近年になって獰猛《どうもう》な土匪《どひ》が住み着いていた。土匪はしばしば住処《すみか》となる鉱山から降りてきて、周辺の里に押し掛《か》け、物資や金や人を強請《ゆす》った。拒《こば》めば手酷《てひど》い報復がある。以前の閭胥もそうやって殺された。府第《やくしょ》に何度も助けを求めたが、どこからも救いの手は差し伸《の》べられなかった。府第と土匪は裏で結託《けったく》しているのだ——という噂《うわさ》が、まことしやかに流れていた。

そんな里を見限って、若者は出て行く。自分たちは逃《に》げない、と言って踏《ふ》み留《とど》まり、新しい暮らしを始めた夫婦は、熱心に祈《いの》ってやがて里木に彼らの子供を得た。

白銀の枝に実った金の果実。その中には新しい命が宿っていた。

——それはどこからやってきたのか。

彼は思いながら、白砂の上に散った破片を拾った。

小さく、まるで金でできたような小さな実は時と共に大きく膨《ふく》らんでいった。金属でできたようにしか見えなかった殻《から》は、膨らむにつれ引き延ばされて次第《しだい》に薄くなっていく。宿った命は里にとっての希望だ。その証左のように、薄くなった殻の中には仄《ほの》かな光が宿った。

——妻のほうが土匪に殺されたのはそのころだ。

実は両手で包むほどの大きさに育っていた。中に宿った子供は、生まれる前に母を亡《な》くした。育っていく卵果《らんか》だけを支えに悲しみに耐《た》えた父親は、実が抱《かか》えるほどの大きさになり、薄く伸びきった殻が脆《もろ》い玻璃《はり》のように見えるほどに育ったところで同じく土匪に殺された。いくらも経《た》たずに捥《も》がれるはずだった実は、父母を亡くして落果した。白砂に落ちて砕けた殻の中には、薄紅色の水と黒く萎縮《いしゅく》した生き物の残骸《ざんがい》としか呼びようのないものが入っていた。

つい先頃《さきごろ》まで、確かに光と共に宿っていた命。夫婦にとっての夢であり、夫にとっての支えであり、里にとっての希望だった。誰もが誕生を待ちわびていた――なのに。

――あの光はどこへ消え去ったのか。

「父さんも母さんも守ってやれなくて済まない……」

彼は詫《わ》びながら砕けた破片を拾う。中の遺体は父親の墓に葬《ほうむ》った。あとは破片を拾い、錆色《さびいろ》に染まった砂を替えなければ。

「本当に、御免な……」

拾う薄い金の欠片《かけら》に彼の涙が零《こぼ》れ落ちた。

暗闇《くらやみ》の中に小さく焚火《たきび》が燃えていた。すでに薪《たきぎ》は熾《おき》ばかりになり、火はいまにも消えそうだった。

「城の南で戦って、郭《とりで》の北で死んだのさ……」

焚火のそばに人影《ひとかげ》があった。男は抱え込んだ膝に顎《あご》を載《の》せ、消え入りそうな焚火を見ながら小さな声で呟《つぶや》くように歌っている。

「野垂れ死にしてそのまんま、あとは烏《からす》が喰《く》らうだけ」

——おれのため　烏のやつに言ってくれ
がっつく前にひとしきり　もてなすつもりで泣けよって
野晒《のざら》しのまま、ほら、墓もない
腐《くさ》った肉さ　一体全体どうやって　お前の口から逃げるのさ?

「……趣味の悪い歌ですねえ」

男の間近で声がした。彼が振《ふ》り返ると、薪を抱えて戻《もど》ってきた若者が呆《あき》れたように立っていた。

「流行《はや》り歌ですか。よく歌ってますけど、なんだか薄気味が悪い」

古い歌だ、と彼は応じた。

「酒宴《しゅえん》の席の戯《ざ》れ歌だよ」

へえ、と若者は薪を火の中にくべる。寂《さび》れた道の傍《かたわ》ら、夜露《よつゆ》を遮《さえぎ》ってくれるものは頭上に枝を伸ばした杉の大木しかない。

「寒くなってきましたね。最近じゃ、どこの里も泊《と》めてくれないから、この先が思いやられます」

「荷運びをやめたらどうだ？」

彼が笑い含《ふく》みに言うと、隣《となり》に腰《こし》を降ろした若者は、

「とんでもない。許されませんよ、そんなこと」

「宰領《おやかた》が許してくれないか」

言いながら彼は目線で、用を足しに行った宰領の消えたほうを示した。

「そういう問題じゃありません」と、若者は憤慨《ふんがい》したように言った。「こんな荷でも待っていてくれる人がいるんです」

そう言って傍らに置いた笈筺《にもつ》を軽く叩《たた》いた。

「荷は待っているが、泊めてはくれない」

「仕方ありません。私たちを泊めると、ほかを断りにくくなりますからね。まあ、こっちも無理は言いにくいです。どこも苦しいのは一緒《いっしょ》なんだから」

「人が好《い》い」

「みんな分かっているんですよ。そうやって旅がしにくくなれば、やがて荷を運ぶ人間の足も遠のくって。分かっていてもそうしないではおれないんです。それだけ苦しいってことでしょう」

彼は両膝を深く抱え込んだ。

「戴《たい》はどこも悲惨《ひさん》だが……文州《ぶん》はさらに悲惨だな」

「たぶん、ここより酷《ひど》いところもありますよ。——愚痴《ぐち》ばかり言っても仕方ない」

ざっと音を立てて寒々しい風が吹いた。

「そろそろ霜《しも》が降りますかね」

「だろう」

そうなればじきに雪が降り始め、やがてそれは根雪になり、北の土地を覆《おお》ってしまう。この冬にいったいどれだけの民《たみ》が失われ、どれだけの里が沈《しず》むのだろうか。

見上げた空には月もなく、星の光も見えなかった。雲が出てきたのかもしれない。

彼は肩にかけた褞袍《うわぎ》を掻《か》き寄せた。

「朝にぴんしゃん出掛《でか》けて攻《せ》めて、暮れて夜には帰らない……」

五章

1

——李斎《りさい》は納得《なっとく》してくれただろうか。

項梁《こうりょう》は騎獣《きじゅう》を曳《ひ》いて歩きながら、暮れなずむ西の空を見上げた。泰麒《たいき》が李斎らと別れ、碵杖《せきじょう》の街を出奔《しゅっぽん》してから三日、その日、街道を照らす夕陽《ゆうひ》は秋の深まりを映して、もの寂《さ》びた色合いをしていた。

突然《とつぜん》の泰麒の行動、李斎はさぞかし驚愕《きょうがく》しただろう。去思《きょし》が説得すると請《う》け合ってはくれたものの、李斎がそう簡単に納得するとも思えなかった。断固として泰麒を捜《さが》すと言い張っても不思議はない。

項梁自身、李斎の立場にあれば何が何でも捜そうとしただろう。——そう独白しながら、項梁は隣《となり》で同じように空を見上げている影《かげ》を横目で見た。騎獣を曳いて歩きながら暮れてゆく空を仰《あお》いでいる。周囲には街へと向かう人々が流れを作っていた。閉門の刻限が迫《せま》っている。

項梁と泰麒は碵杖を出て、そこから分かれ道を東へと向かった。街道に沿って目立たぬよう山野を進み、日没《にちぼつ》までに手ごろな街に転がり込《こ》む。この日も人混《ひとご》みに紛《まぎ》れて街に入ったが、門闕《もん》を潜《くぐ》るとき、「無茶をしている」という背筋の凍《こお》る感じがした。碩杖を発《た》って以来、街に入るたびに必ず感じる気分だ。街道の終着点は鴻基《こうき》、恐《おそ》ろしいことに項梁らは、真《ま》っ直《す》ぐ街道に沿って鴻基へと近付いていた。

旅の行方《ゆくえ》を決めるのは泰麒だった。碩杖を発つときに瑞《ずい》州へ向かう道を訊《き》かれ、項梁はこの道を示した。以来、泰麒は街道から離《はな》れようとしない。

門闕には衛士《えいし》が控《ひか》えている。誰何《すいか》されるのではないか、という恐れからは逃《のが》れることができなかった。街に入らず野営すればいいようなものだが、山野には野獣もいれば妖《よう》魔《ま》が出ることもある。まさかこんな国の中央部で出くわすことはないだろうが、万が一の可能性は考えざるを得ない。同時に、野営すれば水や食料や、必要なものを手に入れるため項梁が街へ往復しなければならない。その間、山野に泰麒を一人で残すことは絶対にできなかった。どんな危険があるやもしれない——それ以上に、そうやってそばを離れると、泰麒は一人で姿を消してしまうのではないかという気がしてならなかった。

だから、街に入るのは仕方ない。幸か不幸か、泰麒は子供のころに国を離れている。成長した顔を知る者はいない。鋼色《はがねいろ》をした泰麒の髪《かみ》の色は特徴《とくちょう》的だが、ほとんどの者は麒麟《きりん》と言えば金の髪だと思っている。知識として泰麒は黒麒《こっき》なのだと知っていたとしても、麒麟と言えば金の髪だという思い込みからは容易に抜《ぬ》け出せるものではない。そもそも麒麟という言葉自体が、金や黄色の心象と強固に結びついている。項梁自身は李斎がそばにいたから泰麒だと気付いたが、そうでなければ悟《さと》られることはないだろう、とは思う。

騎獣を連れている以上、舎館《やど》に泊《と》まるのも仕方がなかった。むしろ舎館に入らなければ、そのほうが不審《ふしん》に思われる。中央に近付いているせいで人通りが増え、同時に騎獣を連れた旅人もまた増えていることを幸いと捉《とら》えるしかなかった。

ここまでと同じように舎館を探して部屋を取った。厩《うまや》に騎獣を預け、泰麒を部屋に入れ、ようやく項梁は食事を誂《あつら》えに街へ出る。舎館を出る前、厩に寄って、決して連れに騎獣を出させるな、と命じることも忘れなかった。

閉門間際《まぎわ》の雑踏《ざっとう》に混じって、項梁はようやく息をつく。露店《ろてん》を覗《のぞ》いて泰麒にも食べられそうなものを——麒麟は腥《なまぐさ》なものを食べられない——物色する。こうしてほんの少しの間、一人の時間を持つことが項梁の息抜きになっていたが、この日ばかりは気が晴れなかった。どこへ向かうのかを知らされないまま、街道に沿って進んできた。待たねばならない馬はいない。項梁らは騎獣の足に任せて一気に街道を進んでいた。

これからどこへ向かうのか——項梁は何度も問い質《ただ》そうとしたができないでいる。相手が泰麒だと思うと声をかけることさえ憚《はばか》られる。碵杖を出てすぐ、「どちらへ向かわれるのですか」と問いかけはしたが、「東です」と短い答えを得ると、それ以上は尋《たず》ねることができなかった。だが、今夜ばかりはなんとしても行く先を問い質さねばならない。このまま街道に沿って進むと、明日には鴻基に着いてしまう。

重い気分を抱《かか》えて舎館に戻《もど》った。部屋に上がると、泰麒は穏和《おとな》しく堂《ひろま》の窓から街の様子を見降ろしていた。舎館の程度は騎獣に合わせて上の部類、部屋の設《しつら》えはそれに相応《ふさわ》しかったが部屋そのものは狭《せま》かった。堂の両隣に、牀榻《ねま》を置いた窓すらない小さな臥室《しんしつ》が並ぶ。狭い部屋をあえて選んだ。これならば項梁が堂にいる限り、誰《だれ》も臥室にいる泰麒に近付くことはできないし、泰麒もまた臥室を抜け出すことはできない。

――まるで敵のようだな。

項梁は内心で苦笑した。気を許すことのできない虜囚《りょしゅう》でも護送している気分だ。選《よ》りに選って麒麟を、そのように扱《あつか》うことに皮肉なものを感じた。

会話もないまま緊張《きんちょう》して機会を窺《うかが》う。食事を終えて一息つくと、それ以上、時間を引き延ばすことができなかった。

「畏《おそ》れながら――」項梁は、ようやく口にした。「我々はどこへ向かっているのでしょうか。目的地をお聞かせ願えませんか」

またも窓辺に立って街を見ていた泰麒は、振《ふ》り返った。思案するように項梁を見つめ、ややあって「このまま」とだけ答えた。これまでなら、それで項梁は口を噤《つぐ》んだろう。けれども今夜は、そうはいかなかった。

「このまま進めば、鴻基に着いてしまいます。まさか鴻基に行かれるおつもりですか」

問われて泰麒は顔を背《そむ》け、再び窓の下、墻壁《へい》の外の雑踏へと視線を向けた。

「お願いですから、どこへ何をしに行くのかだけでもお聞かせください」

これにも答えはなかった。雑踏を見降ろしたまま、

「……厚い上着を着ている人が増えてきましたね」

項梁は深い溜息《ためいき》をついた。気落ちして窓辺に寄り、雑踏を見降ろす。改めて確認するまでもなく、旅人は次第《しだい》に着衣を厚くしていた。当然だろう。立冬《りっとう》が近い。途方《とほう》に暮れた気分でそれを見ていると、隣から低く静かな声がした。

「白圭宮《はっけいきゅう》に行きます」

愕然《がくぜん》として項梁は泰麒に顔を向けた。

「まさか――そんな、とんでもない」

だが、泰麒は極《きわ》めて冷静だった。落ち着いた仕草で窓を閉め、静かに項梁を見つめた。

「項梁が止めることは分かっていました。だから今日まで言わなかった」

「もちろん止めます。――あまりに危険です。看過できません」

「危険だと思うなら、項梁だけ戻って李斎を追ってください」

「できません！」

項梁が強く言うと、泰麒は困ったように微笑《わら》った。

「では、どうしますか？　私を捕《と》らえておきますか？」

「無理にでも李斎様の許《もと》にお連れします」

「縄を繋《か》けて？　縄で繋《つな》いでおかなければ、私は逃《に》げます。項梁の騎獣では、本気で逃げるとらには追いつけません」

項梁は言葉に詰《つ》まった。確かに――そうだ。狡《こう》の脚《あし》では騶虞《すうぐ》のそれには遠く及《およ》ばない。ならば泰麒に縄を繋けて項梁に縛《しば》り付けておくしかないが、そんなことが果たして自分にできるだろうか。

「白圭宮に行きます」と、泰麒は改めて言った。「このまま一緒《いっしょ》に来るか、それとも李斎を追うか、どちらかを選んでください」

項梁は大きく息を吸い、そして、

「一つだけお聞かせください。台輔《たいほ》は碵杖を出る前、天が命じるのだと仰《おっしゃ》いました。それは本当のことですか」

項梁の問いに泰麒は答えない。

「……それとも、私と去思《きょし》を説得するための方便だったのでしょうか」

訊くと、泰麒はしばらく迷う様子を見せてから、やがて無言のまま頷《うなず》いた。

「なんという――無茶をなさる！」

そうですね、と泰麒は苦笑するように呟《つぶや》いた。

「無茶なことなのでしょう」

言いながら卓子《つくえ》に戻り、椅子《いす》に坐《すわ》った。卓子の上に出されたままになっている胡桃《くるみ》を一つ手に取る。殻《から》の感触《かんしょく》を試《ため》すようにしながら、

「項梁、私は蓬萊《ほうらい》で生まれました」

「存じています」

「蓬萊で育ち、十の年に蓬山《ほうざん》に迎《むか》えられた。そこで驍宗《ぎょうそう》様を王に選んで、戴《たい》へとやってきました。そして翌年の春には、再び蓬萊へ戻ってしまった……」

「もちろん、それも存じています」

怒《いか》りを含ませた項梁の言葉にちらりと笑い、

「実際に戴にいたのは半年ほどです。だから、戴の冬を経験したのも一度きりでした」

泰麒は言って、驚《おどろ》いたんです、と呟く。

「戴と蓬萊とでは気候がまるで違《ちが》うんです。戴の冬があまりに寒いので、びっくりしました。一度、驍宗様が禁門《きんもん》から鴻基の街を見せてくださったことがあります。どこもかしこも真っ白で、恐《おそ》ろしいほど綺麗《きれい》でした。——私は、あの光景を忘れることができません」

そう言ってから、胡桃に目を落とす。

「無垢《むく》で美しいが、同時に無慈悲《むじひ》で恐ろしい——驍宗様はそう言っておられました。そ

の恐ろしい冬がじきに来ます」

項梁は、はっと息を呑《の》んだ。

「風が冷たくなりました。旅人は上着を厚くしています。雪が降るまで、もういくらもないでしょう。やがて何もかもが雪に覆《おお》われてしまう。そうなれば、この木の実一つが民《たみ》の生死を決するようになるんです」

そう言って、泰麒は手の中の胡桃を示した。

「阿選《あせん》は民を放置しています。里府《りふ》は機能していないし、ほとんど支援《しえん》もない。東架《とうか》の方たちは、この冬を無事に過ごせるでしょうか。道々に通り過ぎた里《まち》の人たちはどうでしょう。充分《じゆうぶん》な食糧《しよくりよう》はあるのでしょうか。もしも食糧が尽《つ》きたら、その里に住む人たちはどうなるのでしょうか」

「台輔……」

「項梁、山野が完全に雪によって閉ざされる前に、民を救う最低限の準備が必要です」

項梁はようやく、何かに追われるかのように焦《あせ》って見えた泰麒の心情を理解した。

「それを行なうために白圭宮へ向かわれる、と？」

「王は玉座におられません。阿選には民を救う気がありません。ならばせめて私が、それをしなければなりません。そのために私はあるのではないですか？」

「お気持ちは分かります」と、項梁は拳《こぶし》を握った。「痛いほど分かりますが――」

「そればかりではありません」

泰麒は項梁を遮《さえぎ》り、

「王宮には、まだ囚《とら》われたままの人たちもいるはずです。正頼《せいらい》に巌趙《がんちょう》、琅燦《ろうさん》――」

はい、と項梁は同意した。

「見捨てることはできません。誰かが白圭宮に行って安否を確認する必要があるのだし、できれば救い出す必要があります」

「仰ることはもっともですが、どうやってそれを成します。台輔が白圭宮にいらしても問答無用に捕らえられ、今度こそ討《う》たれるだけではありませんか」

「かもしれません。――ですが、私に一つだけ案があります」

項梁は驚いて瞬《また》いた。白圭宮に近付いて命を取られずに済む――そんな方法があるというのだろうか。

「その案、とは」

泰麒は首を振った。

「効果のほどを確約できないので、いまは言えません。効果がなければその場で別の方法を考えなければなりませんから。いちいち項梁に相談する余裕《よゆう》があればいいのですが、たぶんそれは難しいと思います。ならば項梁は何も知らないほうがいいでしょう。下手に前もって知ってしまうと、私が急に方針を変えたとき、ついてこられなくなってしまいます」

「そんな」

「項梁の心配はもっともです。けれども、項梁が想像しているほど、出鱈目《でたらめ》なことではないと思っています。これでもこちらに戻って以来ずっと、考えに考えた方策ではあるんですよ」

泰麒はそう、柔《やわ》らかく言ってから、

「たぶん私が殺されることはありません。それだけは信じてもらって良いと思います。ですが、そばにいれば項梁はさぞ驚くでしょう。了解しがたいこともあるだろうと思います。ですからもしも一緒に来るというなら、とにかく全《すべ》てを私に任せて、黙《だま》って状《じょう》況《きょう》に流されてもらいたいのです」

「そんな、無理難題を……」

「それがいちばん私と項梁にとって安全なのだ、と言っても駄目《だめ》ですか？」

そう真正面から問われると、異論は挟《はさ》めなかった。

「……絶対に、台輔の御身《おんみ》に危険はないのですね？」

「今日まで苦難を耐《た》えてきた民を絶望させるようなことは、絶対にしません」

項梁は理解できないながらも、頷《うなず》いた。——頷くしかなかった。

翌日、項梁らは真《ま》っ直《す》ぐに鴻基へと向かった。鴻基の街に入るには、いまや身分の詮《せん》議《ぎ》があるはずだが、これについては東架の里宰同仁《りさいどうじん》が、偽名《ぎめい》を記した旌券《りよけん》を発行してくれているので問題はないだろう。真の問題はそのあとだ。山野を低く飛びながら、薄墨《うすずみ》色《いろ》に迫《せま》った鴻基の山を見上げ、項梁は泰麒に問う。

「どうやって白圭宮に入られます」

「正面から」

陽《ひ》が傾《かたむ》き始めるころ、項梁と泰麒は鴻基に辿《たど》り着いた。

白く硬質な陰影《いんえい》を見せる凌雲山《りょううんざん》、石柱を幾重《いくえ》にも立てたようにも見えるその巨大な山は、薄曇りの空を背景に聳《そび》えていた。山頂には白圭宮があるが、うっすらとたなびく雲のせいで確《しか》と見て取ることはできなかった。

――だが、美しいことには違いない。

断崖《だんがい》には樹木の濃《こ》い緑が点々と張り付いている。白い岩肌《いわはだ》との対比が見事だった。その山の麓《ふもと》、街は複雑な起伏《きふく》を描《えが》きながら白く広がる。甍宇《いらか》の多くは紫紺《しこん》の釉薬《ゆうやく》で仕上げた瓦《かわら》で、随所に見える装飾の紅が鮮《あざ》やかだ。

項梁にとっては六年ぶりの鴻基だった。文《ぶん》州征伐《せいばつ》のために離《はな》れて以来、鴻基には戻っていない。師帥《しすい》ともなると他軍の兵卒にも顔を知られていることが多い。見つかれば即座に脱走罪で捕《つか》まる。あえて危険に近付くこともあるまいと思ったから、近隣《きんりん》まで来ることはあっても鴻基そのものには近寄らなかった。街道から間近に見る鴻基は、六年前と少しも変わっていないように思われた。

項梁は早鐘《はやがね》のように鳴る自身の鼓動《こどう》を抑《おさ》えながら、強《し》いて歩調を変えずに南に開いた巨大な門闕《もん》へと近付いていった。街の南に開いた午門《ごもん》、門道は五で、中央の一つは王と宰輔《さいほ》しか通行できない。左右にあるいずれかの門で東架で貰《もら》った旌券を示し、鴻基に入る——そう思った項梁だったが、泰麒は躊躇《ちゅうちょ》することなく中央の門へと向かった。

慌《あわ》てて小声をかけたが、当の泰麒は軽く頷くだけで答えない。真っ直ぐに門を護《まも》る門衛《ばん》の前に進み出た。怪訝《けげん》そうに門衛が槍《やり》を掲《かか》げて行く手を遮る。

「何者だ。——鴻基に入るなら、脇門《わきもん》に向かえ」

胡乱《うろん》そうにする門衛の誰何《すいか》に構わず、

「開けてください。六年前、事故で鴻基を離れ、やっと戻ることができました」

なおも怪訝そうにする門衛に、

「阿選様にお取り次ぎ願います。泰麒と申します」

項梁は驚愕《きょうがく》したが、かろうじて声を怺《こら》え、表情を変えずに耐えた。だが、続いて泰麒が口にしたのは、声も出ないほど項梁を驚かせる言葉だった。

「天命によって推参いたしました。戴の新王にお会いしたく存じます」

2

阿選《あせん》が戴《たい》の新しい王——驚愕したのは、項梁《こうりょう》ばかりではなかった。門衛《もんばん》も、門衛に呼ばれて駆《か》けつけた下官も激しく狼狽《ろうばい》していた。項梁は泰麒《たいき》ともども拘束《こうそく》されるのではないかと身構えたが、鄭重《ていちょう》に身分と来意を再確認され、そののち午門《ごもん》の門闕《たてもの》にある夾室《こべや》に留め置かれた。

——これが台輔《たいほ》の言っていた「案」ですか。

項梁は問いたくて堪《たま》らなかったが、夾室の戸口、内と外には衛士《えいし》が立っている。余人の耳目《じもく》がある場所で問えることではなかった。

——いくら何でも、これは無茶だ。

平静を装《よそお》って控《ひか》えてはいても、背筋を嫌《いや》な汗が伝う。こんな嘘《うそ》が通るはずがない。そもそも驍宗《ぎょうそう》がまだ生きているのだ。王が存命のうちに天命が革《あらた》まることはあり得ない以上、泰麒の「新王阿選」は嘘だと誰《だれ》でも簡単に見極《みきわ》めがつく。

阿選にすれば願ってもない僥倖《ぎょうこう》だろう。かつて殺しそびれた麒麟《きりん》が自ら飛び込んできた。麒麟を屠《ほふ》れば王も自動的に排除される。阿選は函養山《かんようざん》で驍宗を弑《しい》そうとして失敗しているが、今度こそ麒麟もろとも屠ることができる。

——いまにも兵卒が凶刃《きょうじん》を提《さ》げて入ってくる。

その瞬間《しゅんかん》を思うと、さすがに手が震《ふる》えた。

嵐《あらし》の予感に息を詰《つ》めていると、複数の足音が近付いてくるのが聞こえた。意を決して身構えた項梁だったが、現れたのは先程の下官で、夾室に入ってきた彼《かれ》は跪《ひざまず》いて膝行《しっこう》し、気抜《きぬ》けするほど丁寧《ていねい》に「お待たせしました」と叩頭《ひれふ》した。複数の従卒を伴っていたものの、彼らも一様に跪拝《きはい》して泰麒に危害を加える様子はない。

「御案内いたします。——どうぞ、こちらへ」

敵視されてはいないのだろう、特に所持品の検《あらた》めもなかった。項梁の荷物も剣《けん》も取り上げられる様子はなく、騎獣《きじゅう》すら返してもらえた。

——少なくとも、初手は無事に通ったのか？

項梁は、ようやく心中で密《ひそ》かに安堵《あんど》の息を吐《は》いた。先導する下官は街を貫《つらぬ》く大経《おおどおり》へと門闕を出ると、泰麒と項梁に騎乗するよう促《うなが》し、自らは泰麒の傍《かたわ》らに従う。周囲を兵卒が取り巻いたが、これは単純に貴人を警護《けいご》しているようにしか見えなかった。

なるほど——冷静になって考えてみれば、天啓《てんけい》を保証するものは麒麟の言葉しかないのだ。天啓は天が麒麟に下す奇蹟《きせき》、余人がその真偽《しんぎ》を判定する方法などなく、ただ畏《かしこ》まって受け容《い》れるしかない。そもそも驍宗が王だという天啓についても、項梁はずっと麒麟がそう言ったのだからそうなのだろう、と受容してきた。疑いを抱《いだ》くことなど思いもようなかった。おそらくは、全《すべ》ての者がそうなのではないか。だとすれば、泰麒のこの計略は悪くない。

阿選が新しい王だということになれば、阿選は泰麒を害する必要がない。それどころか、王の身分を保障してくれる泰麒を最優先で護《まも》らねばならなくなる。つまり、泰麒の身の安全は確約されたに等しかった。泰麒は宰輔《さいほ》として、あるいは瑞州侯《ずいしゅうこう》としての権に基《もと》づいて民《たみ》の救済を行なうことができる。そう考えれば確かに、奇策だが有効ではある

——と、項梁は思う。

問題は、どこまでこんな嘘が通るのか、ということだった。

この嘘には何の裏付けも用意できない。白雉《はくち》が一声を鳴くことはないし、いかなる奇《き》瑞《ずい》も起こり得ない。少なくとも阿選は、驍宗が死んでいないことを知っているはずだ。ならば新しい王が立つ道理のないことも分かっているはず。たとえ当初は騙《だま》されたとしても、どこかの時点で疑いを抱くに決まっている。なぜ白雉が落ちないのか、一声を鳴かないのかと疑問に思えば、それだけで全ては一気に瓦解《がかい》する。こんな欺瞞《ぎまん》は、いくらもせずに破綻《はたん》するだろうとしか思えなかった。

幾許《いくばく》かの安堵とそれよりは数倍大きな不安、二つの間で揺《ゆ》すられながら大経を北へと向かう。衆目があるので泰麒と話をするわけにいかず、項梁はただ鴻基の風景を眺《なが》めているしかなかった。

郭壁《かくへき》の中に入っても街は何一つ変わっていないように見えた。かつてのように華やかで美しい街路。経緯《みち》には小店が建ち並び、多くの人々が賑《にぎ》やかに流れていく。恬《てん》県で見たような、いかにも貧しげな人々の姿も見えなかった。こうして歩いている限り、項梁が文《ぶん》州へと旅立つ以前と何も変わっていないように思える。

かつて歩いた街路、馴染《なじ》みだった鄽舗《みせ》。——そして、白圭宮《はっけいきゅう》。

宮城の入口である皐門《こうもん》にも、いささかの変化もない。皐門を潜《くぐ》り、国府を抜《ぬ》け、庫門《こもん》から雉門《ちもん》へと一つずつ門を潜って宮城を上へと登っていく。応門《おうもん》を抜けて雲海の真下に出た。ここには官府と官邸が広がる。基本的に士卒《へいし》は王宮内には住まないが、王師六軍の将軍とそれぞれに五名ずつ いる師帥《しすい》だけは例外だった。将軍は雲海の上に、師帥はこの治朝《じちょう》に邸《やしき》を構えることができる。項梁自身は面倒《めんどう》なので治朝に住んではいなかったが、とりあえず小さいながらも邸だけは賜《たまわ》っていた。そこに帰ることは稀《まれ》でも、友人同輩《どうはい》の邸は何度も訪ねたことがある。だから治朝の景色はいたく懐《なつ》かしかった。

——彼らはいまごろ、どこでどうしているのか。

全てが無事であろうとは、項梁も思っていない。六年の間に失われた者もいるだろう。それを思うと切ない。

治朝の北には断崖《だんがい》を穿《うが》つようにして巨大な路門《ろもん》が建っている。そこで騎獣を降りて門殿の内部へと連れて行かれ、奥《おく》まった一室へと導かれた。扉《とびら》を開けた下官に入るよう促された先は小さな前室だった。「奥でお待ちください」と言われ、退《さが》ろうとする下官を見やりながら、項梁は先に立って扉を開ける。そして内部を見るなり息を呑《の》んだ。

「これは、どういうことだ」

扉の中は窓一つなく、調度と言えば素っ気ない卓子《つくえ》が一つと椅子《いす》が二脚《きゃく》あるだけの牢《ろう》獄《ごく》のような窖《あなぐら》だった。

振《ふ》り返って見た下官は、すでに前室を出て行こうとしている。

「これでは虜囚《りょしゅう》ではないか!」

声を荒《あら》らげて問うたが、下官は怯《おび》えたような目を項梁に向けただけで逃《に》げるように出て行く。扉が閉ざされた。錠《じょう》の降りる音はしなかったが、外に兵卒が複数、控えている気配がする。どう考えても拘禁と言っていい状況だった。

「……これは、いったい」

振り返った泰麒もまた怪訝《けげん》そうにしている。

ぞわり、と胃の腑《ふ》が縮んだ。——やはり疑われたか。

阿選と阿選を担《かつ》いでいる連中にとって、「新王阿選」はこれ以上はない朗報のはずだ。その朗報を運んできた泰麒に対して、この処遇《しょぐう》はあり得ない。喜んで燕朝《えんちょう》に案内されて歓待《かんたい》されることはあっても、虜囚のように扱《あつか》われるはずがなかった。とすれば——泰麒の嘘は、やはり通じなかったのだ。

路門まで連れて来ておいて、まさかいきなり斬《き》り捨てるつもりではなかろう。だが、いまにも兵卒が踏み込んできて厳しい詮議があるのかもしれなかった。なんとかして泰麒だけは逃がさねばならないが、窓一つないこの窖では、そもそも採《と》るべき活路がない。

——兵卒が踏み込んで来たときが、唯一《ゆいいつ》の機会だ。

扉が開いたその際に、兵卒を排除して逃げ出す。だが、この窖の入口は前室もあって二重になっている。前室の扉を閉じ、中に兵卒が控えていれば窖から出ることも叶《かな》わない。なんとかそれを切り抜けられたとしても、門殿を逃げ出してそれからどうすればいいのか。門殿で乗り捨てた騎獣はすでに押さえられているだろう。項梁は絶望的な気分になった。

「台輔、必ず私の背後にいらしてください」

小声をかけた相手はしかし、困ったように微笑《わら》った。

「逸《はや》らないでください。危害を加えられるとは限りません」

「しかし」

「警戒されるのは当たり前のことです。——唐突《とうとつ》に現れた若造が泰麒を名乗って、右から左に信用しますか？」

「そんな……」と、言いかけて、項梁は口を噤《つぐ》んだ。言われてみればもっともだった。

そんなことはあり得ない、と反射的に思ったのは、仮にも麒麟がそう名乗っているのだから疑問の余地などなかろう、という気があったからだった。麒麟かそうでないかなど、見れば即座に分かる——なぜなら金の髪《かみ》をしているから。

これが驕王《きょうおう》の時代から生きてきた項梁の常識だった。金の髪は麒麟の鬣《たてがみ》に由来する色、麒麟にのみ特有の印だ。麒麟であるのを隠《かく》すのに苦労することはあっても、証明するのに困ることはない。というよりも、証明する必要など端《はな》からない。

しかしながら、泰麒は黒麒《こっき》なのだ。短く切られた泰麒の髪は黒、少し変わった色味ではあるが、麒麟の金とは明らかに違っている。たしかに泰麒を名乗っても、それを即座に信用することは難しいだろう。

「身許《みもと》の検めぐらいはあって当然です。泰麒を名乗ったから疎《おろそ》かにもできず、王宮のこんな奥まで連れて来たのではないのですか？　誰か見知った者に会えれば、すぐに明らかになることです。落ち着いてください」

そう言って、泰麒は穏和《おとな》しく椅子に腰《こし》を降ろす。真実危険を感じてはいないのか、格別動揺《どうよう》しているふうでもなかった。

「台輔はこうなることを予想してらしたのですか？」

「こうなること？」

「こんなふうに閉じ込められてしまうこと、です」

泰麒は軽く首をかしげた。

「拘束されるだろうな、とは思っていました。とりあえず阿選にとって私は敵ということになりますから。項梁と引き離《はな》されることになるだろうし、それについては断固として抵抗《ていこう》しなければならない、とは考えていたのですが」

言って泰麒は小さく笑った。

「実際にどう抵抗すればいいのか、実を言えば決めかねていました。引き離されずに済んで良かったです」

はあ、と項梁は頷《うなず》くしかなかった。

「縄も繋《か》けられていないし、項梁の武器も取り上げられてはいない。こうして一緒《いっしょ》にしておくぐらいですから、害意はないのだと思います」

もっともな言葉に頷いて、項梁はようやく緊張《きんちょう》を解いた。確かにそうだ――そう、常識的に考えて、阿選が泰麒の「新王阿選」を嘘と断じたとしても、それだけで即座に泰麒をどうこうはすまい。取り調べぐらいはするだろうし、従者は項梁ただ一人、事を荒《あら》立《だ》てずともどこかに閉じ込めてしまえばそれで済む――現在のように。

3

とりあえず緊張からは解放された項梁《こうりょう》だったが、放置されたまま一刻、二刻と経《た》つうちに困惑《こんわく》が深くなる。なぜこんなにも長い時間、項梁らは放置されているのだろう？

「……いったいどうしたのでしょう」

困り切って項梁は呟《つぶや》いた。すでに扉《とびら》の隙間《すきま》から漏《も》れていた陽《ひ》の光は見えなくなっていた。さすがに泰麒《たいき》もこれには困惑したふうで、怪訝《けげん》そうな表情を浮《う》かべている。

堪《たま》りかねて項梁が外の兵士に問おうと扉に向かったとき、その扉が唐突に開いた。

「おお」

目の前にいた項梁に驚《おどろ》いた様子で身を引いた初老の官吏《かんり》は、慌《あわ》てたように居住まいを正す。

「……失礼を。驚きました」

「申し訳ない。長らく誰《だれ》も来られないので、誰かに問おうと……」

初老の小柄《こがら》な男は深々と一礼した。

「お待たせいたしまして誠《まこと》に申し訳ありません。私は天官寺人《てんかんじじん》の平仲《へいちゅう》と申します」

寺人は王や宰輔《さいほ》のそばに侍《はべ》って私用を補佐《ほさ》する。王の傍《かたわ》らに伺候《しこう》する禁軍《きんぐん》に籍《せき》を置いていた項梁にとっても無縁《むえん》ではない役職だが、平仲というこの男には見覚えがなかった。

――考えてみれば当たり前のことだった。いまや寺人が仕えるのは驍宗《ぎょうそう》ではなく阿選《あせん》だ。阿選に近しい役職であれば顔ぶれは変わって当然だろう。

「御在所を用意させていただくのに手間取りました。お許しくださいませ」

泰麒に向かい、叩頭《ひれふ》してそう言った平仲は、項梁らを促《うなが》した。扉の外には五名ほどの兵卒が控《ひか》えていたが、いずれも甲冑《かっちゅう》を着けない軍服姿で、やはり緊張したり気負ったりしている様子はなかった。

「お連れになっていた騎獣《きじゅう》は厩《うまや》に預けてございます。重々世話をするよう申しつけましたので御安心ください」

言って通路の先を示す。灯火を掲《かか》げた兵卒がそれを先導した。岩盤《がんばん》の中を掘削《くっさく》して造られた無骨な通路を抜けると、凌雲山《りょううんざん》の断崖《だんがい》に面した長い柱廊《ちゅうろう》だった。廊の片側は岩肌《いわはだ》から削《けず》り出した白い岩壁《がんぺき》で、もう片側には石柱が並び、柱と柱を繋《つな》ぐ腰壁《ようへき》の向こうは冴《さ》え冴《ざ》えとした月光が降る虚空《こくう》だった。頭上には雲海が迫《せま》り、遥《はる》か下方には黒く山野が広がっている。

「お尋《たず》ねしたいこともございますが、いまは何よりお疲《つか》れでしょう。とにかくお身体《からだ》を休めてくださいませ」

言いながら、平仲は岩壁に穿《うが》たれた扉を開けた。長い柱廊を山肌に沿って昇り降りした先、ちょうど柱廊が小広くなって露台《ろだい》のような造作になった、その突《つ》き当たりだった。堅牢《けんろう》な木を黒金の留め金で装飾《そうしょく》した扉の向こうは、ちょっとした堂《ひろま》になっていた。申し訳程度に家具の置かれた堂の奥に、さらに重厚な彫刻《ちょうこく》を施《ほどこ》した扉がある。その扉の向こうは前室よりも広く奥行《おくゆき》のある堂だった。正面奥には玻璃《はり》の入った折り戸が連なり、明々《あかあか》と灯《ひ》が点《とも》された室内には贅沢《ぜいたく》な家具が一揃《ひとそろ》い調《ととの》えられている。先導してきた平仲は扉のすぐ内側に跪《ひざまず》いて泰麒に榻《ながいす》を勧《すす》めた。

「いまお食事をお持ちいたします。なにぶん急のことで、このような場所しかございませんでしたが、一時のことと思《おぼ》し召して御容赦《ごようしゃ》くださいますよう」

言って深々と頭を下げると、すっと身を引くように扉の外に出る。待ち構えていたように同行した兵卒が扉を閉めた。かちり、と今度は鍵《かぎ》の掛《か》かる音がした。

「平仲殿──」

項梁は慌《あわ》てて声をかけたが、もはや扉の向こうからは返答もない。

──何かが可怪《おか》しい。

項梁は部屋を見渡《みわた》した。きちんと調えられているし、調度はどれも豪華《ごうか》だ。項梁は部屋を大股《おおまた》に横切る。前室に向かう扉を除き、堂に面して扉は四つ。うち三つは牀榻《ねま》を備えた贅沢な臥室《しんしつ》だった。残る一つは書房《しょさい》の体裁《ていさい》、広々とした書卓《つくえ》に棚《たな》と、これまた贅沢な設《しつら》えだった。正面奥に連なる折り戸を開けば、岩肌を抉《えぐ》った堂の幅《はば》いっぱいの露台になっている。眼下に山野を一望できたが、開口部一面に細工を施した鉄格子《てつごうし》が嵌《は》まっていた。

──体の良い牢だ。

項梁は憤然《ふんぜん》とした。同時に違和感の正体に気付いた。平仲は、自身は名乗ったが泰麒に対し、改めて名を問うこともなければ、台輔《たいほ》と呼びかけることもなかった。そばに従う項梁に対しても名を問うことすらしていない。第一、ここは雲海の下だ。雲海を越《こ》えた天上こそが王宮の最深部だった。ここはその手前になる。宰輔は本来、雲海の下で過ごすことはない。つまり、泰麒にとっての「王宮」とは雲海の上にある燕朝《えんちょう》であり、とすれば泰麒は真の意味において、未《いま》だ王宮に迎《むか》え入れられてはいないのだ。

それをどう解釈《かいしゃく》したものか――思い悩みながら冷たい風の抜ける扉を閉めた。泰麒が心得たような表情で項梁を見ていた。

「まだ信用されてはいないようですね」

そう言った泰麒は微苦笑するふうだった。

「そのようです。――台輔、大丈夫《だいじょうぶ》なのですか」

項梁の問いに、泰麒は小首をかしげた。

「大丈夫、とは？」

「ですから――」

言いさして、項梁は言葉を呑《の》み込んだ。こんな欺瞞《ぎまん》が通るのだろうか、という問いは口にはできない。扉に隔《へだ》てられているとはいえ、前室にはおそらく兵卒が控えている。あるいはどこからか内部の様子を窺《うかが》われていないとも限らない。

泰麒は察したように頷《うなず》き、

「やきもきしても始まりません。沙汰《さた》を待ちましょう」

「はい」と、項梁は同意した。

――確かに、動き出してしまった以上、泰麒の言葉通り状況《じょうきょう》に流されているしかない。その後、平仲自身が食事を運んできたが、そばに留《とど》まるわけでもなく、儀礼《ぎれい》的な言葉を丁寧《ていねい》に発するのみで何かを話し掛けてくることもなければ、項梁の問いに積極的に答えることもなかった。いつまでここで待てばいいのか、という問い掛けにも自分には分からない、と答えるのみ。とりあえず平仲が泰麒と項梁の世話を一手に任されていること、項梁は泰麒の従者として認識されており、当面引き離《はな》されることはないだろうということは分かったが、それ以上のことは分からなかった。阿選はおろか、高官が飛んでくる様子もなく、かといって兵卒が踏み込んできて尋問《じんもん》されるわけでもない。迎えられたという状況ではないが、危険な気配もなかった。単純に放置されている。

項梁には解《げ》せなかった。不審《ふしん》を抱《いだ》かれ詮議《せんぎ》されるならともかく、なぜ放置されるのか。翌日になってもその状況には変わりがなかった。平仲にも問い掛けてみたが答えはなく、扉の外にいる兵卒に至っては、声をかけても応答すらない。

「これはいったい、どういうことだ」

一日を待ち、ついに項梁は声を荒《あら》らげた。平仲はちらりと視線を寄越《よこ》したのみで、黙《だま》って夕餉《ゆうげ》の皿を片付けている。

「仮にも台輔に対し、何という処遇か！」

どういう意味でか、平仲は軽く頭を下げたのみで食器を扉の外の兵卒に手渡す。代わりに茶盆《ちゃぼん》を受け取って卓子《つくえ》の上に置いた。

「台輔を前にその振《ふ》る舞《ま》いか。無礼にもほどがある」

さすがに気圧《けお》されたのか、平仲は怯《おび》えたように一歩を退《さが》った。そそくさと堂《ひろま》を出ようとするので、その前途《ぜんと》に立ちはだかる。

「何がどうなっているのか、貴殿には説明する義務があろう」

「お許しを」と、平仲は小声で言った。項梁を避《さ》けて閉じた扉へ向かおうとする。

「おい！」

平仲の腕を項梁が摑《つか》もうとしたとき、「項梁」と静かな声がかかった。

「平仲を責めても仕方のないことです。手荒なことはしないでください」

ほっとしたように息を吐《は》く平仲を一瞥《いちべつ》し、項梁は泰麒を振り返る。

「しかし、この処遇はあまりです。これでは明らかに拘禁《こうきん》でしょう」

「仕方ないでしょう」と、泰麒は苦笑する。「私も項梁も、基本的には阿選様の敵なのですから」

「しかし……」

「放置されている理由は気になりますが、平仲も理由は知らないのかもしれないし、知っているなら教えてはならぬと命じられているのでしょう。軽々しく口を利《き》けば、敵と馴《な》れ合ったと見做《みな》されることもあります。平仲にも立場というものがあるのです」

泰麒は言って、軽く平仲に頭を下げた。

「済みません。項梁は私の身を案じてくれているのです。許してやってください」

はあ、と平仲は一礼する。

「いつもありがとうございます。どうぞ退って休んでください」

さらに一礼して踵《きびす》を返し、扉に向かった平仲は、その手前で振り返った。

「あの……畏《おそ》れながら」言って、泰麒に向き直る。「本当に台輔でいらっしゃるのでしょうか」

はい、と泰麒が答えると、困惑《こんわく》したように立ち尽《つ》くす。項梁は、

「台輔でなければ誰《だれ》だというのだ」

「私は――台輔を名乗る者、としか説明されておりません」

そういうことか、と項梁はようやく納得《なっとく》した。

「台輔に間違いない。――私が確約しただけでは何の証明にもなるまいが」

「項梁様は台輔の護衛でございますか」

「私はかつての禁軍師帥《きんぐんしすい》だ。たまたま台輔をお護《まも》りする巡《めぐ》り合わせになったが、もともと台輔は存じ上げている。礼典でおそばに侍ることが多かったからな」

「しかし台輔に間違いないのでしたら、なぜこうして囚《とら》われておられるのですか」

項梁は呆《あき》れた。

「それを訊《き》きたいのはこちらのほうだ。なぜこんな扱《あつか》いをする」

知らない、というように平仲は首を横に振った。「台輔を名乗る者」と言われたのであれば、その素性《すじよう》に疑いがあると思われていることは確実だろう。問題は、ならばなぜ誰かを尋問に寄越すなりしないのか、ということだった。

「素性を疑われるのは仕方のないことです」と泰麒は口を挟《はさ》んだ。「ですが、阿選様にお会いすれば一目で分かっていただけます。あなたをここに遣《つか》わした方に、そのようにお伝えください」

はあ、と曖昧《あいまい》に頷《うなず》いて、平仲は後退《あとずさ》り、退出した。扉の閉まるのを見届けて、泰麒は軽く溜息《ためいき》をつく。項梁が言葉をかけようとすると、目線で押し止《とど》めるようにして首を横に振った。前室の左右にある小室《こべや》には、兵が常駐《じようちゆう》している気配がある。やはり泰麒も余人の耳目《じもく》を警戒しているのだろう。

なぜこんな扱いを受けるのか、この状態は泰麒にとって良い兆候なのか悪い兆候なのか。こんなことで泰麒の言っていた民《たみ》の救済は叶《かな》うのか。——言いたいことを項梁は口を閉じて呑み下した。

泰麒は小さく頷き、——そして露台の向こうに目をやる。夜空には寒々しい月が昇っている。月光が照らす山野では、木の葉が色づき始めていた。

4

翌日、項梁《こうりよう》は微《かす》かな物音と冷たい空気が流れるのを感じて目を覚ました。瞬時《しゅんじ》に飛び起き剣《けん》を引き寄せる。堂《ひろま》にある榻《ながいす》から入口の扉《とびら》に目をやり、それが閉じていることを確認して軽く息を吐《は》いた。さらに堂の中を見廻《みまわ》すと露台《ろだい》に泰麒《たいき》が出ようとするところだった。驚《おどろ》いたように項梁を見て足を止めている。

「おはようございます。——やっぱり起こしてしまいましたか」

申し訳なさそうに言われて、かえって項梁は恥《は》じ入った。泰麒が臥室《しんしつ》から出てくる物音を聞き漏《も》らした、という思いがあったからだ。

「外ですか？　お寒くはないですか」

「大丈夫です。項梁はまだ休んでいてください」

そう言って泰麒は露台に出ていく。項梁は剣を放して小さく溜息を落とした。

いつ何時、何があるか分からない。堂の扉には外から鍵《かぎ》が掛けられているが、内側から掛ける方法はない。扉は外に開くので内側から閉ざすこともできなかった。誰《だれ》かが踏《ふ》み込もうと思えばいつでも踏み込んでくることができる。だからこそ堂で休んでいたのに、泰麒が身動きする物音で目覚めなかった。

——こんなことでどうする。

鈍《なま》っている、と感じる。無為《むい》にさまよっていた六年間。文《ぶん》州を逃げ出した当初こそ強い緊張下《きんちょうか》にあったが、各地を放浪《ほうろう》するうちに次第《しだい》に緊張の度合いは下がっていった。かつての項梁なら泰麒が起き出した気配で目覚めただろう。その程度の距離《きょり》なのだから。状況《じょうきょう》としては戦場で夜襲《やしゅう》に備えているのと変わらない。にもかかわらず泰麒が露台の扉を開けるまで目覚めなかった自分に忸怩《じくじ》たるものを感じた。

たとえ泰麒が項梁を気遣《きづか》って気配を忍《しの》ばせていたとしても、兵士ならば泰麒が起き出した時点で目覚めて当然、それだけの緊張を維持《いじ》しながら、それでも体力を回復できるのが理想だった。現実として可能かどうかはともかくも、そうあるべきだ——というのが軍《いくさ》における常識だ。項梁自身、自分にそう課してきたし、部下にもそれを求めてきた。

——なのにこの体《てい》たらくか。

気を引き締《し》めろ、と項梁は自分に言い聞かせた。いまや泰麒を守る者は項梁しかいない。戴《たい》を守っているのだと言っても過言ではない。

思いながら、泰麒を追って露台に出た。気付いた泰麒が、萎《しお》れたように振り返った。

「どう——なさいました？」

問いかけた相手は鉄格子《てつごうし》を撫《な》でてみせる。黒金の表面が白く曇《くも》っていた。霜《しも》だ。季節は着々と冬へと向かっている。

項梁は泰麒の背を軽く押して堂へと促《うなが》した。

「霜の降りる時期になりましたか。……今年は少し遅《おそ》いようです」

「遅いのですか？」

「これまで霜を見ませんでしたから、例年よりは遅いでしょう。今年はいつもより、少し暖かいように思いますよ」

そうですか、と呟《つぶや》いた泰麒の着衣は冷えている。露台を吹《ふ》き抜《ぬ》ける風は冷たかった。戻《もど》った堂の中には火の気がない。せめて温かい白湯《さゆ》なり飲ませたかったが、平仲《へいちゅう》が来るのを待たねばならない。温かい褞袍《うわぎ》を掛《か》けてやろうにも持ち合わせがない。泰麒も項梁もろくに着替えを持っておらず、冬支度《ふゆじたく》もしていなかった。

「蓬萊《ほうらい》は今ごろはまだ暖かいのですか？」

「朝晩は冷え込む頃合《ころあ》いでしょう。けれども昼間はまだ暖かいと思います」

「ずいぶん違《ちが》いますね。蓬萊ではいつごろ雪になりますか？」

「十二月ですが——こちらとは暦《こよみ》が違うので。蓬萊からこちらに戻ってみたら、暦が一月ほどずれていました」

へえ、と項梁は呟いた。暦が違う、というのは想像してみたこともなかった。

泰麒は、ふいにくすりと笑った。

「昔——こちらにいたとき、十月に入ったばかりだというのに雪が降って、とても驚きました。戴はこんなに早く冬になるんだ、と思っていたのですけど、暦がずれていたんですね。蓬莱で言う十一月だったんでしょう。もっとも、十一月初頭に初雪は、私の住んでいた街では考えられないほど早いですけど」

泰麒は微笑《ほほえ》んで、

「それまでにも、子供ながらになんだか可怪《おか》しいな、とは感じることはあったのですが。けれども、そんなものなんだ、と思っていました。身のまわりの何もかもが、蓬莱の常識からすると可怪しなことや不思議なことだらけだったので」

「不思議なことだらけ――ですか」

「最たるものが、麒麟《きりん》だと言われたことです。本当は獣《けもの》で、だからいつでも獣になれるんだ、と言われたときには呆然《ぼうぜん》としました」

「それは……そうでしょうね」

項梁は人間なので、その困惑《こんわく》は想像できる気がした。転変《てんぺん》する――獣形になるのは麒麟ばかりでなく半獣と呼ばれる人々も同様だが、どういう気分のものなのだろう、と常々不思議な気がしていた。

「ひょっとして……」と、項梁はふと、「台輔《たいほ》にとってこちらは、気味の悪い場所だったのではないですか」

何気なくそう問うと、「いいえ」と明るい眼できっぱりと言われた。

「逆です。いろんなものが不思議で、とても楽しかった」

そうしてふわりと微笑《わら》う。

「特に蓬山《ほうざん》は本当に綺麗《きれい》で心地《ここち》良い場所でした。全部がとても懐《なつ》かしい……」

蓬山とは麒麟が育つ聖域だった。そうですか、と項梁が答えたとき、扉の外から声がかかった。どうやら平仲が朝餉《あさげ》を運んできたらしい。

項梁の応答に扉が開くと、案の定平仲だったが、今日はその背後に女官《にょかん》を一人従えていた。二人は入口で跪拝《きはい》し、堂《ひろま》に入ってくる。

「本日は、身のまわりをお世話する女官を連れて参りました」

言って振《ふ》り返った女官は年貌《としのころ》四十程度か。ふっくらとした頬《ほお》の温厚そうな女だった。その女は深々と叩頭《ひれふ》して「淡和《しょうわ》でございます」と述べる。

「……淡和」

泰麒が小首をかしげて呟いた。はい、と答えて顔を上げた女は、じっと泰麒を見上げる。ややあって、その眼に涙を浮《う》かべた。

「台輔——御無事で」

声を聞くや否《いな》や、泰麒は立ち上がった。小走りに駆《か》け寄り、その間近に膝《ひざ》を突《つ》く。

「淡和ですか？ 典婦功《てんふこう》の？」

典婦功とは貴人のそばで雑用をこなす女官をいう。

「お懐かしゅうございます。こんなに大きくなられて……」

淶和は言って袖《そで》を顔に当てると、さめざめと泣き始めた。泰麒はその肩に手を添《そ》え、

「無事だったのですね。良かった……」

「私こそ本当に心配申し上げました。御無事でいらっしゃるか、きちんと食べて寝《ね》ていらっしゃるのか、万が一にも体調を崩《くず》してはおられないか――」

言って淶和は泰麒を見た。

「それがこんなに御立派になられて。このうえなく嬉《うれ》しゅうございますが、少しだけ残念な心持ちもいたします。できることなら、お育てして差し上げたかった……」

淶和はそう言って、また顔を袖に埋《うず》めた。それを見守っていた平仲は、ほっと息を吐いた。跪《ひざまず》いた姿勢から気が抜《ぬ》けたように坐《すわ》り込み、

「本当に……台輔であらせられた……」

「もちろんですとも」と、強く言ったのは淶和だった。「それをこんな牢獄《ろうごく》のような場所に。しかも側仕《そばづか》えもお付けせず」

「あ、ああ……」

小衫《したぎ》の袖で涙を拭《ぬぐ》った淶和は、ぱっと立ち上がると背後の兵卒に駆け寄る。捧《ささ》げ持った食事を取り上げ、

「冷めてしまうわ。今日は冷え込みましたから」

言いながらてきぱきと卓子《つくえ》の上に朝食を広げる。

「掃除《そうじ》も行き届いていないし、お召し物も薄《うす》いままで。——平仲殿、きちんと手配してくださいませ」

「ああ……その、申し訳ない」

かつて、泰麒の世話は専《もっぱ》ら女官に任されていた。泰麒がまだ幼かったせいでもあり、蓬山を離《はな》れていくらも経《た》っておらず、それまでの女仙《にょせん》に囲まれた生活に鑑《かんが》みて、できるだけ同じような環境《かんきょう》にしてやりたいという驍宗《ぎょうそう》の指示だったと項梁は聞いていた。だが、そうやって泰麒のそば近くで仕えていた女官のほとんどがもう王宮にはいないのだ、と浹和は語った。

六年前、王宮で蝕《しょく》が起こった。こちらとあちら——蓬萊と呼ばれる幻《まぼろし》の国が交わり、泰麒は幻の国に呑《の》まれてしまった。こちらでは甚大《じんだい》な被害《ひがい》が出た。そのとき項梁は文州にいたのだが、多くの官吏《かんり》と建物が被害を受けたことは聞いていた。女官たちは六寝《ろくしん》に近い堂屋《むね》にいたから——当時は、そこが泰麒の住まいだった——全員が事なきを得たのだが、その後、阿選《あせん》が偽王《ぎおう》として立ったことで散り散りになってしまったのだという。

「主上《しゅじょう》は崩《ほう》ぜられた、台輔は蝕で流されておしまいになってもう戻っては来ない、というのが阿選の言い分だったのです」

給仕をしながら、浹和はそう、当時のことを語った。

突然降って湧《わ》いたように起こった蝕が泰麒を呑み込んでしまった、と阿選は説明したが、あの蝕は実は鳴蝕《めいしょく》で、鳴蝕とは危機的状況に陥《おちい》った麒麟が起こすものだという噂《うわさ》が止めようもなく流れた。だとしたら阿選が泰麒を襲《おそ》ったとしか考えられない。これをもって、泰麒の世話をしていた女官たちは、一様に阿選に反発した。そのせいで厳しい刑《けい》罰《ばつ》を受けた者もあれば、官位を剝奪《はくだつ》されて王宮を出されてしまった者もいる。自ら王宮を出た者もいた。浹和は宮中に踏み留《とど》まったが、風当たりは厳しく、浹和のほうでも阿選の意を迎《むか》える気は毛頭なかった。おかげで与えられたのは奄奚《げなんげじょ》なみの雑役《ざつえき》だった。蝕の際、仙籍《せんせき》に入っていない奄奚には多大な被害が出た。その不足を埋めるのに泰麒や驍宗に仕えていた下官の多くが充《あ》てられたのだ、という。

かつては瑞《ずい》州天官《てんかん》に所属し、泰麒の身辺の世話をする典婦功だった。それが膳夫《ぜんぷ》の奚《げじょ》として、ひたすら宮中で使用された食器を洗って過ごしたのだという。

「苦労をかけたのですね」

「こうしてまたお目にかかれたのですから、何でもないことです」

そう言って茶器を手に、浹和は靨《えくぼ》を浮かべた。

「またお世話をさせていただけるなんて、これ以上の幸せはございません」

5

浹和《しょうわ》は、これまでの空白を埋《う》めようとするかのように一時《いっとき》も手を休めずに働いた。平仲《へいちゅう》に指図《さしず》して臥室《しんしつ》を整え、堂《ひろま》を居心地の良い起居《いま》として整え、あげくには使い終えた食器を抱《かか》えて、

「平仲殿にはこちらの掃除《そうじ》をお願いします。こんなに埃《ほこり》っぽくては台輔《たいほ》のお身体《からだ》に障《さわ》ります。私はこれを膳夫《ぜんぶ》に返してから、台輔のお召し物を探して参ります」

そう言ってから、

「台輔のお召し物はどこにあるのかしら——いいえ、あってももうどれも小さいでしょうね。何か見繕《みつくろ》って参りましょう——あなたのものも」

言いながら、項梁《こうりょう》を見る。

「ついでにお住まいがどうにかならないものか、掛《か》け合って参ります」

そう言葉を残して堂を小走りに出ていった。手巾《ぬの》を押しつけられた平仲は眼を白黒させながらそれを見送り、軽い音を立てて扉《とびら》が閉まると大きく息を吐《は》いた。

「——いやはや……」

白髪《しらが》交じりの頭を振《ふ》ったのが可怪《おか》しかった。

「大変だな」

笑い含《ふく》みに項梁が声をかけると、

「いえ、今日までろくなお世話もできておりませんでしたので、浹和の言うことはもっともでございます」

言って、改めて泰麒《たいき》に一礼する。

「度重なる非礼をお許しくださいませ」

「平仲の振《ふ》る舞《ま》いは当たり前のことですから」

泰麒の言に、
項梁も、

「有難《ありがた》いお言葉でございます」

「確かに、台輔を名乗る者、と言われれば怪《あや》しんで当然だからな」

そう言うと、

「そう言っていただくと救われます。——言い訳になりますが、私は以前、台輔にお目にかかる機会がなかったので」

「平仲は近年の登用か？」

「いえ、以前は——と申しますか、つい先日まで司声《しせい》だったのでございます」

司声とは国官に関わる諸事を管理する事務官だった。

「それが急遽《きゆうきよ》、寺人《じじん》としておそばに侍《はべ》るよう申しつけられまして」

「いまの天官長《てんかんちよう》は――」

「立昌《りつしよう》様と仰《おつしや》います。以前は春官長《しゆんかんちよう》の府吏《ふり》でいらしたので項梁様はご存じないかと」

「皆白《かいはく》様は行方《ゆくえ》知れずだと噂《うわさ》に聞いたが」

かつて――項梁が文州《ぶんしゆう》に旅立つ前、天官長は皆白だった。

「蝕《しよく》で行方知れずになって、そのままでございます」

そうか、と項梁は呟《つぶや》いた。いっそう悄然《しようぜん》としたのは泰麒だった。

「たくさんの被害が出たのですね……」

「はい……まあ、それは……」

なにぶん、蝕のことですから、と平仲は声を落とした。聞けば、驍宗《ぎようそう》を取り巻いていた高官のうち、現在も朝廷《ちようてい》に残っているのはかつての春官長張運《ちよううん》だけだった。冢宰《ちようさい》であった詠仲《えいちゆう》は蝕の際の怪我《けが》が原因で死亡した。皆白は行方不明になり、地官長《ちかんちよう》の宣角《せんかく》は阿選《あせん》によって処刑された、という。秋官長《しゆうかんちよう》の花影《かえい》、夏官長《かかんちよう》の芭墨《はぼく》は王宮を脱出し、以来行方が知れない。冬官長《とうかんちよう》だった琅燦《ろうさん》は冬官長を解任されたという。

「琅燦は無事なのでしょうか」

「だと思います。私などではよく分かりませんが。少なくとも処刑されたという話は聞いておりませんし、出奔《しゆつぽん》なされたという噂も聞いてはおりません」

「噂、か？」

項梁が問うと、

「ええ――はい。実際のところ、昨今の王宮は内部のことがよく分からないのでございます。分かるのは自分の周囲のことだけ、ほかは風聞でしか知る手段がございません」

「それは、どこかで情報が遮断《しゃだん》されている、ということなのか？」

平仲は首をかしげた。

「誰《だれ》かがあえて知らせないよう邪魔《じゃま》をしている――という感じはいたしませんのですが。あえて言うなら、ばらばらなのです」

「ばらばら？」

項梁に問われ、平仲は再度、首をかしげた。言葉を探したが見つからない。平仲が抱《いだ》いているこの感触《かんしょく》を言葉にするのは難しかった。

平仲が国官として登用されたのは、驕王《きょうおう》の治世も末期にさしかかろうというころだった。高官の府吏から始まり、地道に経歴を積み重ねてきた。その当時には、国という主体があった。すでに驕王の治世はさまざまな歪《ひず》みを見せていたし、朝《ちょう》が傾《かたむ》いているのではないか、と危惧《きぐ》する者もいたが、そんな状態でも平仲には国に所属している実感があった。自分は全体の一部である、という確かな感触が。平仲の仕事が滞《とどこお》れば同僚《どうりょう》の負担が増す、上官が困る。他部署にも迷惑をかける――その因果関係が見えていた。自分がいま何のためにこの仕事をしているのか分かっていたし、分からなくても説明を求める相手がいた。国という全体の中で自分が何をしているのかが、それなりに分かっていたのだ。

これは驕王の治世末期においても、空位の時代においても変わらなかった。歪《いびつ》な形ではあっても国はあったし、その国の中で自分がどの位置にいて、自分の仕事がどういう形で政《まつりごと》に関与《かんよ》しているのか理解していたし、理解することが可能だった。同じく仕事を進める同輩《どうはい》、その結果を持ち上がる上司、それが機構の中で上へ上へと吸い上げられていく経路も了解していたし、そこに関与する人々の顔も見えていた。実際に対面したことも姿を見掛《みか》けることもなくても、そこに誰がいて何をしているのか、その結果がどうなのかぐらいは自身の耳目《じもく》と噂話から把握《はあく》していた。——つまりは、そこに「人」がいる、という実感があったのだ。

阿選の王朝においても、最初はそうだった。朝は甚《はなは》だしく混乱していたが、どこに不整合があり滞りがあり、何が上手《うま》くいかずどう乗り越《こ》えられないでいるのかが漠然《ばくぜん》とながら分かっていた。ところが次第《しだい》にそれが見えなくなった。

蝕によって高官が被害を受け、いなくなったことが原因ではあるのだろう。その後、阿選が朝廷を掌握《しょうあく》する過程で多くの高官が更迭《こうてつ》され処刑されたことも関係していると思われる。多くの官吏《かんり》が消え、別の官吏に置き換わり、頻繁《ひんぱん》なので顔も名前も為人《ひととなり》も覚える暇《ひま》がない。それが国という組織を分かりにくくする。——だが、そういうことは驕王の治世末期にもあったし、空位の時代にもあったことだ。驍宗が登極《とうきょく》した当初にもあった。しかしながら、高官がいなくなっても次に誰がその席に就《つ》いたのか分からない。分かってもそれが何者なのか誰も知らない。いるのかいないのかすら分からず、いま何をしているのか分からない――などということは一度もなかった。

　偽王《ぎおう》か仮王《かおう》かはともかくも、朝廷の主《あるじ》たる阿選の顔が見えない。六官長の名前ぐらいは知っているが、何者なのか分からない者がいる。とりあえずいることは分かっているが、何をしているのか分からない。どういう意図でどう国を動かそうとしているのかがさっぱり見えない。どうも見えにくい――よく分からなくなった――分からない――まったく見えない――と次第に見通しが悪くなった。それは、霧《きり》が漂《ただよ》い出てきて周囲を呑《の》み込んでいく様によく似ていた。

　阿選が玉座にいることは分かっている。かつての禁軍《きんぐん》将軍。蝕が起こって朝廷が混乱したとき、その収拾《しゅうしゅう》に尽力《じんりょく》していたことも分かっていた。王を失った朝廷を掌握しようと動いた過程も知っている。驍宗麾下《きか》の官僚を排除し、自身にとって都合の良い人材をその後釜《あとがま》に据《す》え、対立勢力を押し出そうとした――そこまでは分かっている。だが、その過程で何かが変わり始めた。平仲が所属する天官で言うなら、驍宗の時代、天官長太《たい》宰《さい》は皆白だった。その皆白が蝕で行方知れずになり、そのあとを太宰補が埋《う》めた。太宰補は王宮の秩序《ちつじょ》を阿選の体制に沿うよう再編すべく動いていたが、いつの間にか姿が見えなくなった。指示が間遠になり、噂を聞かなくなり、姿が見えなくなって——消えた。

　そのあとに太宰に就任したのが立昌で、これは春官長の府吏から大抜擢《だいばってき》されたのだが、府吏と言えば官僚の中でも最下位にあり、これが六官長の一を占めることは常識では考えられないことだった。どういう経歴の人物なのか、どんな功績があったのか、どういう為人なのかは誰も知らない。少なくとも平仲の周囲に知っている者は皆無だった。そもそも、「春官長」というのが驍宗時代の春官長である張運を指すのか、現在の春官長を指すのかすら分からない。立昌が常に何をしているのかも知らない。かつて進められていた天官再編は放置されたままだ。高官が更迭されたまま、空位の官位もある。平仲の上司にも欠落があった。なのに仕事だけは唐突《とうとつ》に降ってくる。どこか上から、これをやれ、と指示が来るのだが、それがどこから発せられたものでどういう意図によるものなのかは分からないし、説明を求めてみても、求めた相手すら首をひねる。とにかく命令だからと指示に従って動いていると、唐突に相反する指示が降ってくる。これまたどこの誰がどういう意図で出した指示なのかは分からない。二つの相反する指示のどちらを優先すればいいのかも分からない。問い合わせても答えが折り合わない。何度も問い合わせていると、やがてどちらかの応答が消える。出された指示が撤回《てっかい》されるわけでもなく、ただ反応がなくなる。なので平仲らは「やれ」という声が聞こえるほうに従うしかない。どこか上のほうで権力争いがあり、沈黙《ちんもく》したほうが敗れたのだろうかと推測はするものの、本当にそうなのかは分からなかった。そのくせ「やれ」という声も間遠になり、やがて放置され、誰も急《せ》かさず結果を受け取る者すらいない、などということが起こる。

「一事が万事、そんなふうで……」と、平仲は述べた。「私などでは何が起こっているのかさっぱり分かりません」

今回の件にしてもそうだ。平仲は司声だった。官吏を管理する法や制度を整えることが役目だ。なのに唐突に寺人にする、と言われた。理由も知らされず、誰が決めたのかも分からなかった。突然、王や宰輔《さいほ》の生活を司《つかさど》る内小臣《ないしょうしん》から呼び出され、寺人に任じるから台輔を名乗る者の世話をせよ、と命じられた。司声だった平仲からすると官位のうえでは降格になる。何か至らないことがあって司声から更迭されたのか、それすら告げられず、どうして寺人なのかも分からない。とにかく行け、と言われただけで、誰の指示を仰《あお》ぎ、どうすればいいのかも知らされなかった。とりあえず直属の上司にあたる侍御《じぎょ》に指示を仰いだが、当の侍御が平仲が寺人に任じられたことを知らない。お前は誰だ、と言われてしまった。そのあとで、どこか上のほうで調整が為《な》されたようだが、結局のところ、侍御の指示は「しかるべく」だった。

台輔を名乗る者がいる。路門《ろもん》に待たせているから、しかるべく世話をしろ——それが平仲に下された指示の全てだった。

滞在場所を用意しなければならない、仁重殿《じんじゅうでん》にお帰りいただけばいいのか、と問えば、待て、と言われた。ややあって六寝《ろくしん》に入れるのは時期尚早《しょうそう》だと答えが来た。ではどこにすればいいのか、どのような格式の場所を用意すればいいのか、どれくらいの滞在を見込めばいいのか、待遇《たいぐう》は——訊《き》いてもろくな答えがない。ここにせよ、と場所だけは指示が来たものの、所管の官吏に鍵《かぎ》を貰《もら》いに行けば、この官吏はそんなことは聞いていない、と言う。食事の用意、衾褥《ふとん》の用意、全てがそうで、平仲はいちいち所管の官吏のもとに赴《おもむ》き、綬《じゅ》を見せて自己紹介をし、事情を説明するところから始めなければならなかった。

「もうずっと、そんなふうなのです。ですから、我々は上から指示されたことはその通りに果たし、それ以外のことはそれぞれが自分の判断で善処する——そうするしかありません。おそらくは上のほうもそうなのでしょう。あるいは国官の全てが、いまやそういう状態なのかもしれません」

まるで王宮全体が濃《こ》い霧の中にあるようだ、と平仲は重ねて言った。自分の周囲は見えるけれども、距離《きょり》が開くにつれ徐々《じょじょ》に姿は朧《おぼろ》になり、見えなくなってしまう。

平仲の話を聞き、項梁は、それで国の政が為《な》るのか——そう思い、そして納得《なっとく》した。だから国は民に何を施《ほどこ》すこともできないでいるのだ。国としての体《てい》を失っている。

「阿選は何をしているのか」

項梁は独りごちたが、平仲は問いかけだと思ったらしく、

「阿選様は昨今では王宮の奥《おく》に閉じ籠《こ》もったまま、ほとんど表に出ていらっしゃらないと聞いております」

「出てこない？」

「はい。国のことは全て張運様とその一派が取り仕切っておられるようです。阿選様は何もかもを張運様に任せられて、御自身はほとんど表には出ておいでではないとか。——というよりも」

平仲は言って、声を低めた。

「阿選様が閉じ籠もっておられるのをいいことに、張運様が好き放題に取り仕切っておられるのだ、という噂です。寺人の職をいただいてから、私も気になってあちこちに問い合わせてみたのですが、ひょっとしたら台輔がおいでだということを、阿選様はまだ御存じではないのではないかと……」

「張運が伏《ふ》せている？」

「かもしれません。張運様ではない——誰か別の方かもしれませんが。私などには分からないことでございます」

ただ、と平仲は言った。

「私はいつからか、この朝廷が薄気味《うすきみ》悪く感じられてならないのです。沢山《たくさん》の官吏がい

るにもかかわらず、無人の廃墟《はいきょ》にいるように感じることがあります」

　平仲自身は新王阿選の報を聞いて、これで戴《たい》に秩序が戻ってくるのだと喜んだ。偽朝《ぎちょう》と言われてきた王朝が正当な王朝になれば、そこに所属する平仲は当然嬉《うれ》しい。だが、王宮にそんな喜ばしい空気は皆無《かいむ》だった。

「まるで何事もなかったかのように静まりかえっているのです。……そして、緊張《きんちょう》、でしょうか。みんな息を詰《つ》めて事の推移を見守っている感じが……」

　言ってから、平仲は、はっとしたように口許《くちもと》を押えた。

「申し訳ありません。お喋《しゃべ》りが過ぎました。……分を越《こ》えたことを申し上げてしまったようです。お忘れください」

「案ずるな。私は何も聞かなかった」

　項梁が言うと、安堵《あんど》したように頭を下げた。項梁は、慌《あわ》てた様子で手巾《てぬぐい》を握って手当たり次第に家具を拭《ぬぐ》い始めた平仲を見やり、そして泰麒に視線を向ける。言葉は発しなかったが、意が通じたように泰麒は頷《うなず》いた。

　泰麒の存在が阿選の耳に入っていない——これが事実なのではないか。つまり、阿選は新王として泰麒に名指しされたことを知らない。伏せているのは張運か。つまりは、張運は「新王阿選」を歓迎《かんげい》していないということか？

項梁が考え込んだころ、浹和は王宮の深部へと向かっていた。探し出した衣類を抱《かか》え、天上の燕朝《えんちょう》──その奥へと小走りに急いだ。外殿《がいでん》に続く楼閣《ろうかく》を抜け、廊屋《ろうか》を折れて東へと向かう。朝堂《ちょうどう》を横目に門を抜け、六官長府へと駆《か》けつけた。天官長府の建物群へ向かう門《もん》闕で、門衛《もんばん》に呼びかける。

「浹和でございます。立昌様にお取り次ぎくださいませ」

すぐに、立昌の下官が姿を現した。正殿《おもや》へと浹和を連れて行く。正殿に待っていた男は五十がらみ、どこか険のある風貌《ふうぼう》をしていた。この男が浹和を奚《げじょ》から女御《じょぎょ》へと召し上げた。

「確かか」

浹和はその場に跪拝《きはい》した。

「間違《まちが》いございません。台輔でございます」

はい、と浹和は頷いた。かつては仕えていた主《あるじ》だ。直接世話をしていたわけではないが、常にそばにいたことには間違いない。声をかけることもあれば、かけられることもあった。成長したとはいえ、さすがに泰麒を見間違えることはない。

立昌は深く首肯《しゅこう》した。

「よくやった。そなたは引き続き、台輔にお仕えするように」

「台輔の御身《おんみ》のまわりにいろいろと不足がございます」

「そなたに一任する。物でも人でも好きなように申しつけるがいい」

はい、と浹和は平伏した。

「くれぐれもよくお世話するように。——そして」

浹和は頷いた。

「見聞きしたことは、間違いなく立昌様にお伝えします」

その男は、満足そうに笑った。

6

実際のところ、泰麒《たいき》が白圭宮《はつけいきゆう》に出頭し、阿選《あせん》を新王と呼んだ——その報は王宮内を電撃《でんげき》的に駆《か》けた。

「本当に台輔《たいほ》なのか」

間違いない、と誰《だれ》かが応ずれば、

「だが、台輔は白圭宮におられるとき、まだ幼くていらした。成長したお顔を知る者はいないだろう」

「知っていようといまいと、麒麟《きりん》を装《よそお》うことなどできるはずがない」

普通なら疑問の余地はない。金の髪《かみ》で見分けがつく。——だが、戴《たい》の麒麟は黒麒《こつき》だ。

そう指摘されると、誰もが沈黙《ちんもく》した。髪の色で判別することができなければ、泰麒を名乗る何者かが間違いなく泰麒であることを、どうやって確認すればいいのか。

「成長なされたとはいえ、かつての面影《おもかげ》はあるはずだ」

あるかもしれないが、著《いちじる》しく面変わりしているかもしれない。いずれにしても、かつての泰麒を知る者に面会させてみるしかない。——それは天上に住む者に限られる。報は凌雲山《りょううんざん》の麓《ふもと》から山を駆け上がり、路門《ろもん》を越《こ》えて天上へと辿《たど》り着いた。

「天官《てんかん》はどうか。——あるいは、瑞《ずい》州六官では」

「とんでもない」と、かつて天官だった男は答えた。「御尊顔をしげしげと見る機会などあろうはずがない。あまりにも畏《おそ》れ多いし、凝視《ぎょうし》するのは非礼にあたる」

基本的に彼《かれ》らは、泰麒の前では額《ぬか》ずいていた。

「成長なさった泰麒を示せと言われるより、王宮の床《ゆか》を見分けろと言われたほうがはるかに容易《たやす》い」

「お顔の印象はあるが、幼くていらした、という以上のことなど分からない」

「成長した台輔を、それと見分けられるのは驍宗《ぎょうそう》様だけではないのか」

だが、もう驍宗はいない。

「さもなければ、瑞州令尹《れいいん》か、あるいは瑞州師《ずいしゅうし》の李斎《りさい》様か——」

「かつての六官長ならばどうか」

狼狽《ろうばい》は王宮の端々《はしばし》から深部へと到達《とうたつ》した。

「どなたも亡《な》くなられるか、あるいは行方《ゆくえ》が分からないままか——。残るのは下官は冢宰府《ちょうさいふ》において深々と叩頭《ひれふ》した。

「冬官長《とうかんちょう》であった琅燦《ろうさん》様と、春官長《しゅんかんちょう》でいらした冢宰だけでございます」

現在の冢宰——かつて春官長大宗伯《だいそうはく》を務めていた張運《ちょううん》は唸《うな》った。

「私とて、果たして見分けられるかどうか——」

張運は春官長を務めてはいたが、そもそも驍宗の麾下《きか》ではなく、したがって泰麒と気安く面会できるような間柄《あいだがら》ではなかった。基本的に泰麒を見掛《みか》けるのは朝議の場において、壇上《だんじょう》にいた泰麒を見上げていただけだ。間近に会って言葉を交わしたことは数えるほどしかなく、その場合も大半は叩頭していたので顔を見覚えるには至らない。

「だが、琅燦か、あるいはかつての禁軍《きんぐん》将軍、巌趙《がんちょう》ならば」

両者はともに驍宗の麾下で泰麒とも親しかったはずだ。——しかし、問題はそんなところにはなかった。

「台輔の身許《みもと》の詮議《せんぎ》よりも重大なことがある。本当に阿選様が新王だと言ったのか」

「はい。確かにそう——」

「そんなことがあり得るのか？」

冢宰府には張運の側近と呼べる官吏が揃《そろ》っていた。しかしながら張運のこの問いに答えられる者は誰もいなかった。

「それとも……」と、張運はふと思い至った。「驍宗が死んだ、ということか？」

まさか、と声を上げる周囲に、張運は問い掛けた。

「白雉《はくち》は？」

もしも驍宗が死んだのなら、いまごろ白雉は落ちているはずだ。今日まで白雉が落ちたという報《しら》せは受けていないが、そもそも白雉の様子を日々確認している人間などいない。いつの間にか末声《まつせい》を鳴いていたのかもしれない。

「大至急、確認させましょう」

下官は言って冢宰府を飛び出していき、至急、西宮《せいぐう》に人をやって確認させる。大卜府《だいぼくふ》の依頼を受け、二声《にせい》氏は二声宮へと走った。かつて白い鳥がいた白銀の枝に留まるものはいない。ただ、木の根元には小さく塚《つか》が作られ、そこに一条の竹が刺《さ》してあった。

二声氏は身を屈《かが》め、竹に耳を寄せる。竹は地中深く埋《うず》めた大きな壺《つぼ》へと通じている。耳を当てれば、壺の中で何かが動く音が聞こえた。壺の中に籠《こ》められた鳥が、かさこそと身動きする音だ。

白雉は落ちていない、と報告がなされた。これを聞き、張運らはますます混乱した。

「――ならば天命が革《あらた》まるはずがない」

「では、台輔が嘘《うそ》を仰《おつしや》っていると言いたいのか」

「台輔がどうして」

「仮にも麒麟が謀《はかりごと》などなさるはずがない」

「台輔の御意志でなくとも、何者かに利用される、ということはあるのではないか」

「背後に誰かが？」

それらの意見を聞きながら、張運はひたすら首をひねっていた。泰麒を動かす何者かがいるのか。それとも泰麒自身の意志か。だったら何が目的なのだろう？　なぜ危険を顧《かえり》みず、こんな行動を取ったのだ？

「それよりも台輔を名乗る者の真贋《しんがん》を確かめることではないのか」

「阿選様ならば、あるいは——」

「それはならぬ」と、張運はぴしゃりと言った。「うかつに会わせて阿選様に何かあったらどうする。御身《おんみ》に何かあっては一大事だ。身許の確認なら、ほかにも誰かいるだろう。——天官はどうだ」

張運は天官長である立昌《りっしょう》を見た。

「私はお役を頂戴《ちょうだい》したばかりなのでなんとも言えませんが——ですが、かつて台輔のおそばに侍《はべ》っていた者がいるはずです。最も身近にいたのは瑞州天官になるはずですが、台輔は常に驍宗のそばにおられたということです。ならば驍宗の身のまわりを整えていた天官か……」

とにかく誰かを見つけ出せ、という張運の命を受けて、やっとのことで探し出したのが泆和《しょうわ》だった。

——そして今日、その泆和が間違いなく泰麒だと確認した。

「仮にも麒麟が王の不利になるような行動をとるだろうか」と、声を上げる者があった。

「驍宗に未《いま》だ天意があるなら、台輔がそれを否定するようなことを言うはずがない」

「それは——そうだが」

「とすれば、驍宗が死んでいないことは確実だとしても、何らかの理由で本当に天命が革まった、ということではないのか」

「と考えるしかないか……」

張運は考え込んだ。

「——問題は、これを阿選様に報告するかどうかだが」

張運はあえて阿選に報告していなかった。その場にいた官僚《かんりょう》の誰《だれ》もが阿選の耳には入れていなかったし、そのように下官にも命じてあった。何しろ衝撃《しょうげき》的なことではあるから、風聞が流れて行くことは止めようもないが、幸か不幸か、現在阿選の周囲にいる下官は命じられたこと以外はしないから、噂《うわさ》が耳に届いてもあえて阿選にそれを告げたりはしないだろう。

「台輔は何かを企《たくら》んでおられるのかもしれません。台輔が——というより、台輔を利用して阿選様に敵対しようとする何者かが。うかうかと阿選様に引き合わせれば何者かの思う壺、奸計《かんけい》に荷担《かたん》することになりかねません。台輔の真意が知れるまではおそばに上げることはできませんでしょう」

地官長《ちかんちょう》がそう声を上げた。もしもこれを耳にすれば阿選は泰麒と会おうとするだろう。だが、それはもう少し調べてからにしたほうがいい。

「とりあえず驍宗を信奉《しんぽう》する連中が妙《みょう》な動きをしていないか確認する必要があるだろう。そのうえで、他国の例を含《ふく》め、過去の資料を当たって同様の例がないか、もっと徹底《てってい》的に調べる必要がある。台輔の真意を見定めるまでは決してお耳に入れないように」

その場の全員が頷いた。

7

中空に広々とした岩棚《いわだな》が広がっていた。目も眩《くら》むような断崖《だんがい》の下には鴻基《こうき》の街が広がっている。秋の色は日に日に深まり、吹《ふ》き抜《ぬ》ける風にも広がる空にも冬の気配が忍《しの》び込んでいた。

巨大で平らな一枚岩を磨《みが》いた露台《ろだい》、三方には凌雲山《りょううんざん》の断崖が聳《そび》えている。その断崖に沿って崖《がけ》を切り取ったように歩墻《ほしょう》が巡《めぐ》らされていた。歩墻には随所《ずいしょ》に溜《た》まりが設けられ

ている。中でも最も高く、絶壁《ぜっぺき》に近い場所に小柄《こがら》な一つの影《かげ》があった。影はその腕《うで》に鳥を留まらせている。ぎりぎりの突端《とったん》に佇《たたず》んだ影は、恐《おそ》れる様子もなくひとしきり下界を見渡《みわた》し、そしてやがて鳥を空に放った。

薄青《うすあお》の空に青い翼《つばさ》が飛んでいく。翼は北へと向かっていった。

鳥を放った者は翼を見送る。一人の少女だった。少女が官服ではなく私服を身に纏《まと》っているのは、彼女が個人の権限によって王宮内に身を置いていることの証左だった。丈《たけ》を短めに切り詰《つ》めた袍《ほう》と褌《こん》、形の上では軽装の部類だが、生地《きじ》は朝袍《ちょうほう》に匹敵《ひってき》する高価なものだった。その腰《こし》には左右に双刀《そうとう》が付けられている。本来なら、それだけでかなりの重みがあるはずだが、少女が帯びているそれは軽く、しかも少女は獣《けもの》のような身ごなしをしていた。いまも絶壁の縁《ふち》に立って身じろぎもしない。歩墻の端に巡《めぐ》らせた女墻《じょしょう》の上に立ち、つま先は完全に縁を出ている。風もあるが小揺《こゆ》るぎもしない。

少女はひとしきり翼の消えたほうを見守り、そして身を翻《ひるがえ》すとひらりと歩墻に降り立った。小広くなった溜まりを出て崖に沿った歩廊《ほろう》を歩く。階段を降り歩墻を歩き、最前、自身が出てきた扉《とびら》を過ぎ、さらに歩墻を下っていく。何度も折り返しながら下り続け、やがて露台に辿《たど》り着いた。

露台には巨大な扉が聳え、閉ざされている。これが禁門《きんもん》だった。露台にも周囲の歩墻にも人影はない。門の脇《わき》には断崖を穿《うが》つ形で堂《ひろま》が設けられている。露台に面して一文字に細長く切り取られた穴から覗《のぞ》き込むと、虚《うつ》ろな顔をした官吏《かんり》が一人、ぽつんと佇んでいた。空虚《くうきょ》な眼が少女のほうを見ているが、表情を動かすこともない。──無視しているわけではない。この傀儡《くぐつ》は職務には忠実だ。禁門に近付く者を誰何《すいか》しなければならないが、少女が誰《だれ》でどういった者なのかは承知しており、誰何する必要がない、というだけのことだった。

一瞥《いちべつ》をくれて、少女はさらに歩く。その先に断崖を大きく抉《えぐ》って作られた建物があった。厩舎《きゅうしゃ》だ。王の乗騎《じょうき》のための場所、禁門を通じて来訪する者の乗騎を一時的に留め置く場所、禁門を守る兵卒の乗騎を留め置く場所。厩《うまや》の隣《となり》にあるのは禁門を守る兵卒が詰める堂屋《たてもの》だが、ここには虚ろな顔をした兵卒が五人、一列に並んで彫像のように佇んでいた。門の脇に控《ひか》えた閽人《こんじん》同様、少女のほうを見たが身動きはしない。少女が禁門の周囲を行き来することを許されていると知っている。だからああして魂《たましい》が抜けたように佇んでいるが、そうでなければ問答無用に動き出し、機械のように侵入者《しんにゅうしゃ》を屠《ほふ》る。

──いかにもこの王宮らしい。

思いながら、少女は厩舎を覗き込んだ。並んだ騎房の半数ほどが塞《ふさ》がっている。最も奥にある騎房の前に蹲《うずくま》る人影があった。伏《ふ》せて置いた桶《おけ》に坐《すわ》り、巨軀《きょく》を小さく丸めている。少女が建物に足を踏《ふ》み入れると、その人影は首だけを巡らせて振り向いた。覇気《はき》のない眼が少女を見たが、その顔には複雑そうな表情が浮《う》かんでいる。少なくとも傀儡ではない。

「相変わらず、しけた顔をしているな」

少女が言うと、男は答える様子もなく視線を前に戻《もど》した。男が見る騎房の中には、白い虎《とら》に似た生き物が蹲っている。猛々《たけだけ》しいが美しい生き物だ。白い身体《からだ》に黒い縞《しま》、身の丈ほどもある長い尾、瞳《ひとみ》は複雑に輝《かがや》いている。

「計都《けいと》、元気か？」

少女は獣に声をかけた。そばに寄ってみたいがそれはできない。この騶虞《すうぐ》は騎房の前にいる男以外を寄せ付けない。騎房には鉄格子《てつごうし》が嵌《は》まっている。不用意に近付いた者を襲《おそ》うからだ。獣のほうはただ排除するだけのつもりのようだが、あの前肢《まえあし》で薙《な》ぎ払《はら》われれば一命に関わる。なので少女は男の傍《かたわ》らに立って騎房を覗き込むだけにとどめた。

「台輔《たいほ》が戻ってきたそうだぞ」

騶虞を眺《なが》めたまま言うと、脇で息を呑《の》む気配がした。

「台輔――」と、茫然《ぼうぜん》としたような声のあと、巌《いわお》のような身体が立ち上がった。「耶利《やり》、それは本当か」

耶利は男を見上げた。

「本当らしい」

「捕《と》らえられたのか」

「台輔が自ら王宮に戻ってきたんだ。正面から堂々と、な。捕らえられてなんかいないし、その必要もない。阿選《あせん》が新しい王らしいからな」

男が勢いをつけて肩を摑《つか》もうと身を屈《かが》めてきたが、耶利は風圧に押されるように身体を揺《ゆ》らしてそれを躱《かわ》した。空《くう》を摑んだ男は愕然《がくぜん》としたように耶利を見ている。

「阿選が——王？」

「台輔によれば」

「あり得ない！」

男は吠《ほ》えた。

「あの兇賊《きょうぞく》は盗人《ぬすっと》だ。玉座を盗み民《たみ》を屠った。王の資格などあるはずがない！」

耶利は首をかしげた。

「民を屠ったのは驍宗《ぎょうそう》も同じだろう。軍人だったのだからな」

「意味が違《ちが》う！」

「違うか？　戴《たい》の民を手に掛けた経験がある、という意味では同じだろう。阿選も驍宗も——そして巌趙《がんちょう》も同類だと思うが？」

言われて巌趙は憤然《ふんぜん》とした。

「正当な理由あってのことだ。我らは罪もない民を手に掛けるようなことはせん」

「だったら、阿選が殺したのも正当な理由があったということなのかもな」

「簒奪者《さんだつしゃ》の理由が正当か」

「簒奪者ではなかった、ということなんだろう。新たに天命が下ったのだから」

「莫迦《ばか》な」と、巌趙は吐《は》き捨てた。「そもそも新しい王など立つはずがない。戴の王はいまでも――」

言いかけた言葉が途切《とぎ》れた。巌趙の顔に怯《おび》えたような色が浮かんだ。

「――まさか」

「白雉《はくち》が落ちたのか、と言いたいのなら、答えは否《いな》だ。いまだ白雉は落ちていないという話だ。ならば新しい王が立つ道理がないと、朝議は紛糾《ふんきゅう》しているらしい」

天を仰《あお》いで大きく息を吐き、巌趙は改めて耶利を見た。

「お前の主《あるじ》はなんと言っている」

「あり得ない、と仰《おっしゃ》っている」

憤懣《ふんまん》を押しつぶすように、勢いをつけて巌趙は桶に坐り込んだ。

「ならば阿選の新王はない。おおかた阿選が台輔を捕らえて言わせたのだろう」

「だから、それはない。台輔は自ら戻ってきてそう言ったんだ」

「……どういうことだ？」

さあな、と耶利は視線を騶虞《すうぐ》に戻した。獣は興味深そうに耶利と巌趙のほうを見ている。

「嵐《あらし》が来た……」

耶利が呟《つぶや》くと、巌趙は怪訝《けげん》そうに耶利を見上げてきた。

「――主公《しゆこう》はそう言っておられた。嵐が来た、時代が動く、良くも悪くも、と」

巌趙はひとしきり耶利を見つめ、諦《あきら》めたように膝《ひざ》のうえに肘《ひじ》を載《の》せた。

「……お前の主の言うことは、さっぱり分からん」

「我々ごときに理解の及《およ》ぶような主公ではない」

どういう意味でか、巌趙は深い溜息《ためいき》を一つ落とした。そして、

「……お元気そうか」

「台輔か？　会ったわけじゃないから分からない」

そうか、と巌趙は呟くように言った。

「……大きくなられただろうな」


戴の麒麟が宮城に帰還《きかん》した――午月《ごげつ》はその報を、同じく小臣《しようしん》の駹淑《ぼうしゆく》から聞いた。

「――本当に？」

反射的に喜びを感じ、次いで居心地《いごこち》の悪さを感じた。

「どうやら確かなことのようですよ」と、年若い同輩《どうはい》は剣《けん》を研《と》ぎながら答える。声も表情も明るかった。「誰かが確認したらしい。台輔に違いないという話です。しかも、台

輔が直々に阿選様を新しい王に選ばれたとか」

「まさか」

午月は咄嗟《とっさ》に口にしてしまった。

「まさか？　――どうしてです？」

駹淑《ぼうしゅく》は手を止め、午月を見た。どこか幼さを感じさせる顔には、本当に不思議そうな表情が浮かんでいた。午月は「いや」と言葉を濁《にご》した。小首をかしげた駹淑は、すぐに笑《え》みを浮かべて作業に戻る。

「やっぱり阿選様が王だったんですね。やっと戴に明るい時代が来ます」

弾《はず》んだように言う駹淑が、ついに剣を振《ふ》るうときが来たのだと勢い込んでいるのはよく分かった。

そうだな、と返事して、午月は坐り込んだ椅子の上で片膝を抱《かか》える。無意識のうちに爪《つめ》を噛《か》んだ。

内殿《ないでん》の一郭《いっかく》、小臣たちが詰める堂だった。午月は五年前に小臣になり、駹淑は昨年、新しい小臣として着任した。王の身辺を警護《けいご》する小臣は兵卒から選ばれる。責任の重さに鑑《かんが》み、卒長《そつちょう》以上が当たるのが通例だった。卒長は兵士百人の長だ。それなりの地位であり、地位に見合うだけの業績が求められる。若い駹淑は卒長になったばかり、昇進してすぐの小臣着任だった。真《ま》っ直《す》ぐな喜びようが、午月には眩《まぶ》しかった。

——新しい王……。

午月は複雑な気分がしていた。この六年間、戴には麒麟がいなかった。阿選が王として朝廷《ちょうてい》を纏《まと》めているものの、国とは本来、王と麒麟が両輪となって動かすもので、その一方が欠けていることは不幸なことだ。宰輔《さいほ》の帰還は戴にとってこのうえもない朗報だろう。だがそもそも、宰輔が宮城にいない——などという事態は起こってはならないのだ。

その元凶《げんきょう》となったのは阿選だ。阿選は大逆を犯した。

午月は阿選の麾下《きか》だった。現在の禁軍《きんぐん》左軍将軍、成行《せいこう》の許《もと》で旅帥《りょすい》を務めていた。午月自身も成行も、阿選の大逆にはまったく関与していなかったが、王が失われ、宰輔の姿が宮城から消えてしまったことに対して罪がないとは言えない。少なくとも午月自身は、自らに罪がないとは思えなかった。非難の声を上げたこともない、阿選を糺《ただ》したこともない。大逆を知ったのち、阿選に叛《そむ》くこともなかった。——つまりは受け容《い》れたのだ。

午月は宰輔を宮城から追い出した側だった。泰麒が戻ってきたことを喜ぶ資格があるとは思えない。同時に、大逆を犯した罪人が王になるのは間違っている、と感じる。

——駹淑には、この気分は分からないだろう。

駹淑はそもそも戴の南部、凱《がい》州の出身だった。凱州師将軍《がいしゅうし》の津梁《しんりょう》が王師に編入される際に付いてきた。駹淑はいかなる意味においても大逆に荷担《かたん》はしていない。戴の現状に些《いささ》かも負うところがなかった。驍淑《ぼうしゅく》は純粋に宰輔の帰還が嬉《うれ》しいのだろうし、これをもって王朝の体制が変わり、自分たちが真っ当に責務を果たせるのではないか、と期待しているのだろう。その気持ちは午月にも痛いほど分かる。小臣は王の私的な空間での警護を司《つかさど》る。王を守る要《かなめ》だが、もう長いこと午月らは詰め所に控えているばかりでなんの働きもしていなかった。

——飼い殺しに等しい。

輪番の日には内殿に向かい、小臣番所で控えている。ずっとただ控えているだけで、何をすることもなく当番が明け、自邸《じてい》に戻る。それだけを無為《むい》に繰《く》り返してきた。というのも、阿選は自身の警護を小臣に任せていないからだ。阿選が内殿に出るときには建物の警備に当たることもあるが、滅多《めった》にあることではなく、ときにはそれにさえ呼ばれないことがある。実際の警護が誰によってどのように行なわれているのかは、午月も知らない。

——なぜそばにも寄らせてもらえないのか。

午月は阿選の麾下だ。屈託《くったく》はあっても阿選に認められれば無条件に嬉しい。だから阿選のそばに侍《はべ》り警護をすることは名誉《めいよ》なことだと思っていた。なのに実際は何もさせてもらえない。そのまま五年。

理由を問うことにも、働かせてほしいと懇願《こんがん》することにも飽《あ》いた。その他の小臣と同じように、これはこういう役目なのだと、すでに諦観《ていかん》に達していた。だが、駹淑はそうではない。

「践祚《せんそ》はいつになるんでしょうか」

駹淑は嬉しそうに訊《き》いてきた。「さあな」とだけ午月は答えた。

帰泉《きせん》は切なかった。阿選はいつの間にか麾下から離《はな》れてしまった。

――どうしてこうなってしまったのだろう、と思う。

帰泉にとって阿選は自慢《じまん》の主《あるじ》だった。阿選は徳高く有能で、しかも果敢《かかん》だった。戦場においては連戦連勝、驕王《きょうおう》の重臣の第一、士卒《へいし》の尊崇《そんすう》も高く、周囲の評価も高い。驍宗と比較《ひかく》されることが多かったが、帰泉にとっては文句なしに阿選が上だった。驍宗は周囲と歩調を合わせることが上手《うま》くない。ともすれば独断に走り、独善に走る傾向《けいこう》があると帰泉は思っていた。阿選は違う。部下とはよく話し合い、説明を厭《いと》わない。真情を込めて付き合ってくれ、細やかに気にかけてくれ、頼《たよ》りになる。泰麒が驍宗には物怖《ものお》じするふうを見せるのに対し、阿選には懐《なつ》いているふうだったのはそれだからだと思う。阿選には他者を受け容れる度量があり、安心させる包容力がある。驍宗にはそれがない。他者に対して時に拒絶《きょぜつ》的で、ぴりぴりとさせる空気を持っていた。

なぜ阿選ではなく驍宗だったのか、帰泉はいまに至るも納得《なっとく》できていない。

——阿選様が王だ。驍宗よりも優《すぐ》れていた。

ずっとそう思っていたから、阿選が反したと知ったときには無理もない、と思った。天が誤ったのだ。阿選はそれを正した。これは正義だ、と。

阿選であるべきだったのだと証明してみせる。——帰泉はそう固く決意して働いた。主公のためになると思えばどんな働きも拒《こば》まなかった。身を粉にすることは苦痛ではなかった。間違った選択《せんたく》によって歪《ゆが》んだ時代を正しい王の許に呼び戻してみせるのだ、と思っていた。

なのに、いつのころからか阿選は表に姿を現さなくなった。帰泉ら麾下と会う機会もなくなった。姿を見ることも稀《まれ》なら、声を聞くことも稀になった。それどころか、何の指示もない。阿選から帰泉らに向けて何らかの指示が来ることは皆無《かいむ》になった。

「阿選様はどうなされてしまったのでしょうか」

堪《たま》りかねて、帰泉は上官である品堅《ひんけん》に訊いたことがある。品堅は自嘲《じちょう》するように笑った。

「我々は阿選様の要求に応《こた》えられなかったのだろう。充分《じゅうぶん》な働きができなかった」

「けれど、失敗をしたことは」

なかった、と言いかけて、帰泉は口を噤《つぐ》んだ。やれと命じられたことは間違いなくやってきた。けれども阿選が「やれ」と命じた、その命令が目指してきたものを達成できたとは思えない。反民があれば叩《たた》けと命じられたから叩きはしたし、それは間違いなく完遂《かんすい》できたと思う。だが、阿選が望んでいたのは反民のない世だ。それはまったく達成できてはいない。確かにその意味では、帰泉らは阿選の要求に応えられなかったのだ。

「ですが——それは我々だけではありません」

帰泉が言うと、品堅は溜息《ためいき》をついた。

「我々が最も不足があった、ということなのだろう。そもそも我々は文州《ぶん》においても充分な働きができなかった」

帰泉は言葉を呑み込んだ。驍宗が失踪《しっそう》した当時、驍宗と共に文州に向かったのは帰泉たちだった。驍宗が連れて行った二師を品堅が率いていた。当時、帰泉らは何も知らなかった。阿選の計画を事前に聞かされてはいなかったので。命令通り、驍宗に従って轍囲《てつい》を守るのだと思っていたし、そのように行動していた。——だから、何か阿選の思惑《おもわく》に外れる行為があったのかもしれなかった。実際、驍宗は姿は見えないものの死んではいないと言われている。襲撃者が失敗したのかもしれない。帰泉らはそうとは知らず、襲撃の邪魔《じゃま》をし、その後の行動を妨《さまた》げてしまったのかもしれない。

「阿選様は我々に失望なさったのかもな……」

品堅の口調は寂《さび》しげだった。帰泉は項垂《うなだ》れた。

——確かに我々は、上手くやれていない。

朝《ちょう》は纏《まと》まらず、国は治まっていない。帰泉らは充分な働きができなかったのだ。目覚ましい働きはできなかった。しかもそもそも品堅は生え抜《ぬ》きの阿選麾下ではない。驕王の時代はほかの将軍に仕えていた。帰泉が軍に入ったときにはすでに阿選の部下だったが、出自の違いは待遇《たいぐう》にも影響して当然だったのかもしれない。

——でも。

帰泉は不器用だな、と言われたことがある。いつだったか、阿選が帰泉に向かってそう言った。大きな失敗をしたあとのことだった。

「お前は要領が悪いのだ」と、阿選は温かく笑っていた。「要領よく立ち廻《まわ》ることは、帰泉にとってよほど難しいことらしいな」

済みません、と畏《かしこ》まった帰泉の背中を阿選は叩いた。

「だが、だからこそ信頼される。卑下《ひげ》することはない」

失敗ではない、と阿選は言ってくれた。命じた阿選の失敗であっても、命じられた帰泉の失敗ではない。だから悔《く》やむ必要も卑下する必要もない、と。

あとで品堅も言ってくれた。

「阿選様はお前を愚直《ぐちょく》で不器用だと言っておられた。だが、愚直で不器用なのは、なろうと思ってなれるものではない、と。使い方を誤らなければこれほど得がたい資質もないのだから大切にせよ、と仰《おっしゃ》ってくださった」

品堅の言葉を聞いて、帰泉は嬉しかった。帰泉は自分が人に比べて至らないことを知っていた。懸命《けんめい》に仕えることしかできず、どれほど頑張《がんば》っても功績において他人に劣《おと》る。そんな自分を評価してもらっているのだと知って、どれほど嬉しかったか。

なのに見捨てられてしまったのだ、と思った。阿選は呆《あき》れ果ててしまったのかもしれない。愚昧《ぐまい》で無能な奴《やつ》だ、と――。

帰泉がそう零《こぼ》すと、品堅は切なげに笑った。

「阿選様は、私と帰泉は似ていると言っていた。ならば私も同じように見捨てられたのだろう」

「いえ、品堅様は違います。考え深く、堅実《けんじつ》でいらっしゃる。実績も残しておられる。私などとはまったく違っています」

品堅は微笑《ほほえ》んで帰泉の肩を叩いた。今度は真実、愉快《ゆかい》そうな笑みだった。

「私はお前を得がたい麾下だと思っている」

はあ、と帰泉は答えた。褒《ほ》めてくれたのかどうか、心許《こころもと》なかった。

「褒めておるんだぞ」と、品堅は笑い含《ふく》みに言った。「お前が変わらずにいてくれて有《あり》難《がた》い。――まあ、こんな我々でもお役に立つ日が来るだろう。そう信じて精進《しょうじん》せねばな」

はい、と帰泉は頷《うなず》いた。

いつか働けと言われる日が来るはず。そのときにちんと務めを果たすことができるよう準備を怠《おこた》るまい。そう心に決めてやってきた。そして、そのときが来た。

――泰麒が帰ってきた。そして阿選を新しい王だと言っている。

これからきっと王朝は大きく変わるだろう。どこか淀《よど》んだ空気に満たされていた宮城だが、これからきっと動き出す。真の意味で新しい時代を作るときが来たのだ、と思った。まるで傷ついたかのような阿選の沈黙も解けるに違いない。かつての麾下に働け、という沙汰《さた》が下るはず。

――じきに、きっと。

六章

1

陰鬱《いんうつ》な夜だった。月はなく、さらには夜空に雲がかかり、星も見えない。虫の音は絶え入るようにか細く秋の終わりを鳴いていた。

暦《こよみ》のうえでは月が変わった。文州《ぶんしゅう》東部、瑤山《ようざん》。四つの凌雲山《りょううんざん》を擁《よう》する峨々《がが》たる山には、この夜、初雪が舞《ま》った。山を遠望する街では、家々の中、明かりの見えない夜に抱《だ》かれた人々が、一時の夢が訪《おとず》れるのを待っていた。

街の外にも同じく夢を待つ人々はいる。宿を取ることができず、街の中に居場所を見つけることのできなかった人々が閑地《かんち》に火を焚《た》いて蹲《うずくま》っていた。明日はどこに行けばいいのか、どこまで旅をすれば安心して暮らすことができるのか。

その火を見降ろす丘の上には力尽《ちからつ》きた旅人の墓が夜露《よつゆ》に濡《ぬ》れていた。旅人の無念を弔《とむら》うように、虫が一声だけ鳴いて声を絶やす。

文州の夜はそこで暮らす誰《だれ》にとってももはや優しくはなかった。

老人は、墓に程近《ほどちか》い小屋の中で襤褸《ぼろ》にくるまっている。もともとは農具を仕舞うための小屋だった。この小屋一つを残して、彼《かれ》は全《すべ》てを失った。廬《むら》にあった家も、そこに住んでいた家族も。身を粉にして家族総出で働いて、かろうじて蓄《たくわ》えたもの。それを奪《うば》うため、やってきた夜盗《やとう》が彼の何もかもを切り刻んでしまった。残ったのは、老いた身一つ。すでになんとか生き延びようという気概《きがい》も残ってはいない。できることは祈《いの》ることだけだ。

——早く家族の許《もと》へ行けますように。

それを願うしかないこの絶望に満ちた時代が早く終わりますように。

自分はもういい。何も望まないし、望みをかき立てる気力もない。だが、こんな夜を迎《むか》えるのは、自分で終わりになりますように。

お救いくだされ、と老人は小声で呟《つぶや》いて、襤褸を衿許《えりもと》で掻《か》き合わせた。

だが、同じく自分で終わりにしてくれと願う声は、いまや各所に無数にあった。自分の苦しみにはもう見切りをつけた。助かろうという望みもない。だがせめて、こんな思いをするのは、自分で終わりになりますように。

祈りながら窓から闇夜《やみよ》を仰《あお》ぐ女がいる。彼女《かのじょ》が住まう廬家《ろか》には彼女の他の人影《ひとかげ》はない。かつては夫と子供二人がここで暮らしていた。愛《いと》おしい家族の面影《おもかげ》が、暗がりの中に浮《う》かんでは消える。

——今夜はましだ。月明かりがないから。

明かりがあれば、幻《まぼろし》はより鮮明《せんめい》だった。夫がいつも坐《すわ》っていた椅子《いす》、その足許で木切れを積み重ねて遊んでいた息子《むすこ》。ようやく摑《つか》まり立ちをするようになった娘《むすめ》が、始終手を掛《か》けて伸《の》び上がっていた卓子《つくえ》。つましい食事を取る姿、眠《ねむ》る姿、笑う姿、泣く姿。だからもう二度と、灯火は点《つ》けない。昼間に起きることもない。陽射《ひざ》しのある間は板戸をぴったり閉ざしている。明かりがあれば土間や家具についた妖魔《ようま》の爪痕《つめあと》、繁吹《しぶ》いた血痕《けっ》までが見えてしまうから。血溜《ちだ》まりに横たわる悲しい姿まで脳裏《のうり》に甦《よみがえ》ってしまうから。いつもなら菜園《こん》に出る頃合《ころあ》いだが、今夜は月明かりがないので野良《のら》仕事もできない。することもない時間が辛《つら》い。

――こんな生など、早く終わりになればいい。

同じく思いながら、苦しげな息で横たわる役人がいる。山の麓《ふもと》にある小さな里《まち》だった。その寒村に残った人家はこの一家だけ。残された住人も彼一人で、その息も次第《しだい》に尽きようとしていた。

彼は文州のこの寒村に生まれ、周囲の歓喜《かんき》の声を受けて州官になった。そして十年で逃《に》げ出し、生まれた家に戻《もど》ってきた。州城の中はもはや得体の知れない魔窟《まくつ》だった。濁《にご》った眼をした官僚《かんりょう》が生気もなくさまよい歩いている。何かを正そうとするたび、彼の居場所は失われ、身にも危険が迫《せま》ってきた。仕方なく職を辞して仙籍《せんせき》を返上し、城を抜《ぬ》け出して各地を逃げ隠《かく》れしたあげく、この里に戻ってきた。戻ったときには、もう里人の姿はなかった。彼が逃げ戻ってくることを想定して先廻《さきまわ》りした州師《しゅうし》が、悉《ことごと》くを殺し尽くしたあとだった。懐《なつ》かしい父母も、懐かしい隣人《りんじん》も。

それ以来、為《な》す術《すべ》もなく一人きりで廃墟《はいきょ》を守っていた。

だが、それも終わりに近付いている。夏に病みつき、日に日に容態は悪くなった。彼はもう仙ではない。だから病が彼の命を取っていく。たぶん、それは幸いなことなのだろう。彼はもう、この世界の行く末を見ていたくなかった。

ここ三日、病床《びょうしょう》に横たわったまま、もはや声も出ず、起き上がることもできない。手足は萎《な》え身動きもならず、昨日までは身体《からだ》の節々が耐《た》えがたいほど疼《うず》いていたが、今日になって妙《みょう》に楽になった。

鬼界《きかい》で皆が待っている。

彼は絞《しぼ》り出すように息をつきながら、虚空《こくう》を見上げていた。

——その小里《しょうり》から遠からぬ小さな廬《むら》。小屋と見紛《みまが》うような荒ら屋《あばらや》から、一人の少女が駆《か》け出してきた。少女は小さな手に籠《かご》と灯《あか》りを携《たずさ》えて深夜の道を駆けていく。

戴《たい》の北部ではなべて廬には人が住まない。里と廬の双方《そうほう》に家土地が分配されるのは、世の常と同様だが、冬の間、無人になった建物は雪に押しつぶされていくしかないからだ。ゆえに、廬に置かれる建物とは、夏場に細々と農地を耕し、家畜《かちく》を放牧するために使う仮設の建物に過ぎず、冬の間に壊《こわ》れてしまえば雪が解けてからまた建て直す、その程度の代物《しろもの》でしかない。だが、少女の一家は、その家に住んでいた。もともと住んでいた街が焼け、路頭に迷《まよ》っていたところ、廬の家なら使っていいと言ってくれた人物がいたからだ。狭《せま》い家の中に炉《ろ》を切り、薄板《うすいた》一枚の壁の周囲に土を盛り、樹皮で葺《ふ》いただけの屋根を張り替えて、一家はなんとか生き延びている。

少女の母親は死んだ。事故で死んだと教えられていたが、いつからか少女は母親が残《ざん》虐《ぎゃく》な兵卒に襲《おそ》われて殺されたことを知っていた。残った父親は隣街《となりまち》の豪農《ごうのう》に雇《やと》われて働いている。行って働いて帰ってきて――それで精一杯の父親に代わり、家のことは三人の子供たちで切り廻《まわ》していた。今日のように父親が戻って来ないときには、父親のぶんも働かなくてはならない。父親に代わって炭窯《すみがま》の火を守り、山から集めてきた木を割り、剝《は》いだ樹皮は細く割《さ》いて水に漬《つ》け込《こ》む。漬け込んだそれを編んで筺《はこ》や縄《なわ》を作ることだけは、さすがに子供たちだけではできなかった。

そうやって夜を過ごしていて、少女は突然《とつぜん》、今日が新月だったことを思い出した。新月の夜、父親は必ず近くの山に供物《くもつ》を捧《ささ》げにいく。今夜は父親がいないのだから、子供たちの誰かが行かなければならない。けれども、少女の兄には火の番がある。父親は小刻みに眠りながら火を絶やさずにいることができたが、彼女の兄には、まだそれができなかった。炭は大事だ。いまは炭の代わりになる木の実もあるけれど、これは売り物にはならない。収入を得るために炭が必要だった。だから誰かが兄のそばにいて、眠らないよう励《はげ》ましていなければならないし、それができるのは姉だけだ。姉は兄を励ましながら樹皮を剝いで割いていく。少女はまだ九つで、夜通し起きていることも、樹皮を剝ぐこともできなかった。だから代わりに、真っ暗な夜道を駆けて供物を持って行く。

夜道は怖《こわ》い。けれども、行かなければ父親はがっかりするだろう。きっと怒《おこ》ったりはしないだろうが、ちょっと悲しそうにするに違《ちが》いない。そうして、翌日、疲《つか》れ果てて帰ってきたのに、一人で一日遅《おく》れの供物を持って出掛けていくのだ。——少女はそれを分かっていた。月に一度、供物を持って行くことは、父親にとってとても大事なことなのだ。

だから少女は籠を抱《かか》え、できるだけ急いで夜道を駆けている。廬を出て真っ暗な道を駆け、山道を下っていけば、供《そな》え物を流す谷川の淵《ふち》まではすぐだ。少女はひたすらに駆け、ほどなく淵のそばまで辿《たど》り着いた。

小道の脇《わき》、ほんの少し下ったところに、広い岩場があって、その先に淵はある。上流から流れてきた谷川は、ここで淀《よど》みを作っていた。断崖《だんがい》に抱え込まれるようにして水を湛《たた》える淵の奥《おく》には穴がある。断崖を裂《さ》くように入った亀裂《きれつ》の下に暗い穴がぽっかりと口を開けていた。穴の中に流れ込んでいく。どうやら穴の向こうは洞窟《どうくつ》になっているようなのだが、入口はごく狭く、子供なら潜《もぐ》れなくもないという程度だ。だが、彼女の兄妹《きょうだい》の誰も実際に行ってみたことはなかった。そこは淵の対岸だし、行くためには広い淵を泳いで渡《わた》らなければならない。夏でも水は身を切るほど冷たいし、しかも見掛けとは違い、水の中にはかなりの流れがあるので、子供は絶対にこの淵には入ってはいけないことになっていた。禁じられなくても、少女は水に入ってみたいなどとは思わなかっただろう。淵は深いし、真っ暗な穴が絶えず水を呑《の》み込んでいく。少しでも水に入ったら、途端《とたん》に穴の中に吸い込まれてしまいそうで、彼女は昼間でも怖かった。

この夜も、こくりと唾《つば》を呑み、それからおずおずと岸辺に向かう。途中で少し目を上流に向けた。この谷川をずっと登っていったところに、父親のいる農地がある。

少女は一度、どうしてこんなことをするの、と聞いたことがある。父親が樹皮や蔦《つた》を使って編んだ籠には、食べ物や小銭《こぜに》や、着物が入っているのが常だった。食べるものがなくてみんなひもじい思いをしているのに、食べ物を入れて流してしまうなんて。どうして籠の中のものをみんなで分け合うことができないのか、彼女には不思議でならなかった。

父親は、彼女の問いに対して、この流れの彼方《かなた》に、とても大切な人がいるのだ、と言った。淵から流れ出ていく水は、この山――函養山《かんようざん》に呑み込まれていく。かつてここで、大切な人が亡《な》くなったのだと、父親は言った。

その人は函養山で亡くなって、いまは山のどこかにあるらしい鬼界というところにいる。食べるものや着るものがなければ、困ってしまう。家族はひもじくとも、毎日食べている。その人が食べるものを得られるのは月に一度のことなのだから、我慢《がまん》しなければならないのだと教えられた。

そう言えば、同じようにして死んだ母親の墓にも、食べるものや着るものを届ける。知らない人が相手のことなので、ちょっと不思議な気もしたけれど、知らないと言えば、母親のことだって少女はろくに知らない。幼いころに死んだ母親の顔も声も、少女は覚えていなかった。同じようなことなのかもしれない、と少女は納得《なっとく》した。

——月に一回しか御飯が食べられないなんて、可哀想《かわいそう》。

彼女は思いながら、足場を確かめ、小さな手に抱えた籠を水面に落とした。きちんと蓋《ふた》された籠は、沈《しず》むわけでもなく、ゆらゆらと流れて灯りの届く範囲から消えていった。

少女はそれを見届け、闇の中、そこにあるだろう洞窟のほうへ目をやった。

自分も死んだら、あんな怖いところに住まなければならないのだろうか、と思いながら。

そして、そこからさほど離れていない暗闇の中には蹲《うずくま》る人影があった。微《かす》かな声が響いていた。

「……で戦って」

ほのかに明かりは一つだけ。いまにも消えそうに暗かった。

「……で死んだ……」

暗がりの中に蹲った影は動かない。ただ、歌声だけが口の中で唱えるように漏《も》れていた。

「野垂れ死にしてそのまんま、あとは烏《からす》が喰《く》らうだけ……」

低く、どこか気持ちを置き去りにしたかのように生気を欠いた歌声、それが妙に陽気に暗闇を流れる。唱和するように、どこからか水音が頼りなく響いていた。

——おれのため 烏のやつに言ってくれ
がっつく前にひとしきり もてなすつもりで泣けよって
野晒《のざら》しのまま、ほら、墓もない
腐《くさ》った肉さ 一体全体どうやって お前の口から逃げるのさ?

片膝を抱えて蹲った人影、両腕の間に俯《うつむ》けて埋《うず》めた頭が押し殺した笑いに揺れた。かつて笑い崩れながら歌った日のことを思い出したのか、それとも、暗がりの中で独り歌う今を自嘲《じちょう》したのか。

薄暗い明かりが消えようとするかのように揺れた。影は身じろぎし、明かりを見やり、まだしばらくは本当に消えてしまいそうもないのを見て取って、再び顔を伏せた。

「朝にぴんしゃん出掛《でか》けて攻《せ》めて……」

——暮れて夜には帰らない

2

李斎《りさい》らが琳宇《りんう》に到着したのは、東架《とうか》を出てから半月が過ぎたころだった。

琳宇は文《ぶん》州南東部に位置する州最大の都市で、土匪《どひ》討伐《とうばつ》の際、王師《おうし》が陣営《じんえい》を設けた場所だった。ここを起点に王師は土匪と戦い、そしてここで離散《りさん》した。ために長く驍宗麾《ぎょうそうき》下《か》の掃討《そうとう》戦の拠点でもあった場所だ。李斎はかつて驍宗を捜《さが》して文州に来たことがあるが、さすがに追われる身では琳宇に近付くことはできなかった。したがって、琳宇を見るのはこれが初めてだった。

琳宇は開けた高原の直中《ただなか》に堂々とした佇《たたず》まいを見せていた。なだらかに小高い山の麓《ふもと》、その裾《すそ》野から山腹にかけて高く厚い郭壁《かくへき》を巡《めぐ》らせ、内側に甍《いらか》宇を連ねている。李斎らが足を止めた街道からも、斜面《しゃめん》を駆《か》け上がるようにして広がる街の様子が見渡せた。街の奥《おく》に突出《とっしゅつ》した丘に聳《そび》える建物群が郷城《ごうじょう》だろうか。周囲を城壁が取り囲んでいる。その左右の緑に覆《おお》われた山腹には、寺廟《じびょう》のものらしい建物が続いていた。それらひときわ大きな殿堂群の下に傾斜《けいしゃ》地に設けられた市街が広がり、最も低い南に午《ご》門《もん》の楼閣《ろうかく》が聳える。郭壁の外に広々と取られた閑地《かんち》を貫《つらぬ》く道の両側に街から溢《あふ》れた小店が露《ろ》店《てん》を連ね、多くの人々が行き交っていた。それらの遥《はる》か向こうには雲を突く峨々《がが》たる山が聳えている。

これが四つもの凌雲山《りょううんざん》を擁《よう》する瑤山《ようざん》だった。その南の峰《みね》を為《な》すのが李斎らが目指す函養山《かんようざん》である。

「ここに浮丘院《ふきゅういん》という道観《どうかん》がございます」と、午門を潜《くぐ》りながら去思《きょし》が言った。「淵澄様《えんちょう》から、そこへ向かうようにと言われております。事情を知らせる青鳥《せいちょう》が先に到《とう》着《ちゃく》しておりますから、監院《かんいん》は全《すべ》てを了解しておられるはずです」

李斎は頷《うなず》く。青鳥、と去思は言ったが、府第《やくしょ》で使う青鳥のことではあるまい。青鳥はそもそも府第や軍で通信手段として一般に使用する妖鳥《ようちょう》だった。夏官《かかん》の管轄《かんかつ》で府第城の里《り》木《ぼく》から雛《ひな》を得る。余剰《よじょう》を民間に売ることもあるが、これはたいへんに高価で、よほどでなければ手に入らない。なので庶民《しょみん》は鳩《はと》や孟鳥《もうちょう》という安価な鳥や妖鳥などを使う。これら通信に使う鳥たちを総称して青鳥と呼んだ。

酆都《ほうと》に先導されて門を入ると、街の賑《にぎ》わいが目の当《ま》たり《あ》だった。経緯《おおどおり》の両側に並ぶ商店には活気があり、往来する人や車も多い。李斎らのように騎獣《きじゅう》を連れ、佩刀《はいとう》した武人風の旅人も多かった。ただし、どことなく荒《すさ》んだ色がある。街路は雑然としており、あらゆる場所に荒民《こうみん》と思《おぼ》しき人々が所在なげにたむろしていた。風紀も良いようには見えなかった。

「だが、戦乱や災害の跡《あと》はない……」

李斎の呟きに酆都は、

「琳宇自体は、戦乱そのものには巻き込まれていませんから。閑地に陣営が設けられたものの、主に戦闘の場になったのは琳宇より北、あるいは西の街々だったようです」

そうか、と李斎は頷いた。だが、王師が離散したあとの掃討戦には巻き込まれなかったのだろうか。思いながら、雑踏《ざっとう》を歩く。街は背後に控《ひか》えるなだらかな山の斜面《しゃめん》へと続く。街の中央へと張り出すように延びた小峰の上に城郭《じょうかく》が聳えていた。郷城のはずだが、規模は郡城並みだった。その左右に広がる斜面は緑に覆われ、そこに大小の建物群が点在している。酆都は真《ま》っ直《す》ぐに山を目指した。山の中腹、街路から石段を登った先に甍宇を連ねているのが浮丘院だった。

簡素だが重厚な佇まいの山門は閉じていた。浮丘院は瑞雲観《ずいうんかん》派の道観だが、一般の道観のように信者が参詣《さんけい》に訪《おとず》れる場所ではない。道士の修行《しゅぎょう》の場であり、瑞雲観経由の技術を継承《けいしょう》することを本分とする。――そう去思から説明を受け、それで門を閉じているのか、と納得した李斎だったが、去思の訪《おとな》いに応《こた》えて開いた門を潜ってみると、中には無数の貧しげな人々が行き交っていた。

「得之《とくし》院《いん》の去思と申します」

去思の一礼に、門を開けてくれた道士が丁寧《ていねい》な一礼を返した。

「お話は監院から伺《うかが》っております。私は当山の都講《とこう》で喜溢《きいつ》と申します」

都講とは、修行する道士に講義を授《さず》ける教師役となる道士のことをいう。

「監院がお待ちでございます。──どうぞ」

手で奥を指し示した喜溢に従い、李斎らは石畳《いしだたみ》を踏《ふ》んで山の上を目指す。浮丘院の建物はどれも歴史と風格を感じさせるものだった。だが、その建物の周囲に数え切れないほどの民《たみ》が集まっているのはどういうわけだろうか。祠堂《しどう》を取り巻く基壇《きだん》には壁に差し掛《か》けるようにして天幕が張られ、中には基壇の上で煮炊《にた》きをしている者もいる。院子《なかにわ》にも小屋が建ち、周囲を子供や鶏《にわとり》が駆け廻《まわ》っていた。李斎はその有様に困惑したが、李斎以上に去思は驚いたようだった。

「都講様、この民はいったい」

去思は道院とは思えない風景に戸惑《とまど》いながら訊《き》いた。もともと戴《たい》の北部は出家修行の盛んな土地柄《とちがら》だと聞いているが、藍衣《らんえ》を着ているわけではないから、これらの人々が道士として修行をしているのではなさそうだった。

「喜溢、とお呼びになってください」と、穏《おだ》やかに言ってから、「この者たちは行き場のない荒民でございます」

「民を保護しておられるのですか？」

「そういうわけでは──。とりあえず彼《かれ》らは皆、道士になりたいと入山した者でございます」

そう答える喜溢に、目を留めた民たちが会釈《えしやく》を寄越《よこ》してくる。喜溢はそれに一々会釈

を返しながら、

「本当のところは、ほかに行き場がない、ということなのでございましょう。道観や寺院なら、最低限、屋根もあれば食事も出ますから。もともとこのあたりでは、食い繋《つな》ぐための出家が多いのでございますが、このところの困窮《こんきゅう》で入山が増えて、御覧のような有様になりました」

喜溢は痩《や》せた面《おもて》に微苦笑を浮かべた。

「ただ、これほどの数となりますと、修行のさせようもございません。そもそも本人たちも行き場を求めているだけで、本当に出家したいわけではございませんでしょう。暮らし向きが良くなれば還俗《げんぞく》するのでしょうから、こちらとしても修行のための人手は割《さ》けません。なので、入山待ちという体《てい》で、こうして置いているのです」

言ってから、喜溢は小声で付け加えた。

「……荒民は保護できないのです。不遇《ふぐう》の者だからと数を集めて滞在《たいざい》させると、すぐさま謀反《むほん》の疑いありということで州師《しゅうし》の詮議《せんぎ》を受けてしまいますから」

「文州では、そんなに厳しいのですか」

去思の問いに、

「荒民を受け入れることが許されるのは、里家《りか》だけです。けれども実質、このあたりの里家で機能しているところはございません。どこも余所者《よそもの》を食わせる余裕《よゆう》だってありませんから。かといって見捨てるわけにはまいりませんし……」

だから門を閉ざしていたのだ、と喜溢は説明した。

「なんとかしようと受け入れてきたのですが、残念ながら当山も限界を超《こ》えました。これ以上の民は養いきれません。それで近ごろでは、ああして門を閉ざしておりますのです」

「そうだったのですか……」

去思は歩きながら周囲を見廻す。奥へ入れば入るほど、浮丘院は異様な景色になっていた。余剰の地面はことごとく農地になっている。先人を祀《まつ》る廟では家畜《かちく》が飼われ、走《かい》廊《ろう》の手摺《てすり》には洗濯物《せんたくもの》が下がり、軒《のき》のあるところならおよそどこでも小屋囲いをして荒民が住み着き、陽溜《ひだ》まりには疲弊《ひへい》した様子の面に虚《うつ》ろな眼を開いていた。

「こんな状態ですから、充分《じゅうぶん》なお世話ができますかどうか」

申し訳なさそうに喜溢は言って、講堂の横手から園林《ていえん》のほうへと去思らを招いた。

かつては美しく整えられていたであろう園林も、いまや菜園になっていた。見事な枝《えだ》振《ぶ》りを連ねた林も岸辺を整えた池も、家畜や家禽《かきん》の住処《すみか》になっている。それでも喰《く》うには充分ではないのだろう、荒民たちは一様に痩せ、気怠《けだる》げな様子だった。

こちらです、と喜溢が案内したのは書院で、そこにこの浮丘院の監院である老人がいた。表に出て一行を出迎えてくれた老人は、如翰《じょかん》と名乗った。

「境内《けいだい》の有様にさぞ驚かれたことでしょう。落ち着きのないことで、申し訳ございません」

「たいへんな折、お世話になります。御迷惑《ごめいわく》をおかけして、こちらこそ申し訳ありません」

　いえいえ、と如翰は一行を堂内に導き、書卓《つくえ》の周囲の椅子《いす》を勧《すす》めた。

「淵澄様の御依頼《ごいらい》でございますから。ここにいる民も我々も、瑞雲観の丹薬《たんやく》を頼みにしておりますゆえ」

　言って如翰は喜溢に目をやる。喜溢は心得たように頷いて、堂《へや》の扉《とびら》を閉め、窓を閉じた。薄暗くなった堂内に灯《あか》りを点《とも》す。如翰はそれを確認してから、

「大変な僥倖《ぎょうこう》があったと淵澄様よりお聞きしました」

「はい」と、去思は頷き、「こちらはかつての瑞州師《ずいしゅうし》将軍、李斎様でございます。李斎様が我々のために台輔《たいほ》を連れ戻してくださいました」

「……台輔は？」

「それが」と、申し訳なさそうに答えたのは李斎だった。「事情があって、一緒《いっしょ》にお連れしてはいないのです」

　如翰は怪訝《けげん》そうに白い眉《まゆ》を寄せた。

「左様でございますか。……いや、それが良うございますでしょう。近年はましになっ

たとはいえ、文州は詮議が厳しゅうございますから。実を言えば、台輔の御身《おんみ》を案じておりました」

「浮丘院への詮議も厳しいのですか？」

「最近では官吏《かんり》が踏《ふ》み込んでくることも減りましたが。それでもこれだけの民がおります。どこからどう噂《うわさ》にならないとも限らないと思っておりました」

「そうですか」と、去思は頷いてから、「こちらは案内をしてくれております、神農《しんのう》の鄷都でございます。御負担をおかけして恐縮《きょうしゅく》ではございますが、しばらくお世話になります」

「神農の方でしたか」と、如翰は丁寧に挨拶《あいさつ》をする。そして、

「……それで、主上《しゅじょう》をお探しとか」

「はい。おそらく函養山に手掛《てが》かりがあると思われます」

「函養山はただいま、土匪に占拠《せんきょ》されております。うまく近付けますかどうか……」

「近付くこともできない有様ですか？」

如翰は重々しく頷いてから、

「しかし——こう申しては何でございますが、主上のお姿が見えなくなった当時、王師《おうし》が軍を挙げて行方《ゆくえ》をお捜し申し上げておりました。函養山とて例外ではございません。それ以後には、反民の捜索も幾度《いくど》となくありました。いまもこのあたりに主上がおられ

るなどということがございますでしょうか」

真っ向から疑義をぶつけられて李斎は困惑《こんわく》した。

「実際のところ、いまどこにおられるかは何とも言えないが……。しかし、主上をお捜しするには、どこからか手を付けなければならない」

「もっともでございますね……」

如翰は首肯《しゅこう》したが、そこはかとなく落胆《らくたん》のようなものが漂《ただよ》っていた。李斎は、如翰はひょっとしたら李斎らの訪問を歓迎《かんげい》してはいないのでは、という直感を得た。

如翰は少しの間、思案するように首を傾《かたむ》けてから、

「皆様のお世話は喜溢がいたします。取り計らえることがあれば、喜溢がなんとかしてくれましょう」

李斎らは老いた道士に深く一礼した。

3

一行は浮丘院《ふきゅういん》の一郭《いっかく》にある堂屋《むね》に案内された。荒民《こうみん》の出入りしない奥《おく》まった場所に離《はな》れて立つ堂屋で、周囲には車を収めた小屋や、厩《うまや》、さらには丹薬《たんやく》を作る作業場などが立ち並んでいる。

「みすぼらしい場所で申し訳ございませんが」

喜溢《きいつ》は言って、その建物を開けてくれた。

「炉《ろ》や竈《かまど》の修繕《しゅうぜん》や造作をする工匠《こうしょう》が滞在するための建物なのです。境内《けいだい》が御覧の有様になってからは、他山から丹薬の製造法などを教えに来てくださる道士をお泊《と》めすることもありますので、ここなら皆様が滞在されても目立たないかと思います」

そう言って、こざっぱりした内部を案内しながら、

「お食事などは表の厨房《だいどころ》から運んで、私が給仕させていただきます。いろいろと至らないこともあるかと思いますが、お許しください」

李斎《りさい》の騎獣《きじゅう》はどうあっても目立つので、必要のない限りは浮丘院に預けておけるよう、厩を空けてくれていた。代わりに馬を貸してくれるという。

「何から何までお気遣《きづか》いいただいて申し訳ない」

いえ、と答えた喜溢は恥《は》じ入ったように、

「……本当に、至らないことだらけになろうかと思います。食事なども我々と同じもので怺《こら》えていただかねばなりません」

「それは構わないが――」李斎が言って、去思《きよし》を見た。「この人数が押しかけては御負担だろう。我々の食い扶持《ぶち》なりとも喜捨させていただいてはどうだろう」

それは良いことです、と去思は言いかけたが、喜溢が慌《あわ》てたように手を振《ふ》った。

「とんでもない。……いえ、いただくわけには参りません。暮らし向きが変わったようだと、噂《うわさ》になっても困りますので」

「しかし」と、去思は口にしたが、鄷都《ほうと》はそれを遮《さえぎ》って、

「せっかくの御厚意《ごこうい》ですから、お言葉に甘えさせていただきましょう。もちろん、我々は押しかけた身の上ですから、最低限のもので結構です。お気遣いなく」

そう言ってから、

「それより、詮議《せんぎ》の程度はどうなのでしょう。やはりまだ、あのお方の麾下《きか》は追われているのですか」

はあ、と喜溢は口籠《くちご》もり、

「……追われる、というほどではないと思います。麾下を探し出そうという動きは昨今ではあまり見られませんから。だからと言って放任されているわけでは、もちろんございません。怪《あや》しいという噂になれば、すぐさま師士が駆《か》けつけますし、荒民や浮民《ふみん》が集まると解散させられますから」

「こちらは大丈夫《だいじょうぶ》なのか？」

李斎が問うと、

「とりあえず道観寺院は、目立つことさえしなければお構いなしの状態でございます。ただし、府第《やくしょ》は阿選《あせん》に与《くみ》する勢力が牛耳《ぎゅうじ》っておりますから、大目に見てもらっていると

申しますより、放置されていると言うべきなのでございましょうが」

李斎は頷《うなず》いた。

阿選を支持するということは即《すなわ》ち、自分たちのことしか考えない、ということだった。阿選には地方を治める方策も思想もない。おかげで府第を牛耳る連中は、阿選支持の姿勢を示している限りにおいては、阿選の棄《き》民《みん》政策をいいことに勝手気ままにやれる、ということだった。

「そのせいで、当山も見逃《みのが》されてはいますのですが」

ただし、どうあっても反阿選であることは許されない。如翰《じょかん》もそう見做《みな》されないよう、苦心しているようだった。

「以前来たとき、轍囲《てつい》のあたりは何一つ残っていなかったが、いまは」

「変わりはございません。琳宇《りんう》の北西方面は、ほとんど焼け野原でございます。特に轍囲の周辺は、完全に原野に戻《もど》ってしまいました」

「住民は？」

「なんとか里祠《りし》を維持《いじ》している小里《しょうり》が点在しているようではございます。どこも里閭《もん》を閉ざしておりますので、内部の事情は窺《うかが》い知れませんが」

ほかにも、白琅《はくろう》に向かう街道に沿っては、焼け残った街がそれなりに復興もしているし、街としての体裁《ていさい》を保っている、という。

「阿選に抵抗しようという民《たみ》はいるのだろうか」

「反民はすでに誅伐《ちゅうばつ》されて跡形《あとかた》もございません。主上の麾下は残党の掃討《そうとう》が厳しゅうございましたから、ほぼこの付近には残っていないと思います」

「残党の掃討……」李斎が呟《つぶや》き、「琳宇の街には戦禍《せんか》の形跡《あとかた》がなかったが、掃討戦の影《えい》響《きょう》はなかったのだろうか」

喜溢は言いにくそうに、

「琳宇の街では、大規模な掃討戦は行なわれておりません。というのも、掃討が行なわれる前に、郷長が街の門を閉ざしてしまったので……」

「閉ざした？」

「はい。王師は街の北に布陣しておりました。王師が離散《りさん》して掃討があると見るや、すぐさま郷は街の門を閉ざし、紛《まぎ》れ込んだ兵士を追い立てて街から出してしまったのでございます」

「阿選は、兵卒も民もお構いなしですからねえ」と、酆都が言うと、

「あのころは、まだ阿選のそういうやり口は周知されてはいなかったと思います。ひとえに郷長が自身の身を守るために、火種を外に放り出したのでございます。そのせいで王師は行き場を失い、結果としてずいぶんな数の士卒《へいし》が捕《と》らえられ、処刑されてしまったようでございます。一時は、閑地《かんち》に近い丘に遺骸《いがい》が積み上げられておりました。我々

には手出しもならず、朽《く》ちるに任せるしかなかったのですが、いつの間にか見えなくなりました。完全に朽ちて土に還《かえ》ってしまったのか、それとも誰《だれ》かが葬《ほうむ》るなり移動するなりしたのか、そのあたりは分かりませんが」

「そうか……」

そこに李斎の知り合いがどれだけの数、いたのだろう。英章《えいしょう》軍、霜元《そうげん》軍、臥信《がしん》軍——思い出される顔がいくつもある。彼らがその骸《むくろ》の中に含《ふく》まれていなければいいが。

——野垂れ死にしてそのまんま　あとは烏《からす》が喰《く》らうだけ

そんな古歌があった。野に死して骸を地に曝《さら》すのは士卒の宿命だとはいえ、彼《かれ》らのことを思うと切ない。

思わず黙《だま》り込んでしまった李斎に代わって酆都が、

「我々はあの方をお探ししなくてはなりません。街の者に訊《き》いてこちらに危険が及《およ》ぶことはないでしょうかね」

「それは——」と、喜溢はうろたえたように言葉を途切《とぎ》れさせた。ややあって、「……なんとも申せません。尋《たず》ね廻《まわ》れば、どこで目を付けられないとも限りませんから、危険なことではありましょう。第一、そもそも街の者が答えてくれますかどうか。なにしろ、土匪《どひ》の乱のあとの詮議が厳しかったので、民《たみ》はあの——お方に関しますことを話題にしたがりません。御名《おんな》を出すことさえ憚《はばか》られる状態でございます」

「ここにいる荒民に話は訊けますかね」

「そればかりはお許しを」

喜溢は深々と頭を下げた。

「お客様方が、あのお方の行方を探しているようだと噂になりますことだけは、御容赦《ごようしゃ》くださいませ。その噂が外にまで漏《も》れてしまいますと、府第の詮議を受けてしまいます。そうなれば、中はこの有様でございますから。いまは府第の視野にも入っておりませんから、なんとか見逃《みのが》されておりますものの、ひとたび目を向けられてしまえば、必ずこの荒民の数は何だ、という話になってしまいます」

そう言ってから、喜溢は、

「これを申し上げるのは心苦しいのですが、浮丘院は何より、保護している荒民の身の安全を優先したいと考えております。主上《しゆじよう》をお捜《さが》しすることが国のために必要だとは重々分かっておりますが、行き場を失《な》くした民に災難が降りかかるようなことだけは避《さ》けていただけませんでしょうか」

「つまり」と、去思は言った。「できるだけ府第に目を付けられるような行動はするな、と？」

「浮丘院を巻き込むようなことはしないでほしい、ということだろう」と、李斎は口を挟《はさ》んだ。「我々としても、そんなことは望んでいない。保護した民の安全が優先だという、喜溢の言い分はもっともだと思う。重々気をつける」

ほっとしたように喜溢は息を吐《は》いた。深く一礼し、堂《へや》を退出しようとし、そして戸口で足を止めた。ためらうように李斎らを振《ふ》り返る。

「それで、その……皆様は……」

言いかけ、口を噤《つぐ》む。「いいえ」と口の中で呟《つぶや》いて、改めて深く一礼して出て行った。

「——いつまでいるのか、と言いたかったのでしょうね」

喜溢が消えたほうを見やり、口にしたのは酆都だった。

「だろうな」と、李斎は苦笑するふうだった。「……無理もない。これだけの荒民がいるんだ。聞けば、荒民をこれだけの数、集めて置いていること自体が危険極《きわ》まりないことのようだ。府第が無関心だから問題になっていないものの、一旦《いったん》、浮丘院はどうなっているのだ、と俎上《そじよう》に載《の》せられればたちまち糾弾《きゆうだん》される。なんとしてもそれは避けたいのだろう」

「済みません」と、去思は気落ちしたように詫《わ》びた。「まさか淵澄《えんちよう》様が頼《たよ》りにしていた浮丘院までがこんな有様だとは……」

「それだけ文《ぶん》州の事情が厳しい、ということだろう」

李斎は言った。積極的に支援《しえん》を得られるふうでないことは辛《つら》いが、そもそもあてにして良いことでもないだろう。阿選に逆らうということは、多大な犠《ぎ》牲《せい》を意味するのだから。

「しかし、万が一にも浮丘院に迷惑《めいわく》がかからないよう、ということになれば、できることは極端に限られてしまいますね」

鄷都が言うので、

「あまり方々で主上について聞いて廻《まわ》るわけにもいかないだろう。そもそも我々が浮丘院の客であることも、悟《さと》られないよう振舞《ふるま》う必要があるだろうな」

「ということになりますね……」と、鄷都は言って、「万が一、問題が起こったときにも、浮丘院は何も知らなかった、単に頼まれたから宿を貸しただけだ、という体《てい》にしておきたいでしょう」

「だから喜捨も要《い》らないと？」

去思が問うので、

「だと思いますがね。金銭の授受があれば、協力を疑われてしまう。できるだけ無関係だという体裁にしておきたいのでしょう」

李斎は息を吐いた。——望むべき形ではないが、それを嘆《なげ》いても始まらない。

「我々としても浮丘院や——やっとのことで生活している荒民に迷惑をかけたくはない。できるだけ行動には気をつけよう。——あとは」

鄷都が心得たように頷いた。

「どこかに拠点《きよてん》を設ける必要がありますね。我々がここにいるだけで、如翰様も喜溢様も生きた心地がしないでしょう。我々も思うように行動できないし、それでは文州までやってきた意味がない。家なり何なり借りられないかやってみましょう」

4

酆都《ほうと》が神農《しんのう》の手づるを総動員して居場所を探している間に、李斎《りさい》と去思《きよし》は琳宇《りんう》とその周辺をさまよった。喜溢《きいつ》が案内役を買って出てくれたが、案内するというよりも、客人が不用意な行動を取らないよう見張る意味もあるのだろうと去思は思量する。そんな対応を、李斎に対し申し訳なく思う一方で、やむを得ない、とも思う。琳宇には行き場を失《な》くした荒民《こうみん》が溢《あふ》れていた。

土匪《どひ》の乱による混乱、その後に続いた驍宗麾下《ぎようそうきか》の追伐《ついばつ》、反阿選《あせん》勢力の掃討《そうとう》、巻き込まれた民《たみ》は顧《かえり》みられることもなく放置されている。浮丘院《ふきゆういん》に身を寄せる荒民は最低限の住居が与えられ、貧しいながらも食事を与えられているが、琳宇の街の端々《はしばし》には布一枚で雨を凌《しの》ぎ風を避《よ》けて生活している民も多かった。彼らのほとんどが黄ばんだ肌《はだ》をし、濁《にご》った眼をしている。痩《や》せた母親は肋骨《ろつこつ》の浮いた胸に幼児を抱《かか》え、さらに痩せこけた子供たちは街路で塵芥《ごみ》を漁《あさ》る。枯れ木のようになった老人は襤褸《ぼろ》にくるまり街路の隅《すみ》に横たわったまま動かない。

「府第《やくしょ》の救済はないのですか」

思わず去思は問うたが、喜溢は無言で首を横に振《ふ》った。荒民は琳宇の住民ではない。府第の権は琳宇に所属する民にのみ及《およ》ぶ、というのが府第の立場だった。――つまりは、勝手に居坐《いすわ》っている者までは知らない、ということだ。

ではその琳宇の住民には充分《じゅうぶん》な施《ほどこ》しがあるかといえば、それもない。災害時や極寒期《ごっかんき》に備えて食糧《しょくりょう》や物資を蓄《たくわ》えているはずの義倉《ぎそう》は常に空だった。実りがあり取り立てがあり、荷が運び込まれてもいつの間にか消えている。困窮《こんきゅう》した里廬《まちまち》に配ったと役人は説明するものの、受け取った者の噂《うわさ》は絶えて聞かない。

「それで冬は大丈夫《だいじょうぶ》なのですか。このあたりは雪が深いのでは」

去思が訊《き》くと喜溢は、

「雪よりも怖《こわ》いのは寒気です。文《ぶん》州北部の虚海《きょかい》沿岸とは違《ちが》い、このあたりの雪はさほどでもありません。積もりはしますし、屋根に積もった雪が古屋を押しつぶす程度のことはありますが、里《まち》が降り籠《こ》められて身動きできなくなるようなことはありませんから。ただ、骨身に滲《し》みるほど冷え込みます」

毎年、路上で暮らす荒民には凍死者が出る。炭の貯《たくわ》えが底を突《つ》けば住居があっても危険だという。

「これが驕王《きょうおう》の時代なら、被害《ひがい》はさらに大きかったでしょう。ですが――」と、喜溢は周囲を見渡《みわた》した。琳宇郊外、近郊を流れる川の岸辺に去思らは来ていた。

文州南東部は起伏《きふく》が多く山が連なる。その中で琳宇周辺には唯一《ゆいいつ》、平坦《へいたん》な土地が見渡す限り広がっていた。その中央には北水《ほくすい》が流れる。遥《はる》か南、王都である鴻基《こうき》から北へ向かい、虚海へと流れ出る大河だった。四方の山々から流れ下る水を集めつつ、北水はいま去思らが佇《たたず》む岸辺のあたりから大きく西へと方向を変える。それというのも、文州東部の中央には瑤山《ようざん》が控《ひか》えているからだった。瑤山は複数の凌雲山《りょううんざん》を擁《よう》する巨大な山で、文州東部はこれによって文州東部は南北に分断されていた。瑤山を越《こ》えて北に抜《ぬ》ける道は存在せず、文州北東部に出るためには必ず瑤山を迂回《うかい》せねばならない。

北を望めば瑤山の連なりが見える。晴れ渡った秋空の彼方《かなた》へと色を薄《うす》くしながら急峻《きゅうしゅん》な山々が続いているのが見て取れた。その向こうには巨大な柱のように凌雲山が控えているはずだが、その姿は大気に溶《と》け込んで見ることはできない。瑤山から続く山々は琳宇周辺の平野部へとなだらかに下り、裾野《すその》からは収穫《しゅうかく》を終えた耕作地が広がっていた。何もない原っぱに秋草が生い茂《しげ》って枯れ、冷たい風にそよいでいる。まるで荒廃地《こうはいち》が広がっているかのような光景だった。

その平地の直中《ただなか》を北水は流れる。去思らが立つ岸辺から対岸までは、かなりの距離《きょり》があった。川辺に迫《せま》った堤防の土手は高い。堤防が――というより、そもそも大地を抉《えぐ》る

ように して川は流れている。その土手は一面に白かった。背の低い灌木《かんぼく》がびっしりと覆《おお》い、白い花を付けている。

「これのお陰《かげ》で生き存《なが》らえています」

喜溢は言いながら、その灌木に手を伸《の》ばして白い小さな花の間に実った黄色い実を取った。一つ、二つと捥《も》いで首から提《さ》げた袋に入れていく。

この灌木は荊柏《けいはく》という。痩せた土地でもよく育ち、春から晩秋にかけて絶えず花を付け、花が落ちたあとには実を結ぶ。小石ほどの大きさの実だが、これを干すと炭の代わりになった。この植物は、土匪の乱以前には存在しなかった。驍宗が登極《とうきょく》した際、天に願って種子を得た。それが驍宗が失われたのち、戴《たい》の全土に振舞われて、驍宗のいないこの六年を支えてきた。それで民は鴻慈《こうじ》とも呼ぶ。

おそらくは、出掛《でか》けるたびに実を摘《つ》んでいくのだろう、喜溢が提げた袋は荊柏の実がつけた油の染《し》みですっかり色が変わっていた。それを察して去思も李斎も手近の実を摘む。同じように実を集める民の姿が、土手の至るところで見られた。

川の岸辺、農耕地の畦《あぜ》、山の斜面《しゃめん》と、あらゆる場所に荊柏の茂みが見える。それだけ炭が必要であることの証《あかし》だ。火力は炭に及ばないものの、高価な炭を買わずとも自力で炭の代用品を手に入れることができる——これは戴の民にとって最高の恵《めぐ》みだった。去思たちも常に荊柏の実を摘んだ。特に幼い子供たちは、これを摘んで集めるのが仕事のようなものだった。

実を摘んでいた喜溢が手を止めた。布袋を両手で抱《だ》くようにして坐《すわ》り込む。

「……これを恵んでくださったお方は、いまどこでどうしておられるのでしょうか」

去思はこれには答えられなかった。李斎も無言で手の中の実を見つめている。

「本当に生きておいでなのですか」

「それは、絶対に間違いない」

李斎が断言すると、喜溢は蹲《うずくま》ったまま李斎を振《ふ》り仰《あお》ぐ。

「なのになぜ、姿をお隠《かく》しになったままなのです？」

「望んで隠れておられるのではないだろう。どこでどうしておられるのかは分からないが、御無事であれば、戴のこの有様に心を痛めておいでだと思う。動くことが可能なら必ず戴を救うために行動を起こしておられるはずだ。――それがない、ということは、よほど置かれた状況《じょうきょう》が厳しくて身動きならないのだろう。だからこそ、なんとしてもお救いしなければならない」

李斎は言って、言葉を添《そ》えた。

「少なくとも、私はそう思っている」

喜溢は袋を抱いたまま頷《うなず》いた。

「……本当ならば、浮丘院《ふきゅういん》を挙げて、みなさまをお助けするべきなのでしょう」

「それには及ばない」

李斎が言って、喜溢は李斎を見返した。

「あの方を救う、ということは、阿選に敵対する、ということだ。それはあまりに危険に過ぎる。護《まも》るべきものがある者は、護ることに専念するべきだと思う。喜溢殿で言うなら、浮丘院に身を寄せる民を護ることが最優先だ。それがひいては、戴を救う、ということだろう」

「そうなのでしょうか」

「あの方を救うのは、私のように失うものがない者に任せておくといい。あなた方が戴を支えてくれれば、私も安心して自分のすべきことに専念できる」

喜溢は深く頷いた。


翌日には、鄷都が一人の男を連れてきた。

「琳宇の差配《さはい》で建中《けんちゅう》と申します」

紹介された男は無言で頷いた。屈強《くっきょう》そうな男だったが、動作は最小限で、無駄口《むだぐち》は一切ない。にこりとするでもなく、ただ腕《うで》を組んで鄷都の脇《わき》に立っている。

「琳宇の神農《しんのう》から紹介されました。あちこちの鉱山に坑夫《こうふ》を派遣《はけん》するのが仕事なんだそうです。仕事を探すために集まった坑夫たちは、働く場所の目処《めど》がつくまで琳宇に留《とど》まります。そういった連中の衣食住も建中が面倒《めんどう》を見ているということなので」

よろしく頼《たの》む、という李斎の言葉にも、建中はやはり無言で頷いただけだった。無口な男だ、と去思は思った。単に無口なだけではない。妙《みょう》に威圧《いあつ》的な雰囲気《ふんいき》がある。坑夫と言えば気が荒《あら》いものだというし、それを纏《まと》めるのにはそれなりの腕と気《き》っ風《ぷ》が必要なのだろう。差配と言うが、俠客《きょうかく》のようなものなのかも知れなかった。

酆都は李斎のそばに寄ると、声を低めて、

「大きな声では言えませんが、坑夫の中にはかなりの数の荒民や浮民《ふみん》も混じっています。琳宇に集まった荒民が何かと頼《たよ》りにしている人物だとか」

「……そうか」

「坑夫に宿や貸家を紹介するし、そのために貸家を持ってもいるんです。そのうちの一軒《けん》を貸してくれるそうです」

「それは有難《ありがた》い」

李斎が建中に向き直ると、建中はやっと口を開いた。

「ただし、条件がある」

「何だろう？ もちろん、できる限り、建中の意向に沿うよう努力する」

「神農からは、主公を捜《さが》しているのだと聞いたが本当か」

李斎は頷いた。

「……それは謀反《むほん》の準備ではないな？」

「違いますとも」と言ったのは鄞都だったが、李斎は、

「聞いたように、私は主公をお捜ししているのだ。主公は土匪の乱とそれに続く混乱の中、文州で消息を絶たれてしまった。無事かどうかを確認したいし、無事でおられるならお助けしたい、それだけだ。それが謀反の準備になるのか？」

「主公が反民かどうかを問うている」

「反民、がどういう意味かによる」

家公《だんなさま》、と去思は慌《あわ》てて小さく声をかけた。

「どういう意味か？」

建中は李斎を鋭い眼で睨《にら》んだ。李斎は一歩も退《ひ》かなかった。

「主公は断じて国や民に対して害意を抱《いだ》くお方ではないが、現在の国に恭順《きょうじゅん》の意を示されるかどうかは分からない。現在の国の有り様を見れば、是《ぜ》とはなさらないかもしれない。それをも反意と呼ぶのであれば、反民でないとは言えないことになってしまう。――もっとも、お会いして御意向を伺《うかが》ってみなければ分からないが」

建中は胡乱《うろん》なものを見るように眼を細めたが、論評はしなかった。

「面倒は困る」

「当然、迷惑はかけないようにする」

李斎が言うと、頷いた。

「――ここからさほど離れていない。こちらだ」

去思らは建中に案内されて浮丘院の裏門を出た。鄷都の先に立ち、細い坂道を先行して下っていく建中の背を見ながら、去思は李斎に小声で、

「……あんな言い方をして良かったのですか」

本当のことは言えないのだから、嘘《うそ》も致《いた》し方なかったのではないか。李斎の物言いは、嘘をつくまいとするあまり、危険な領域すれすれを述べたもののように思われた。

「……残党ではないのか、とは訊《き》かなかった」

李斎は口の中で呟《つぶや》くように言う。残党とは王師《おうし》の残党――あるいは、驍宗の残党、の意味だろう。確かに、建中が真実、問い質《ただ》したかったのは、それだったのだろう。

「あえて言い逃《のが》れる余地を残してくれたように思った。……だからそれに乗ったまでだ」

5

建中《けんちゅう》が案内したのは、浮丘院《ふきゅういん》からはさほどに離れていない家だった。小さく、傾《かたむ》きか

けた荒《あば》ら屋《や》だが、李斎《りさい》らの用には立つ。建中から鍵《かぎ》を受け取り、その日のうちに浮丘院においてあった荷物を引き取って、荒ら屋に運んだ。ただし騎獣《きじゅう》ばかりはあまりにも目立って同行できないので、引き続き浮丘院の厩《うまや》に預かってもらい、代わりに借り受けた馬を連れて行く。同じく喜溢《きいつ》も着いてきた。世話をするため通ってくれる、と言う。これ以上手を煩《わずら》わせることには抵抗《ていこう》があったが、おそらく浮丘院としては、院内から出しても目を離《はな》すのは不安なのだろう。李斎らが何かをしでかせば浮丘院に咎《とが》が及《およ》ぶ。事情は分かるので、拒《こば》まずに受け入れた。

正房《おもや》は北の地方に多い奥行《おくゆき》の深い建物で、堂《ひろま》に広めの臥室《こしつ》が四つ付属する。正房の左右に廂房《はなれ》がなく、院子《なかにわ》が東西に細長いのは、敷地の北側に建った正房にできるだけ陽《ひ》の光を入れるためだ。南の倒座《はなれ》は低い差し掛《か》け小屋で、厩や納屋《なや》としての役にしか立たないものの、屋根が低いので陽射《ひざし》を遮《さえぎ》ることがない。倒座は傾《かたむ》いて、いまにも崩《くず》れそうだったが、正房の炕《こう》は生きていた。院子の西に設けられた厨房《だいどころ》の竈《かまど》の煙が正房を温める。

「朝晩には火が欲しい季節になったたな……」

去思が竈に火を入れていると、背後で水場を掃除《そうじ》していた李斎がそう呟く。そうですね、と去思は頷いた。東架《とうか》でも炕に火を入れるようになっただろうか。そろそろ老師の淵澄《えんちょう》は足腰《あしこし》が痛んで生活に難渋《なんじゅう》する頃合《ころあ》いだ。冷え込むようになったね、と住民同士、言い合っているうちに雪が降る。降っては消えする雪は、次第《しだい》に融《と》けきれず残るようになり、すると厳しい真冬がやってくる。山野は凍《こご》え、道は雪に閉ざされ、山間《やまあい》の小さな里《まち》は降り籠《こ》められることが多くなる。その間の食い扶持《ぶち》は蓄《たくわ》えたものが全《すべ》てだ。

——今年の冬を、どれだけの民《たみ》が生き延びることができるのだろう。

年が明けた極寒期《ごっかんき》、食糧《しょくりょう》が乏《とぼ》しくなると、雪が融けるまでの日数を考えて食事を減らす。周囲にはまだこんなに雪があるのに食糧はもうこれだけしかない——それを確認するときに感じる不安と焦《あせ》り。いっかな慣れない——けれども否応《いやおう》なく身に染《し》みついていく焦燥《しょうそう》が、年ごとに民を追い詰めていく。

来たる季節を思い、陰鬱《いんうつ》な沈黙《ちんもく》が降りたところに一旦《いったん》浮丘院に戻《もど》ると言って出ていた喜溢が戻ってきた。背後に中年の女を一人、伴っていた。申し訳程度に薪《まき》を背負ってきた女は厨房の片隅《かたすみ》に薪を積む。それを見守りながら喜溢が、

「浮丘院にいる荒民《こうみん》の一人です」と前置きして女を紹介した。

手伝いだろうか、と首をかしげる去思らをよそに、喜溢は薪を降ろした女を促《うなが》す。女は目線で頷いて、

「六年前、主上《しゅじょう》をお見かけしました」

驚いて女に向き直る去思らに、

「いえ、本当に、遠目からお見かけしただけなんです。琳宇《りんう》の外でした。立派な騎獣に跨《また》がっていらして、黒い鎧《よろい》を着けておいでででした。距離《きょり》があったのでお顔までは見えな

かったのですけど、御髪《おぐし》が白くて、最初はお歳《とし》を召した武将なのだと思ったんです。にしては騎獣に跨がった様子がしゃんとしてらして、立ち居振る舞《ふま》いがきびきびとしていらして」

年寄りに見えるけど、若いようだね、と女が口にすると、そばにいた見知らぬ男が教えてくれた。——あれが戴《たい》の新しい王だ、と。

女の話によれば、それは驍宗《ぎょうそう》が琳宇に到着《とうちゃく》した直後のことのようだった。女のいた里では、野良《のら》仕事の片手間にその姿を見た者がかなりの数いた。ちょうど春に備え、廬《むら》で雪に埋《う》もれた小屋を掘り起こす頃合いだった。

「私がお姿を見たのは偶然《ぐうぜん》でしたけど、すぐに主上がおいでだと噂になって、一目お姿を見ようと、大勢の民が陣営《じんえい》を望むことのできる場所に駆《か》けつけていました」

あれがそうだ、と教えられてその姿を遠望する者もあれば、あの集団の中にいるようだとは察せられたものの、あまりに遠くて確《しか》と姿を見分けることはできなかった者もいる。少なくとも女が知る限り、彼女以上に近くからその姿を見た者はいなかった。

「お顔は見て取れませんでしたが、どんな感じの方かは分かりましたからね。運がいいと羨《うらや》ましがられました」

「そうか……」

李斎が頷くと、

「琳宇の外にあった陣にいらしたのは、一日きりのことでした。すぐに大勢の兵卒が西へ移動してしまって。陣は残っておりましたから、まだおいでなのじゃないかと慌《あわ》てて見に行った者もおりましたけど、もうそこにはいらっしゃらなかったようです」

「琳宇に着いた翌日には西へ旅立たれたようだからな。主上の御様子はどうだった？」

「お元気そうに見えました。臆《おく》する様子もなく、かといって逸《はや》った様子もなく。周囲を厳《いか》めしい兵卒が取り巻いておりましたけど、陣営の兵とも気軽に言葉を交わしておられるようでした。声をかけられた兵が本当に嬉《うれ》しそうで、たいへんな人気だね、と周囲の者と言い合ったことを覚えています」

そう、と李斎は呟《つぶや》いた。その光景が目に見えるようだった。生え抜きの軍人だった驍宗は兵卒の間で人気が高かった。驍宗のほうでも兵卒には仲間意識のようなものがあり、気軽に声をかけたし、かけられたほうはそれを無条件に喜んだ。李斎の軍でもそうだった。李斎の麾下《きか》は、李斎がもともと承州師《じょうしゅうし》にいたころからの部下だったから、李斎が王師の将軍になるまで驍宗に会う機会がなかった。禁軍《きんぐん》将軍だった時代の驍宗を知らず、王として初めて出会ったから、その姿を見るだけでも高揚《こうよう》するようだった。

「王がわざわざ文《ぶん》州の私たちのためにいらしてくださるなんて……そう思うと、有難《ありがた》くて。もともと土匪《どひ》が暴れ出して——私たち、土匪の狼藉《ろうぜき》にはすっかり慣れっこになっておりましたし、どうせ誰《だれ》も助けてくれなくて、けれど土匪は暴れたいだけ暴れたら穏和《おとな》しくなるんだし、それを待つしかないんだ、と思っていたんです。そうしたら、主上はわざわざ禁軍を派遣《はけん》してくださって、あっという間に土匪を押えてくださって」

　女は言うと、ふっくらした両手で胸を押えた。

「なんて有難いんだろう、と言っていたんです。こんな辺鄙《へんぴ》な地方でも、主上は見捨てたりなさらないんだね、って。今度の主上は私たちのことを気に掛《か》けてくださるんだって、嬉しくて」

「……それからどうなったかは知っているか？」

「存じてます。主上が消えた、と大騒《おおさわ》ぎになりましたから。土匪が主上に何かしたに違《ちが》いないって、みんな本当に怒《おこ》っていたんです。襲《おそ》われたか、攫《さら》われたか、――いずれにしてもお助けしないといけないって、連日私たちもそのあたりを探し廻《まわ》ったんですよ。怪《あや》しい場所や怪しい連中はいないか」

「そうか――」

「でも、主上はおいでになりませんでした。見つけられずにいるうちに、なんだか文州全体が可怪《おか》しなことになって。王師がだんだん姿を消して、代わりに中央から新しい王師がやってきて、そうしたらその連中が――」

　女は言葉を切った。やってきたのは阿選《あせん》軍だった。驍宗の麾下を討伐《とうばつ》するため、麾下を匿《かくま》ったと思われる里廬を容赦《ようしゃ》なく焼き払《はら》った。

「以来、文州はこの有様です。主上のいらした時代が懐《なつ》かしい。あのまま主上が御位《みくらい》におられたら、どれほど良かっただろうか、って……」

言ってから、女は李斎をひたと見た。

「喜溢様から、主上を見掛けたことがあれば話を聞きたいと言われました。今ごろになってこんな話を集めるということは、ひょっとして主上を探しておられるのでしょうか」

李斎は一瞬《いっしゅん》、返答に詰《つ》まったが、

「私たちは、なんとしても戴を救いたいと考えている」

その言葉をどう受け取ったのか、女は深く頷いた。

「この程度の話で、助けになりましょうか。なんでしたら、知り合いにそれとなく」

言いかけた女を李斎は遮《さえぎ》る。

「お気持ちは有難いが、この件はすぐさま忘れてしまわれたほうがいいと思う。あなたは単に薪を運びに来た――よろしいか？」

李斎が言うと、女は硬《かた》い表情で首肯《しゅこう》し、何度も頭を下げて厨房《だいどころ》を出ていった。女を送り出して戻ってきた喜溢に、

「喜溢殿――良かったのだろうか？」

問うたが、喜溢は仄《ほの》かに微《わら》笑ったのみで答えなかった。荒民から情報を集めようとす

れば、何事かが行なわれていると悟《さと》られる危険性は増す。特に驍宗に関係のあることならば、阿選に対抗しようとする勢力があるのではないかと想像するのは容易《たやす》いだろう。雑然と集められた荒民の口を塞《ふさ》ぐ術《すべ》などあるまい。噂《うわさ》になれば浮丘院に迷惑《めいわく》がかかる。

李斎らの心配をよそに、喜溢は翌日には二人の男女を別個に連れて来た。

この二名は、もう少し近くから驍宗を目撃していた。

「私は嘉橋《かきょう》に住んでおりましたので」と言ったのは、片足を引き摺《ず》った男だった。

嘉橋は土匪《どひ》によって占拠《せんきょ》された街の一つだった。琳宇を街道沿いに西へ行った場所にある比較《ひかく》的大きな街で、驍宗が姿を消したちょうどその直前、主たる戦場になっていた場所だった。

「土匪が街に雪崩《なだ》れ込んできて、あっという間に県城を占拠してしまいました。それを追うようにして王師が入ってきて、七日ほどの戦闘の末に県城を奪還《だっかん》したのでございます。土匪が逃《に》げ出したあと、開かれた県城に入るお姿を見ました」

もう一人の女は、琳宇の北にある志邱《しきゆう》という里《まち》の住人だった。

「志邱にも土匪が入って来ましたけど、物資を略奪しにやって来ただけで、すぐに姿が見えなくなってしまいました。物資を奪《うば》っていくのに、そりゃあもう酷《ひど》い乱暴狼藉《ろうぜき》で、ずいぶんな怪我人《けがにん》が出ましたけれど、嘉橋のように戦場になったわけじゃございませんし、そのときには死人は出なかったと思います」

だがその後、土匪の乱が治まったあとで禁軍の士卒《へいし》を匿ったために志邱は焼き払われた。里の住人の大半が士卒と運命を共にし、かろうじて逃げ出した女の一家は琳宇に逃げ込み、最終的に浮丘院へと辿《たど》り着いた。

「土匪が去ったあとに、王師が物資を運んできてくれたんですよ。そのとき、街の外に立派な武将の一団がいて、先頭に立ってらしたのが王だと聞きました。黒に鈍銀《にぶぎん》の飾《かざ》りがついた鎧《よろい》をお召しになっていて、虎《とら》に似た騎獣《きじゅう》に乗っておいででした」

計都《けいと》だ、と李斎は呟いた。計都は驍宗の姿が見えなくなったのち、自ら陣営に戻ってきたという。そう言えば、計都はその後、どうなったのだろう。

「それきり姿を見ていない?」

ええ、まあ、と女は歯切れ悪く答えた。

「何か知っているのなら、教えてくれないか」

「いえ、知っていることなんて……」

口籠《くちご》もる女に、喜溢が優《やさ》しく言葉をかける。

「教えてくださいませんか? もちろん、あなたが言ったことは決して外には漏《も》らしませんから」

「いえ、本当に……ちょっとお姿を見た、というだけで」

「陣営で?」

「陣営ではありませんけれど……。陣営の近くでしたかね。詳《くわ》しいことは忘れてしまいました」

そう言ってぎこちない笑《え》みを浮《う》かべ、その場を立ち去ろうとする女を喜溢は引き留める。宥《なだ》めすかして話を続けさせた。

「里にすぐ隣接して、小さな廟《びょう》があったんです。ちょうどそこにお参りしていて、近くの林の中にいらっしゃるのを見ました。そのときには鎧はつけてらっしゃいませんでしたけど、あの虎に似た騎獣が一緒《いっしょ》だったので主上だったと思います」

岩が折り重なるようにして小高くなった、小さな丘が廟のすぐそばにあったのだという。岩の間に根付いた松がまばらに生えて見通しの良い林を作っていた。

「二、三人と御一緒でした。なにか相談事でもしておられるようだったのですけど……そのときにいた一人が……」

女は伏《ふ》せた目を所在なくさまよわせて口籠もる。

「嫌《いや》らしい赤黒い鎧をつけた顔色の悪い武将で……、乱のあと、志邱が誅伐《ちゅうばつ》に遭《あ》ったとき、先頭に立って里の者を狩《か》った奴《やつ》です。あの顔は絶対に忘れません」

「志邱を誅伐――では、阿選軍の者か」

女は頷いた。

「だと思います。嬉々《きき》として女子供を狩った人でなしです」

女は低く吐《は》き捨てた。話の内容は聞き取れなかったが、その男が一般人らしい男を示しながら何かを説明し、驍宗は黙《だま》って耳を傾けていたようだったという。

李斎は礼を言い、決して女の証言は余人に漏らさないと約束して女を帰した。足早に離《はな》れていく女の後ろ姿を見送り、懸命《けんめい》に記憶《きおく》を探る。阿選軍にそんな男がいただろうか？

阿選はずっと驍宗と並び称《しょう》されてきた。将としての誉《ほま》れも高く、阿選に従う麾下も優秀な者が多かった。軍としての品行も良く、決して野蛮《やばん》な戦闘《せんとう》集団ではない。嬉々として女子供を狩るような下劣《げれつ》な兵卒がいただろうか。そんな兵卒を阿選が軍においていたはずがない——としか思えないのだが。

さらに翌日、喜溢が別の男を連れてきた。窶《やつ》れた風情《ふぜい》の小男だった。

「一度だけ、主上をお見かけいたしました」

男はそう、懐かしむように言った。

「私は轍囲《てつい》の生まれなのでございます」

「——轍囲」

「当時は嘉橋に住んでおりましたが、生まれは轍囲で、仕事に就《つ》くまで轍囲に住んでいたんです」

自身は嘉橋の商店に勤めていたが、親兄弟《おやきょうだい》は轍囲にいた。嘉橋を逃《のが》れた土匪は轍囲方面へと向かった。当時、西からも土匪の賊軍《ぞくぐん》が迫《せま》ってきていて、轍囲も危ないという噂が流れ、男の親兄弟は噂に怯《おび》えて逃げ出し、男を頼《たよ》って嘉橋へと避難してきていた。同じように嘉橋に逃げ込んできた轍囲周辺の住人は多かったという。

「轍囲の者たちの間では、主上がわざわざ出向いてくださったと、たいへんな喜びようでした。遠目でいいから主上のお姿を拝見したいと、皆で何度も陣営のほうへと行ったものでございます。けれどもお姿を拝見できるほどに近付くことはとてもできなくて」

機会に恵《めぐ》まれないまま、軍勢は轍囲方面へと出発することになった。土匪による侵攻《しんこう》の危機にさらされた轍囲を救うためだ。

「とても戦場には近付けません。これが最後の機会だと、私は兄と王師《おうし》のあとを尾《つ》けることにしたんでございます」

そのうちに兄が、この先の山で待ち構えれば、姿を見ることができるかもしれない、と言い出した。街道はこの先、函養山《かんようざん》の南西に連なる山を越《こ》える。嘉橋を出て緩《ゆる》やかに登る街道を登り切ったところに街があり、その街を越えた先には小峰《こみね》を開削《かいさく》した切り通しがあった。その切り通しの上からなら、下を通る軍勢の中に驍宗を見つけることができるかもしれない、と思ったのだという。

「街に着くのは夕刻になりますから、軍勢はそこで露営《ろえい》するはずです。それで先廻《さきまわ》りしようと、兄と私は夜通し駆けて峰に登ったんです。ところが思ったより山が険しくて……」

夜の中、道もない斜面《しやめん》を右往左往しているうちに完全に方角を見失った。自分たちがどこにいるのかすら分からないまま陽《ひ》が昇った。これでは軍勢が切り通しを抜《ぬ》けるのに間に合わない、と落胆《らくたん》したとき、人声を聞いたのだという。

「私と兄は小高い崖《がけ》の上にいたのですが、その下のほうから人の声と獣《けもの》の足音が聞こえてきたんです。切り通しの上に出ていたのかと喜んで声のするほうへと向かったのですが、崖から見降ろしてみると下に通っていたのは細い山道にすぎませんでした。そこに一両ほどの騎獣の一団がやってきたところだったんです」

彼らはその道に心当たりがあった。琳宇から轍囲に向かうには、白琅《はくろう》へと向かう街道を通って山麓《さんろく》の南を抜け、そののちに分岐路《ぶんきろ》を北へ入って函養山の西にある轍囲へと廻り込む。だが、嘉橋から山越えで轍囲へと抜けることのできる細い道があった。

「私たち轍囲の者は、琳宇へ向かうのにその道を通ります。途中《とちゆう》一泊、山道で野営することになりますが、そのほうが近いからです。街道を通れば嘉橋まで七日ほどの距離ですが、山道を通るなら三日で嘉橋に辿り着くことができます。もっとも、冬場は通れませんし、さほどに広い道ではないので軍勢はとても通ることができません。そこをやってくる士卒の姿が見えたんです」

その中に驍宗らしき姿があった。

「遠目ではございましたが、事前にお姿を見たという者たちから噂で様子を聞いていたので、たぶん間違いないと思います。白い虎に似た騎獣で、黒の鎧で──。冑《かぶと》は着けてらっしゃいませんでした。御髪《おぐし》は白です」

　間違いない、と李斎は頷いた。

「それで──？」

　勢い込む李斎に、男は首を力なく振《ふ》ってみせた。

「それきりです。さすがに騎獣に乗っているだけあって、素晴らしい速さで山道を登って行かれました」

「様子はどうだった？　脅《おど》されている様子はなかったか」

　いいえ、と男は答えた。

「脅すとか脅されるとか、そういう緊張《きんちょう》した空気はなかったと思います。ごく普通に先を急いでいるふうに見えましたが。周囲にいた兵卒も、立派な赤黒い鎧姿で統一されていて、それが適度に距離を取りながら前後左右を囲んでいましたから、主上をお守りする護衛なのだな、と思いました」

「先を急いでいる様子ではあったんだな？」

「はい。たぶん、轍囲へ向かわれていたのだと思います。あの道を辿って行く先は、轍囲でなければ函養山しかありませんから」

李斎は思わず拳《こぶし》を握った。――函養山。

「私と兄はそれに満足して力尽《ちからつ》きてしまいました。なにしろ夜中、山の中を彷徨《さまよ》っていたものですから。幸い、嘉橋へ出る山道の上です。また山の中を右往左往しなくとも、崖を下ってしまえば道を辿るだけでいい。それに安堵《あんど》して崖の上で寝転んでいたんでございます。一眠《ひとねむ》りして帰ろうと思ったのですが、陽が高いのと興奮しているのとで眠ることができません。いっそ休まずに嘉橋へ戻ろうかとも思ったのですが、飲まず食わずだったこともあって、身動きするのが億劫《おっくう》で。それで、うとうとしながら兄と話をしていて、ようやく眠ったと思ったら、物音で目を覚ましたんでございます」

一眠りしている間に夕刻が迫《せま》っているようだった。彼自身はなぜ目覚めたのか分からなかったが、兄も同じく目を覚ましたから物音か何かがしたのだろう。寝てしまったな、と声を掛《か》け合っていると、崖の下に迫ってくる足音が聞こえてきた。もしや、と思って見降ろすと、騎兵の一団が降りてくるところだった。どう見ても、昼前に登っていった一団だとしか思えなかった。

「なのに主上のお姿はありませんでした」

しかも、その数は半数ほどに減っていた、という。

「怪我をしている方もいたようでした。ひょっとして、土匪の待ち伏せでもあったのだろうか、と思いました」

不吉なものを感じた。なぜ王の姿がない。よもやとは思うが、土匪との戦闘で何かあったのだろうか。

「あとを追って問い掛けたかったのですが、それはできませんでした。崖を降りるのがそう簡単ではなかったのと、なにかしら可怪《おか》しな気がしたのです」

「可怪しい？」

はい、と男は頷いた。

「もしも戦闘になって、主上に何かあったのだとしたら、その一団は軍勢に急を報《しら》せに戻る途中だったはずです。急を報せて援軍を呼ぶ——そういうものではありませんか？」

「だろう」

「なのに、少しも急ぐ様子がなかったのです。騎獣に跨《また》がってのことですから、徒歩の何倍もの速さでしたが、もっと急ぐことができたはずです。しかしながら、そんな様子には見えません。それどころか、中にはニヤニヤと笑っている者もおりました。——いえ、しかと表情が見えるほど近かったわけではありません。にやけて見えたのは、気のせいだったのかも。けれども、吹《ふ》き上げてくる風に乗って聞こえてきた声の調子からすると、連中は少なくとも喜んでいました。それも、手放しに喜ぶのではなく、押し殺した喜び方です」

なにか陰湿《いんしつ》なものを感じた。なので彼と兄は、声を上げずに一団が去るのを見送った。足音が絶えてから、ようやく崖を降りて嘉橋へと戻ったのだという。

「あれは何だったのか、と思っておりましたら、主上のお姿が消えたと。騒ぎになってそれが漏《も》れ聞こえてきたのは翌日か——あるいは、さらにその翌日だったかもしれません。それで、私と兄は……」

言って、男は声を詰《つ》まらせた。

「たぶん、あの山の中で主上の身に何かがあったのだろう、と。王師の中に裏切り者がいて、弑《しい》されておしまいになったのではないか、と——」

ずっと疑っていたが、言えなかった。当初は認めたくなかったから。のちには、危険で口に出せなかったから。

「そうか……」

その一団とは、項梁《こうりよう》が言っていた驍宗の護衛だろう。阿選の麾下《きか》だ。驍宗と連れ立って出かけ、驍宗を伴わずに戻ってきた——。

「ありがとう。よく話してくれた」

男は潤《うる》んだ眼で頷き、ややあって、

「ひょっとして、主上をお捜しだったのでしょうか」

李斎はこれには、頷くのみで応《こた》えた。男は袖《そで》で目許《めもと》を覆《おお》う。

「――主上は身罷《みまか》られてしまいました」

そうではない、と言いたかったが自重した。余計なことは知らないほうがいい。知らせないほうがいい、互《たが》いのために。

男はひとしきり泣くと、深々と頭を下げて去っていった。

6

驍宗《ぎょうそう》を連れた集団が山を登っていき、驍宗を伴わずに下っていった――。

去思《きょし》はその意味の重さに暗澹《あんたん》たる気分になった。喜溢《きいつ》が、

「李斎《りさい》様が、函養山《かんようざん》に手掛《てが》かりがあると仰《おつしや》っておられたのは、そういう意味だったのですか？　主上《しゆじよう》は函養山で襲《おそ》われたと――。確かにそれなりの騎獣《きじゆう》の脚《あし》なら函養山まで、一日あれば充分《じゆうぶん》に往復できますが」

問い掛けると、李斎は頷《うなず》いた。

「ほかにも、驍宗様の帯の断片が函養山から出た荷の中で見つかっている。背後から襲われたらしく、一刀両断にされたうえ血痕《けつこん》までもが付いていた。おそらく襲われたその場で脱落したのだろう」

「そうだったのですか……」

呟《つぶや》いて喜溢は考え込むように眼を伏せた。酆都《ほうと》が、

「一団の様子から考えて、驍宗様が自ら行軍の隊列から離《はな》れられたのは間違《まちが》いないことのようですね。阿選《あせん》軍の証言ですから、信用できたものではない、と思っていましたが」

「のようだな」と、李斎は怪訝《けげん》そうに首をかしげた。「驍宗様は、なぜ自ら隊列を離れるようなことをなさったんだろう」

通常なら考えられないことだ、と李斎は言う。酆都も同様に、

「志邱《しきゆう》の廟《びょう》で驍宗様を見掛《みか》けた、という証言がありましたね。赤黒い鎧《よろい》の武将と、一般人らしい男と話をしていた――とか」

「赤黒い鎧は護衛だろうな。項梁《こうりょう》も一両程度が一緒《いっしょ》に消えたと言っていたから、この一両が護衛役で、装備を揃《そろ》えていたのだろう。志邱にいた兵卒は護衛のために同行していた。となると、問題は民《たみ》のほうだ」

「普通の民が、主上にお会いできるものですか?」

「通常はあり得ない。よほどの誼《よしみ》か事情があったのだろう。――いや、それでも難しいか。なにしろ霜元《そうげん》も英章《えいしょう》も知らなかったようだからな。可能性としてあり得るのは、阿選軍の誰《だれ》かを通じて紹介され、面談を持ったというところだろう。それも通常の兵卒ではない。あのとき阿選軍を指揮していたのは――たしか品堅《ひんけん》だったか」

「それはどういう方なのですか」

李斎は首をかしげた。

「私も良くは知らない。直接の面識はほとんどなかったからな。阿選軍の師帥《しすい》で、特に有能だという話は聞いたことがなかった。もともと阿選の麾下《きか》ではなかったと思う。驕《きょう》王《おう》の時代にはほかの将軍の下にいたという話ではなかったかな」

一軍を丸々、麾下で編成できることはまずない。李斎の軍もそうだった。五人いた師帥こそは生え抜《ぬ》きの麾下だったが、その下の旅帥《りょすい》以下となると、夏官府《かかんふ》の命令によって受け容《い》れざるを得ない兵卒もいたし、指揮官もいた。評判の悪い師旅《ぶたい》を押しつけられることもある。

「格別問題があるという話も聞いたことはないが。存在感がない――というか」

「それでは、その品堅とかいう師帥が紹介したところで、驍宗様にお目に掛かるのは難しそうですね」

「それはどうだろう。確かに品堅は力のある師帥ではなかったが、まがりなりにも阿選軍を代表してほかの師帥と士卒《へいし》を指揮する立場にいたんだ。将として驍宗様が率いる形だったが、あくまでも借り受けただけだし、となれば品堅を軽く扱《あつか》うことは礼儀上できない。むしろ品堅がぜひ、と言えば断りにくい」

「では、品堅が口を利《き》いて引き合わせた？」

「その可能性は高いだろう。とすれば、志邸での会合の結果、驍宗様は自ら隊列を離れることになったんだ。面談は霜元や英章には伏《ふ》せられていたから、隊列を離れて別行動を取ることも伏せられた」

「つまりは――誘《おび》き出された、ということでございますか」と、喜溢は怪訝そうだった。

「それは些《いささ》か迂闊《うかつ》に過ぎるのでは」

「結果を見ればそういうことになるが」と、李斎は憮然《ぶぜん》とする。「だが、驍宗様も何か可怪《おか》しいとは感じておられたのじゃないだろうか。だから前夜、霜元に手勢をお借りになった」

ああ、そうか、と酆都は小さく手を打つ。

「品堅が間に立って、何者かが面談を求めた。驍宗様としては諸般の事情からこれを拒《こば》むことはできなかった。何者かは密《ひそ》かに別行動を取るよう誘導し、驍宗様はそれに応じたけれども、怪《あや》しいと考えて、万が一のため手勢を借りて密かに自分たちを見張らせた――ということですね」

「そう考えるのが自然だろうな。だが、その見張りは帰ってきていない。何事かあったときに現場に駆《か》け付け、驍宗様もろとも襲われたと考えるべきだろう」

「そして、その現場が函養山」

李斎は頷いたが、喜溢は首をかしげる。

「しかし、函養山に限ったものではないのでは。その間道は、私も存じておりますが、嘉橋《かきょう》の西から北に登って龍渓《りゅうけい》に出る道でございます。確かに、龍渓から西に行けば轍囲、東に行けば函養山ですが、函養山と轍囲を結ぶ道に沿ってはいくつも街がございます」

「襲撃《しゅうげき》を企《たくら》んでいるのに、街はないでしょう」

酆都がそう言うと、

「ならばいっそう、わざわざ函養山まで行くでしょうか。函養山にだって人目はございます。むしろ、あの山道のほうが襲撃に適していたのでは。ろくに人家もないような寂《さび》しい道でございます。途上のどこででも主上を襲うことが可能だったことでしょう」

「それは……確かに、そうですね」

酆都は納得《なっとく》したようだったが、李斎は、

「それでは函養山の荷から驍宗様の帯が見つかった理由が分からない。——当時、函養山の操業状態は？」

喜溢は思い返すように、しばらく首をかしげていた。

「そう言えば……あのころは、函養山は閉じていたかもしれません。函養山だけでなく、付近一帯を土匪《どひ》が荒《あ》らして、住民は逃《に》げてきていた記憶《きおく》があります」

「土匪を操《あやつ》っていたのは阿選だ。襲撃の場所を函養山に定めたから、土匪を使って人払《ひとばら》いをしていたのじゃないかな」

「それでも、周辺からは人払いがされていたのですから、函養山である必要はありません」

「ある程度、閉じた場所でなければ打ち損じたときに逃げられる。なので函養山を選んだということだろう。──とにかく函養山から実際に帯が──」

言いかけた李斎を、喜溢は遮《さえぎ》った。

「それが妙《みょう》です。阿選が主上を襲った──正確には、護衛として派遣《はけん》した手下に襲わせたわけでございますよね？　その時点で、阿選は表立って敵対していたわけではないのでしょう？　だったら、阿選の部下が主上を襲ったことは、絶対に知られてはならないことだったはずです。襲撃を行なった現場からは、証拠《しょうこ》となるような品は徹底《てってい》的に排除するものではないでしょうか。切れてその場に落ちたものを、そのまま放置するとは思えません」

李斎は眉《まゆ》を顰《ひそ》めた。

「……確かに」

「しかも、せっかく誘き出したのに護衛として付けた者だけに襲わせるというのも考え難《にく》いと存じます。私なら誘き出した場所には味方を潜《ひそ》ませておきます。どこか人目に付かない場所に手勢を忍《しの》ばせておいたのではないでしょうか。そこで襲わせ、主上の御《お》身体《からだ》を含《ふく》めて危険なものを全《すべ》て処分した。処分した先が函養山だった──ということでは」

函養山の周辺なら、気抜きのための竪穴《たてあな》や、落盤《らくばん》で生じた亀裂《きれつ》、試掘《しくつ》のための坑道《こうどう》など、投げ込む場所には事欠かない、と喜溢は言う。

「待ってください」と、酆都が声を上げた。「そこまでされては驍宗様も生き延びることは難しいのでは。驍宗様はいまも生きておいでなのですから」

「以前にもそう仰っていましたが、間違いなく本当なのでしょうか」と、喜溢は言って面《おもて》を伏《ふ》せた。「それは……私も主上が亡《な》くなられたなどとは信じたくありません。ですが……」

「生きておられる。それは絶対に間違いない」

李斎はきっぱりと断言した。

「ですが……ならば主上はなぜ六年もの間、沈黙《ちんもく》しておられるのですか？」

それは、と李斎は言葉に詰《つ》まった。

「戴《たい》のこの現状を御存じないのでしょうか。御存じのうえで、それでも沈黙しておられるのですか？　なぜ戴を助けてくださらないのです」

「声を上げたくても上げられないのでは？」

去思は口を挟《はさ》んだ。

「前に——項梁に聞きました。戴は板挟みになっているんだ、と」

板挟み、と喜溢が怪訝そうに言うのに、

「戴を救うには阿選を討《う》たねばなりません。阿選を討つにはそれなりの兵力が必要です。主上が起《た》って阿選を糾弾《きゅうだん》すれば兵力はいくらでも集まる、身を潜《ひそ》めた麾下も馳《は》せ参じるでしょう。ですが、起った瞬間、阿選が襲いかかってくる。兵力が馳せ参じる暇《ひま》など与えてくれないだろう、と」

「ああ……それは、そうでございますね」

「起たねば阿選を討つことはできませんが、起てば討つ前に襲われてしまう。しかもそのときには、罪もない民も巻き添《ぞ》えを食らうんです。それを恐《おそ》れるからこそ、主上の麾下はいまも雌《し》伏《ふく》したまま噂にも上らない。これは主上でも同じなんではないでしょうか」

「その通りだ」

李斎は大きく頷いた。去思は、

「主上は生きておいでなのですから、どこかに身を潜めておられるんだと思うのです。きっと戴の現状を見て憂《うれ》えておられる。けれども身動きができないでいる――」

「それは分かりますが……では、どこに？」

喜溢の問いに、

「だから、捜《さが》さねばならないんです。手掛かりになるものはあの帯しかありません。投げ込まれたにせよ、そうでないにせよ、函養山に関わりがあることは確かなのですから、とにかく何らかの手掛かりがないか、函養山に行ってみないことには始まらない」

「しかし……函養山は現在……」

「どうにかならないか、方法を探しましょう」

去思が言うと、李斎と酆都が大きく頷いた。


（二巻へつづく）

小野不由美著

魔性の子
—十二国記—

孤立する少年の周りで相次ぐ事故は、何かの前ぶれなのか。更なる惨劇の果てに明かされるものとは——「十二国記」への戦慄の序章。

小野不由美著

月の影　影の海（上・下）
—十二国記—

平凡な女子高生の日々は、見知らぬ異界へと連れ去られ一変した。苦難の旅を経て「生」への信念が迸る、シリーズ本編の幕開け。

小野不由美著

風の海　迷宮の岸
—十二国記—

神獣の麒麟が王を選ぶ十二国。幼い戴国《たいこく》の麒麟は、正しい王を玉座に据えることができるのか——『魔性の子』の謎が解き明かされる！

小野不由美著

東の海神　西の滄海
—十二国記—

王とは、民に幸福を約束するもの。しかし雁国に謀反が勃発した——この男こそが「王」と信じた麒麟の決断は過ちだったのか!?

小野不由美著

風の万里　黎明の空（上・下）
—十二国記—

陽子は、慶国の玉座に就きながら役割を果たせず苦悩する。二人の少女もまた、泣いていた。いま、希望に向かい旅立つのだが——。

小野不由美著

丕《ひ》緒《しょ》の鳥
—十二国記—

書下ろし2編を含む12年ぶり待望の短編集！希望を信じ、己の役割を全うする覚悟を決めた名も無き男たちの生き様を描く4編を収録。

小野不由美著

図南の翼
—十二国記—

「この国を統べるのは、あたししかいない！」——先王が斃れて27年、王不在で荒廃する国を憂えて、わずか12歳の少女が王を目指す。

小野不由美著

華胥の幽夢
—十二国記—

「夢を見せてあげよう」と王は約束した。だが、混迷を極める才国。その命運は——。理想の国を希う王と人々の葛藤を描く全5編。

小野不由美著

黄昏の岸 暁の天
—十二国記—

登極からわずか半年。反乱鎮圧に赴いた王は還らず、麒麟も消えた戴国。案じる景王陽子の許へ各国の麒麟たちが集結するのだが——。

小野不由美著

屍鬼
（一〜五）

「村は死によって包囲されている」。一人、また一人、相次ぐ葬送。殺人か、疫病か、それとも……。超弩級の恐怖が音もなく忍び寄る。

小野不由美著

残穢
山本周五郎賞受賞

何かが畳を擦る音、いるはずのない赤ん坊の泣き声……。転居先で起きる怪異に潜む因縁とは。戦慄のドキュメンタリー・ホラー長編。

小野不由美著

東京異聞

人魂売りに首遣い、さらには闇御前に火炎魔人、魑魅魍魎が跋扈する帝都・東京。夜闇で起こる奇怪な事件を妖しく描く伝奇ミステリ。

宮部みゆき著　魔術はささやく
日本推理サスペンス大賞受賞

それぞれ無関係に見えた三つの死。さらに魔の手は四人めに伸びていた。しかし知らず知らず事件の真相に迫っていく少年がいた。

宮部みゆき著　火車
山本周五郎賞受賞

休職中の刑事、本間は遠縁の男性に頼まれ、失踪した婚約者の行方を捜すことに。だが女性の意外な正体が次第に明らかとなり……。

宮部みゆき著　理由
直木賞受賞

被害者だったはずの家族は、実は見ず知らずの他人同士だった……。斬新な手法で現代社会の悲劇を浮き彫りにした、新たなる古典！

宮部みゆき著　模倣犯
芸術選奨受賞（一〜五）

邪悪な欲望のままに「女性狩り」を繰り返し、マスコミを愚弄して勝ち誇る怪物の正体は？著者の代表作にして現代ミステリの金字塔！

宮部みゆき著　ソロモンの偽証
—第Ⅰ部　事件—
（上・下）

クリスマス未明に転落死したひとりの中学生。彼の死は、自殺か、殺人か——。作家生活25年の集大成、現代ミステリーの最高峰。

宮部みゆき著　荒神

時は元禄、東北の小藩の山村が一夜にして壊滅した。二藩の思惑が交錯する地で起きた〝厄災〟とは。宮部みゆき時代小説の到達点。

上橋菜穂子著

精霊の守り人

野間児童文芸新人賞受賞
産経児童出版文化賞受賞

精霊に卵を産み付けられた皇子チャグム。女用心棒バルサは、体を張って皇子を守る。数多くの受賞歴を誇る、痛快で新しい冒険物語。

上橋菜穂子著

闇の守り人

日本児童文学者協会賞・
路傍の石文学賞受賞

25年ぶりに生まれ故郷に戻った女用心棒バルサを、闇の底で迎えたものとは。壮大なスケールで語られる魂の物語。シリーズ第2弾。

上橋菜穂子著

夢の守り人

路傍の石文学賞・
巌谷小波文芸賞受賞

女用心棒バルサは、人鬼と化したタンダの魂を取り戻そうと命を懸ける。そして今明かされる、大呪術師トロガイの秘められた過去。

上橋菜穂子著

虚空の旅人

新王即位の儀に招かれ、隣国を訪れたチャグムたちを待つ陰謀。漂海民や国政を操る女たちが織り成す壮大なドラマ。シリーズ第4弾。

上橋菜穂子著

神の守り人

(上 来訪編・下 帰還編)
小学館児童出版文化賞受賞

バルサが市場で救った美少女は、〈畏ろしき神〉を招く力を持っていた。彼女は〈神の子〉か? それとも〈災いの子〉なのか?

上橋菜穂子著

天と地の守り人

(第一部 ロタ王国編・第二部 カンバル王国編・第三部 新ヨゴ皇国編)

バルサとチャグムが、幾多の試練を乗り越え、それぞれに「還る場所」とは——十余年の時をかけて紡がれた大河物語、ついに完結!

畠中 恵著 しゃばけ
日本ファンタジーノベル大賞優秀賞受賞

大店の若だんな一太郎は、めっぽう体が弱い。なのに猟奇事件に巻き込まれ、仲間の妖怪と解決に乗り出すことに。大江戸人情捕物帖。

畠中 恵著 うそうそ

え、あの病弱な若だんなが旅に出た⁉ だが案の定、行く先々で不思議な災難に巻き込まれてしまい――。大人気シリーズ待望の長編。

畠中 恵著 いっちばん

病弱な若だんなが、大天狗に知恵比べを挑む！ 妖たちも競い合ってお江戸の町を奔走。火花散らす五つの勝負を描くシリーズ第七弾。

畠中 恵著 ころころろ

大変だ、若だんなが今度は失明だって⁉ 手がかりはどうやらある神様が握っているらしい。長崎屋を次々と災難が襲う急展開の第八弾。

畠中 恵著 えどさがし

時は江戸から明治へ。仁吉は銀座で若だんなを探していた――表題作ほか、お馴染みのキャラが大活躍する全五編。文庫オリジナル。

畠中 恵作
柴田ゆう絵 新・しゃばけ読本

物語や登場人物解説などシリーズのすべてがわかる豪華ガイドブック。絵本『みぃつけた』も特別収録！『しゃばけ読本』増補改訂版。

辻村深月著

ツナグ

吉川英治文学新人賞受賞

一度だけ、逝った人との再会を叶えてくれるとしたら、何を伝えますか——死者と生者の邂逅がもたらす奇跡。感動の連作長編小説。

辻村深月著

盲目的な恋と友情

まだ恋を知らない、大学生の蘭花と留利絵。やがて蘭花に最愛の人ができたとき、留利絵は。男女の、そして女友達の妄執を描く長編。

芦沢央著

許されようとは思いません

入社三年目、いつも最下位だった営業成績が大きく上がった修哉。だが、何かがおかしい。どんでん返し100%のミステリー短編集。

佐藤多佳子著

サマータイム

友情、って呼ぶにはためらいがある。だから、眩しくて大切な、あの夏。広一くんとぼくと佳奈。セカイを知り始める一瞬を映した四篇。

佐藤多佳子著

黄色い目の魚

奇跡のように、運命のように、俺たちは出会った。もどかしくて切ない十六歳という季節を生きてゆく悟とみのり。海辺の高校の物語。

佐藤多佳子著

明るい夜に出かけて

山本周五郎賞受賞

深夜ラジオ、コンビニバイト、人に言えないトラブル……夜の中で彷徨う若者たちの孤独と繋がりを暖かく描いた、青春小説の傑作！

恩田陸著

六番目の小夜子

ツムラサヨコ。奇妙なゲームが受け継がれる高校に、謎めいた生徒が転校してきた。青春のきらめきを放つ、伝説のモダン・ホラー。

恩田陸著

ライオンハート

17世紀のロンドン、19世紀のシェルブール、20世紀のパナマ、フロリダ……。時空を越えて邂逅する男と女。異色のラブストーリー。

恩田陸著

図書室の海

学校に代々伝わる〈サヨコ〉伝説。女子高生は伝説に関わる秘密の使命を託された——。恩田ワールドの魅力満載。全10話の短篇玉手箱。

恩田陸著

夜のピクニック

吉川英治文学新人賞・本屋大賞受賞

小さな賭けを胸に秘め、貴子は高校生活最後のイベント歩行祭にのぞむ。誰にも言えない秘密を清算するために。永遠普遍の青春小説。

恩田陸著

中庭の出来事

山本周五郎賞受賞

瀟洒なホテルの中庭で、気鋭の脚本家が謎の死を遂げた。容疑は三人の女優に掛かるが。芝居とミステリが見事に融合した著者の新境地。

恩田陸著

朝日のようにさわやかに

ある共通イメージが連鎖して、意識の底にある謎めいた記憶を呼び覚ます奇妙な味わいの表題作など14編。多彩な物語を紡ぐ短編集。

梨木香歩著

西の魔女が死んだ

学校に足が向かなくなった少女が、大好きな祖母から受けた魔女の手ほどき。何事も自分で決めるのが、魔女修行の肝心かなめで……。

梨木香歩著

からくりからくさ

祖母が暮らした古い家。糸を染め、機を織る、静かで、けれどもたしかな実感に満ちた日々。生命を支える新しい絆を心に深く伝える物語。

梨木香歩著

エンジェル エンジェル エンジェル

神様は天使になりきれない人間をゆるしてくださるのだろうか。コウコの嘆きがおばあちゃんの胸奥に眠る切ない記憶を呼び起こす。

梨木香歩著

家守綺譚

百年少し前、亡き友の古い家に住む作家の日常にこぼれ出る豊穣な気配……天地の精や植物と作家をめぐる、不思議に懐かしい29章。

梨木香歩著

ぐるりのこと

日常を丁寧に生きて、今いる場所から、一歩一歩確かめながら考えていく。世界《ぐるり》と心通わせて、物語へと向かう強い想いを綴る。

梨木香歩著

沼地のある森を抜けて

紫式部文学賞受賞

はじまりは、「ぬかどこ」だった……。あらゆる命に仕込まれた可能性への夢。人間の生の営みの不可思議。命の繋がりを伝える長編。

北村　薫著　スキップ

目覚めた時、17歳の一ノ瀬真理子は、25年を飛んで、42歳の桜木真理子になっていた。人生の時間の謎に果敢に挑む、強く輝く心を描く。

北村　薫著
おーなり由子絵　月の砂漠をさばさばと

9歳のさきちゃんと作家のお母さんのすごす、宝物のような日常の時々。やさしく美しい文章とイラストで贈る、12のいとしい物語。

さくらももこ著　そういうふうにできている

ちびまる子ちゃん妊娠!?　お腹の中には宇宙生命体＝コジコジが!?期待に違わぬスッタモンダの産前産後を完全実況、大笑い保証付！

さくらももこ著　さくらえび

父ヒロシに幼い息子、ももこのすっとこどっこいな日常のオールスターが勢揃い！　奇跡の爆笑雑誌「富士山」からの粒よりエッセイ。

綿矢りさ著　ひらいて

華やかな女子高生が、哀しい眼をした地味な男子に恋をした。でも彼には恋人がいた。傷つけて傷ついて、身勝手なはじめての恋。

綿矢りさ著　手のひらの京《みやこ》

京都に生まれ育った奥沢家の三姉妹が経験する、恋と旅立ち。祇園祭、大文字焼き、嵐山の雪――古都を舞台に描かれる愛おしい物語。

白銀《しろがね》の墟《おか》 玄《くろ》の月《つき》 (一)

十二国記

新潮文庫　お－37－62

令和元年十月十二日 発行

著者 小《お》野《の》不《ふ》由《ゆ》美《み》

発行者 佐藤隆信

発行所 株式会社 新潮社

郵便番号 一六二—八七一一
東京都新宿区矢来町七一
電話 編集部(〇三)三二六六—五四四〇
読者係(〇三)三二六六—五一一一
https://www.shinchosha.co.jp

価格はカバーに表示してあります。

乱丁・落丁本は、ご面倒ですが小社読者係宛ご送付ください。送料小社負担にてお取替えいたします。

印刷・凸版印刷株式会社　製本・加藤製本株式会社

ISBN978-4-10-124062-6 C0193